처음 소개되는

체호프
단편소설

처음 소개되는

체호프 단편소설

1판 1쇄 발행 | 2011. 11. 5
1판 2쇄 발행 | 2013. 11. 7

지은이 | 안톤 체호프
옮긴이 | 이승억
디자인 | 이인선
펴낸이 | 박옥희
펴낸곳 | 도서출판 인디북

등록일자 | 2000. 6. 22
등록번호 | 제 10-1993호
주   소 | 서울시 마포구 염리동 27-216번지 2층
전   화 | 02)3273-6895~6
팩   스 | 02)3273-6897

cafe.naver.com/indeworld
ISBN 978-89-5856-130-9 03890

처음 소개되는

체호프
단편소설

안톤 체호프 지음 | 이승억 옮김

인디북

차례

1
방앗간에서

중년의 나이에 건장하고 다부진 체격을 지닌 방앗간 주인 알렉세이 비류코프는 자신의 오막살이 문간에 앉아서 꺼져가는 담배 파이프를 천천히 빨아 당기고 있었다. 얼굴과 체형은 마치 쥘 베른의 소설을 읽고 잠이 든 어린아이의 꿈에 나타나곤 하는 무거운 장화를 신은 거칠고 우락부락한 선원을 연상케 했다. 그는 조잡한 군복용 천으로 만든 회색 바지를 입고 커다랗고 무거운 장화를 신고 있었지만, 습하고 추운 늦가을의 날씨임에도 프록코드도 입지 않고 털모자도 쓰지 않고 있었다. 단추를 풀어헤친 조끼 사이로 습한 안개가 그의 몸을 감싸고 있었지만, 온몸에 굳은살이 박인 커다랗고 단단한 방앗간 주인의 몸은 추위를 느끼지 못하는 것처럼 보였다. 불그스레하고 살찐 그의 얼굴은 여느 때와 마찬가지로 마치 잠에 취한 것처럼 우둔하고 생기 없이 보였다. 작고 툭 튀어나온 눈을 한껏 치켜뜬 채로 무뚝뚝하게 강둑, 처마가 달린 헛간, 낡고 시든 버드나무 가지를 번갈아가면서 쳐다보고 있었다.

헛간 주변에는 수도원에서 막 도착한 수도사들이 분주히 움직이고 있었다. 한 사람의 이름은 클리오파였다. 그는 키가 크고 백발인 수도사였는데, 낡은 칼로트°를 쓰고 오물이 튀어 더러워진 캐속°을 입고 있었다. 평범한 농부용 가죽 외투를 입고 있는 또 다른 사람은 디오도르였는데, 거무스름한 얼굴에 검은 수염을 하고 있었고 외양으로 보건대 그루지야 계통의 사람처럼 보였다. 그들은 도정하기 위해 가져온 호밀이 담긴 가마니를 마차에서 내리고 있었다. 그들에게서 조금 떨어진 어둡고 더러운 풀밭에 일꾼 예브세이가 앉아 있었다. 수염도 나지 않은 젊은 예브세이는 낡아빠진 짧은 가죽 외투를 입고 있었으며, 완전히 취해 있었다. 그는 수선이라도 하는 듯 손으로 고기잡이 그물을 만지작거리고 있었다.

방앗간 주인은 아무 말 없이 물끄러미 이곳저곳을 둘러보다가 가마니를 옮기고 있는 수도사들을 매섭게 노려보더니 낮고 굵은 목소리로 말했다.

"이봐, 수도사 양반들, 왜 이 강에 고기를 잡는 거요? 누구 허락으로 잡는 거요?"

수도사들은 아무런 대답도 하지 않았을 뿐더러 심지어 방앗간 주인에게 눈길 한번 주지 않았다.

● 칼로트 가톨릭이나 그리스정교회 사제가 쓰는 챙이 없는 둥근 모자.
● 캐속 그리스정교회 사제가 입는 검은색의 긴 옷.

방앗간 주인은 잠시 침묵하더니 파이프 담배를 피면서 다시 말을 이어갔다.

"고기 잡는 것은 이곳 주민에게만 허용된 거요. 나는 이곳 주민이고 당신네들에게 이 강의 고기에 대한 독점권을 샀소. 돈을 주고 샀단 말이오. 누구도 내 허락 없이 내 고기를 잡을 권리가 없소. 신께 기도만 하면 고기를 훔치는 것은 죄가 안 된다고 생각하는 모양이군."

방앗간 주인은 하품을 하고 잠시 동안 말없이 있다가 거칠게 말을 건넸다.

"이봐! 당신네들 무슨 배짱인 거야! 수도사들은 성자로 등록되어서 자유를 구속할 수 없다고 생각들 하는 모양이지. 내 당신네들을 치안판사에게 넘겨버릴 거야. 치안판사는 당신네들 성직자 옷은 보지 않는다고. 차가운 유치장 신세를 지게 될 거야. 치안판사가 없더라도 내 스스로도 해결할 수 있다고. 목덜미를 후려갈겨서 강바닥에 처넣으면 물고기 밥 신세를 면치 못할 거야!"

"당신은 정말 쓸데없는 말들을 하는군요. 알렉세이 도로페이치!"

클리오파가 조용하지만 높은 톤의 목소리로 말했다.

"하나님을 두려워하는 선량한 사람이라면 그런 말은 개들에게도 하지 않는 법이오. 우리는 수도사들이오!"

"우리는 수도사들이오!"

방앗간 주인이 흉내 내면서 말했다.

"물고기가 필요하다고? 그래? 그렇다면 훔치지 말고 나한테 돈을 내고 사란 말이야!"

"오, 하나님, 정말 우리가 훔친다고 생각하시는 거요?"

클리오파가 인상을 쓰면서 말했다.

"대체 왜 그런 말을 하는 거요? 우리 수도사들은 이곳에서 물고기를 잡아왔소. 그것은 수도원장님께서 허락해주신 일이오. 수도원장님은 당신이 지불한 돈은 이 강 전체가 아니라 이곳 강변 일부분에 대한 권리라고 판단하고 계시오. 강 전체가 당신에게 주어진 것이 아니란 말이오. 그리고 강은 당신의 것도 우리의 것도 아닌 하나님의 것이오."

"수도원장도 당신들과 똑같은 부류군."

방앗간 주인은 담배 파이프를 장화에 두드리면서 퉁명스럽게 말했다.

"잘도 갖다 맞추는군! 나는 그렇게 생각하지 않는데 말이야. 수도원장이나 당신이나 저 예브세이나 나한테는 다 똑같은 놈들일 뿐이야. 수도원장도 강바닥에 처넣으면 물고기들이 달려들어……."

"당신이 그렇게 하고 싶다면 수도사들을 때리시오. 우리는 저 세상에서 더 나은 삶을 보장받았소. 당신은 이미 우리 수도사인 비사리온과 안티피이를 때리지 않았소. 다른 사람도 그렇게 때리시오."

"그만하게나, 이 사람을 자극하지 말게."

디오도르가 클리오파의 팔을 잡으며 말했다.

클리오파는 기세를 누그러뜨리고 아무 말 없이 가마니를 옮겼고, 방앗간 주인은 계속 욕을 퍼부었다. 그는 거친 말들을 내뱉고 나서는 꼭 파이프를 느릿느릿 빨아 당기곤 했다. 물고기 문제에 대한 얘깃거리가 떨어지자 방앗간 주인은 언젠가 수도사들이 자신의 곡물 두 가마니를 '사기 쳐서 빼앗아 간' 것처럼 여기는 사건을 생각해내고는 곡물 가마니에 대해 욕설을 퍼붓기 시작했다. 그런 다음 예브세이가 술에 취해 일하지 않고 있다는 것을 알아차리고는 더 이상 수도사들은 아랑곳하지 않고 일꾼에게 달려들어 입에 담기도 민망한 심한 욕설을 천지가 떠나가도록 퍼부었다.

수도사들은 처음에는 꾹 참으면서 한숨만 크게 내쉬었지만, 클리오파는 더 이상 참을 수가 없었다. 그는 두 주먹을 불끈 쥐면서 울먹이는 목소리로 말했다.

"대사교님! 방앗간에 올 때마다 참으라는 말에 이제 더 이상은 순종하지 못하겠습니다! 지옥에나 떨어져라! 지옥에, 진짜 무시무시한 지옥에 떨어져버려!"

"당신네들 앞으로 방앗간에 오지 마!"

방앗간 주인은 화가 치밀어 쏘아붙이듯 말했다.

"성모 마리아님, 이곳에 오지 않도록 우리가 갈 수 있는 다른 방앗간을 주셨으면 얼마나 좋았겠습니까? 당신도 한번 생각해보시오. 당신 방앗간 말고는 이곳엔 방앗간이 하나도 없단 말이오! 우리보고 굶어 죽든지 아님 날 곡물을 그냥 먹으란 말이오!"

방앗간 주인은 좀처럼 진정되지 않는지 온 사방에 욕을 뿌리고 다녔다. 아마도 욕하고 큰소리를 치는 것이 그에게는 담배 파이프를 빨아 당기는 것처럼 익숙해 보였다.

"이제 안 좋은 것들은 털어버립시다!"

클리오파는 멍해져서 눈만 껌뻑거리면서 애원하듯 말했다.

"이제 그만하시고 자비를 좀 베풀어 주시오!"

방앗간 주인은 금세 입을 다물었다. 그러나 그것은 클리오파의 애원 때문이 아니었다. 강둑에 키가 작고 선량한 얼굴을 한 노파가 보였기 때문이었다. 그녀는 마치 딱정벌레의 등 같은 이상한 줄무늬 외투를 입고 있었다. 그녀는 손에 작은 꾸러미를 들고 작은 지팡이에 의지해 걸어오고 있었다.

"안녕하세요, 수도사 나리들!"

노파는 수도사들에게 경의를 표하면서 작은 목소리로 말했다.

"고생이 많구나. 잘 있었니, 알료셴카!● 오랜만이구나, 예브세유시카!●"

"어서 오세요, 어머니."

방앗간 주인은 노파를 쳐다보지도 않고 인상을 쓰면서 웅얼거렸다.

"네가 보고 싶어 왔단다."

미소를 띠고 온화하게 방앗간 주인의 얼굴을 살펴보면서 그녀

● 알료셴카 알렉세이의 애칭.
● 예브세유시카 예브세이의 애칭.

가 말했다.

"오랫동안 보지 못했구나. 생각해보니 성모승천일*에 보고 못 보았구나. 좋든 싫든 간에 한 번씩은 봐야 되지 않겠니? 좀 말라 보이는구나."

노파는 방앗간 주인 옆에 앉았다. 우람한 체격의 사내 옆에 앉아 있으니 노파의 이상한 줄무늬 외투는 한층 더 딱정벌레처럼 보였다.

"그래, 성모승천일 이후로 처음이구나!"

노파는 말을 이어갔다.

"너무 보고 싶었단다, 아들아! 네가 보고 싶어 병이 날 지경이었단다. 너한테 오려고만 하면 이상하게도 비가 오거나 몸이 좋지 않아서……."

"어디서 오는 길이세요?"

방앗간 주인은 무뚝뚝하게 물었다.

"집에서 바로 오는 길이야."

"어머니 같이 여러 곳이 다 아픈 병자는 돌아다니지 말고 그냥 집에 있어야 된다고요. 그런데 무슨 일로 오신 겁니까? 신발도 엉망이잖아요!"

"네가 보고 싶어서 왔다니깐…… 제겐 아들놈이 두 명 있습니다."

● 성모승천일 가톨릭과 정교에서 지키는 성모 마리아의 승천일. 구력으로는 8월 15일이며 신력으로는 8월 28일이다.

어머니는 수도사들을 향해 말을 했다.

"여기 이 애와 교외에 살고 있는 바실리란 애죠. 그렇게 두 녀석이죠. 이 애들은 내가 죽든지 살든지 별로 관심이 없지만, 제겐 이 애들은 사랑하는 자식들이고 위로가 되는 애들이지요. 이 애들은 제가 없어도 살 수 있지만 저는 이 애들 없이는 하루도 살 수 없습니다. 단지 나이가 자꾸 들어가니 이렇게 한 번 찾아오기도 힘들고……."

침묵이 흘렀다. 수도사들은 헛간으로 두 번째 가마니를 옮기고 나서 마차에 앉아 한숨을 돌렸다. 술 취한 예브세이는 꾸벅꾸벅 졸면서 계속 고기 그물을 만지작거리고 있었다.

"시간 없을 때 오셨군요, 어머니."

방앗간 주인이 말했다.

"지금 카랴지노에 가야 해요."

"그렇다면 가야지, 잘 다녀오너라!"

노파가 한숨을 쉬면서 말했다.

"나 때문에 일을 못하면 안 되지. 나는 조금 쉬었다가 다시 돌아가마. 바샤*와 아이들이 네게 안부를 전하더구나."

"아직도 보드카를 처먹고 다니나요?"

"마시긴 하지만, 많이 먹진 않는다. 숨기지 않으마, 마신단다. 이따금 착한 사람들이 한두 잔씩 술을 줄 때 빼고는 많이 마시지는

● 바샤 바실리의 애칭.

않는단다. 알료셴카! 지금 그 애가 사는 꼴이 말이 아니란다! 그 애를 보고 있으면 괴로워 죽을 지경이야. 먹을 것도 없고 애들은 다 떨어진 옷을 입고 다니고, 바샤는 부끄러워서 밖에 나가지도 못해. 다 떨어진 옷에 털 장화도 없고……. 우리 여섯 식구가 한 방에서 자고 있단다. 너무 가난해서, 너무나도 가난해서 따뜻한 음식은 생각조차 할 수 없구나. 네게 도움을 좀 청하러 왔단다. 알료셴카, 어미를 불쌍하게 여기고 바샤를 좀 도와주려무나. 네 형이잖니!"

방앗간 주인은 아무 말도 하지 않고 딴 곳만 쳐다보고 있었다.

"바샤는 가난하지만 너는 잘 살고 있지 않으냐! 방앗간도 네 것이고, 땅도 좀 있고, 물고기도 팔고 있고……. 하나님이 너에게 지혜도 주셨고, 다른 사람에 비해 부유하게도 해주셨고, 배부르게 먹게도 해주셨잖니. 그리고 너는 혼자 살고 있고……. 바샤는 아이들이 네 명이나 있고, 죄 많은 나도 그 애에게 붙어살고 있고, 그 애 월급이 한 달에 칠 루블밖에 안 되니……. 어떻게 우리 모두를 먹여 살릴 수 있겠니? 좀 도와주려무나."

방앗간 주인은 말없이 파이프에 담배를 열심히 집어넣기만 했다.

"도와줄 거지?"

노파가 물었다.

방앗간 주인은 마치 입에 물이 가득 차 있는 사람처럼 아무 말도 하지 않았다. 노파는 대답을 기다리지 않고 한숨을 쉬면서 수도사들과 예브세이를 둘러보고는 일어나면서 말했다.

"잘 지내라. 도와주지 않아도 된다. 나는 네가 돈을 주지 않을 거라고……. 그리고 나자르 안드레이치 일 때문에도 왔는데…….
알료셴카! 그 사람은 지금 많이 울고 있단다. 내 손에 입을 맞추면
서 네게 가서 부탁을 좀 해달라고 통사정을 하더구나."

"무슨 일로요?"

"네가 그 사람에게 진 빚을 좀 갚아달라고 하더구나. 나자르가
네게 좀 빻아 달라고 호밀을 주었는데 아직도 주지 않았다고 하더
구나."

"어머니가 신경 쓰실 일이 아녜요. 남의 일에 괜히 끼어들지 마
세요."

방앗간 주인이 퉁명스럽게 말했다.

"어머니가 하실 일은 교회에 가서 기도나 하시는 거예요."

"나는 계속 기도하고 있는데, 웬일인지 하나님께서 내 기도를
들어주시지 않는 것 같구나. 바실리는 거지나 다름없고 나는 다른
사람 옷을 입으면서 빌어먹고 살고 있는데, 너는 잘 살고 있으니
말이다. 그러나 하나님은 네 마음이 어떤지 잘 알고 계실 거다. 오
오, 알료셴카! 시기하는 눈이 너를 못 쓰게 만들었구나! 너는 나에
게 여전히 좋은 아들이다. 똑똑하고 잘생겼고 장사꾼 중의 장사꾼
이지. 그러나 너는 진정한 인간의 심성을 가지지 못한 듯하구나.
사람들에게 냉담한데다 절대로 웃지 않고, 좋은 말은 하지 않고,
은총을 베풀지도 않고, 마치 짐승처럼……. 네 얼굴을 한번 보렴!
사람들이 너에 대해 얘기할 때마다 내 마음이 얼마나 아픈지 아
니? 여기 수도사 나리들에게 물어보렴! 나는 네가 사람들을 착취

하고 강탈하고, 너의 일꾼인지 도둑인지 하는 사람들과 함께 밤마다 지나가는 사람들을 강탈하고 심지어는 말까지 훔친다는 말이 거짓말이었으면 좋겠구나. 너의 방앗간은 마치 저주 받은 장소 같아. 여자들과 어린애들이 무서워서 이 근처에는 얼씬도 하지 않고 풀조차 너를 피해서 자라는 것 같구나. 카인*과 헤롯* 말고는 너에게 다른 별명이 없다고들……."

"바보 같은 소리 좀 하지 마세요, 어머니!"

"네가 가는 곳은 풀도 자라지 않고 네가 숨 쉬는 곳에는 파리조차 없다고들 하더구나. 이런 말도 들었단다. '누가 그 자식을 하루라도 빨리 죽이거나 감옥에 좀 처넣었으면 좋으련만!' 이런 말을 듣는 어미의 마음이 어떻겠니? 어떻겠냐고? 너는 나의 사랑스런 아들이고 내 피를 받은 자식인데……."

"어쨌든 이제 가야겠어요."

방앗간 주인이 일어서면서 말했다.

"잘 지내세요, 어머니."

방앗간 주인은 헛간에서 마차를 끌고 나와 마치 개를 다루듯 말을 수레채 사이에 처박아 넣고서 매기 시작했다. 노파는 아들 주위를 왔다 갔다 하면서 그의 얼굴을 쳐다보더니 눈물을 흘렸다.

"조심해서 다녀오너라."

● 카인 구약 성서 '창세기'에 나오는 아담과 하와의 아들로서 동생 아벨을 시기하여 돌로 쳐 죽인 사람.
● 헤롯 예수가 태어날 무렵 로마제국이 유대를 지배하기 위해 분봉된 왕. 신약성서에 따르면 유대인의 왕이 될 거라는 아기예수를 경배하러 온 동방박사들의 말을 듣고 베들레헴과 그 일대에 사는 두 살 아래의 사내아이를 모두 죽인 잔인한 이력을 갖고 있다.

그녀는 아들이 부리나케 카프탄*을 입고 있는 것을 보면서 말했다.

"그곳에서도 하나님이 널 지켜주실 게다. 우리를 잊지 말거라. 잠시만 기다려라. 네게 줄 과자가 있단다."

그녀는 작은 목소리로 웅얼거리더니 보따리를 풀었다.

"어제 저녁 사제의 부인이 집에 잔치를 열었단다. 널 위해 이것들을 좀 숨겨왔단다."

노파는 아들에게 손을 내밀며 박하 맛 나는 과자 몇 개를 건네주었다.

"저리 치우세요!"

방앗간 주인은 어머니의 손을 뿌리치면서 큰 소리로 말했다.

노파는 당황해서 과자를 떨어뜨렸다. 그러고는 힘없이 강둑으로 터벅터벅 걷기 시작했다.

분위기가 무겁게 가라앉았다. 놀라서 소리치며 주먹을 쥐었던 수도사들도 아무 말 하지 못했고, 심지어 술에 취한 예브세이도 돌처럼 얼어붙어 놀란 눈으로 주인을 노려보았다. 방앗간 주인은 수도사들과 예브세이의 얼굴 표정에서 드러나는 의미를 이해라도 한 듯, 아니면 아마도 그의 가슴속에서 오랫동안 잠자고 있었던 감정이 속삭이면서 그의 얼굴에는 놀라움 비슷한 뭔가가 희미하게……

● 카프탄 옷자락이 긴 농민의 외투.

"어머니!"

방앗간 주인이 소리쳤다. 노파는 떨면서 돌아보았다. 방앗간 주인은 서둘러 주머니에 손을 넣더니 커다란 가죽 지갑을 꺼냈다.

"여기, 이거……."

지갑에서 지폐와 은화 한 뭉치를 꺼내면서 웅얼거리듯 말했다.

"받으세요!"

그는 왠지 수도사들에게 보이고 싶어 하는 듯 손에서 돈뭉치를 굴리면서 만지작거렸고 잠시 후 또다시 만지작거렸다. 지폐와 은화는 서로서로 그의 손가락에서 미끄러지듯이 빠져나가더니 다시 지갑 안으로 들어가버렸고, 그의 손에는 20코페이카 동전 하나만 남았다. 방앗간 주인은 동전을 쳐다보더니 손가락으로 닦고는 만족스런 얼굴로 어머니에게 건네주었다.

(1886년)

2
주머니 속
송곳

표트르 파블로비치 포수딘은 대단히 치밀하게 변장하고 일반 민중이 이용하는 평범한 삼두마차를 타고 시골 도시 N을 향해 서둘러 길을 가고 있었다. 그에게 익명의 투서 한 통이 배달되었기 때문이었다.

'아무도 모르게 불시에 덮치는 거야.'

그는 자신의 얼굴을 옷깃에 숨기면서 상상을 했다.

'추악하고 뻔뻔한 짓을 일삼는 놈들이 모든 단서를 숨겼다고 생각하면서 지금쯤 떠들썩하게 잔치판을 벌이고 있겠지. 하하. 잔치가 절정에 이를 때 그놈들이 무서워하고 놀랄 생각을 하니 흥분되는걸. 챠프킨-랴프킨을 이리로 대령하라!＊라는 소리를 들으면 한바탕 난리법석이 나겠지! 하하하!'

한껏 유쾌한 공상에 사로잡힌 포수딘은 마부에게 말을 걸었다.

인기를 갈망하는 사람처럼 그는 자기 자신에 대한 평가가 궁금했다.

"혹시 포수딘이라는 사람을 아시오?"

"어떻게 그분을 모를 수가 있겠습니까?"

마부는 가볍게 미소 지으며 말했다.

"이곳 사람들 모두가 그분을 알고 있죠."

"그런데 왜 그렇게 웃는 게요?"

"이상한 질문이니 그렇지요? 말단 서기도 알고 있는데 포수딘 나리를 모르겠습니까? 이곳에 부임하신 이후로 모든 사람이 그분을 알죠."

"그렇군. 그런데 당신 생각에 그 사람은 어떻소? 좋은 사람이오?"

"괜찮습죠……."

마부가 하품을 하면서 말했다.

"훌륭하신 나리죠. 자신의 일도 잘 하시고……. 이곳에 부임하신 지 이 년도 되지 않았는데 벌써 많은 일들을 하셨소."

"그 사람이 특별히 어떤 일을 했소?"

"좋은 일을 많이 하셨죠. 하나님이 그분에게 축복을 내리실 겝니다. 철도도 부설하셨고 우리 군의 호흐류코프를 경질시켰죠. 호

● 러시아의 작가 니콜라이 고골(1809~1852)의 『감사관』에 나오는 한 구절의 변형. 원작에서는 '라프킨 챠프킨을 이리로 대령하라'로 되어 있으며, 라프킨 챠프킨은 『감사관』에 나오는 비리를 저지르는 지방판사의 이름이다.

흐류코프는 권세가 정말 대단했었죠. 사기꾼이자 깡패 같은 놈이 었는데 전임자들은 그 사람과 결탁했는데 포수딘 나리는 오시자 마자 이 빌어먹은 호흐류코프 놈 따윈 안중에도 두지 않았죠. 그럼 요! 포수딘 나리를 매수하는 건 어림도 없는 일이지요! 만일 당신 이 그분에게 백 루블 아니 천 루블을 뇌물로 준다고 해고 그분은 죄를 범하지 않을 겁니다, 절대로 그럴 리가 없죠!"

'다행이군, 이런 촌구석에서도 나를 알고 있군.'

포수딘은 기뻐하며 생각했다.

'좋은 일이야.'

"교양 있는 나리죠."

마부는 말을 이었다.

"거만하지도 않고……. 우리 같은 사람들이 탄원하러 가도 마치 귀족 나리를 상대하듯 대해주시죠. 손을 잡아주시고는 '자, 앉으 시게' 라고 말씀을 하죠. 그런데 말씀을 얼마나 빨리 하시는지 무 슨 말인지 알아들을 수가 없을 때도 있죠. 성질은 또 어찌나 급하 신지 모든 것을 순식간에 해치워버리시죠! 걸어서 가실 수 있는 곳 인데도 그냥 막 달려 나가시죠! 그래서 우리의 탄원이 미처 끝나기 도 전에 그분은 '말을 준비해' 라고 명령하시고는 바로 출발하시 죠. 그곳에 도착하셔서는 모든 일을 다 해결해주시고는 한 푼도 받 지 않으시죠. 전임자들과는 비교도 할 수 없죠! 물론 전임자들 중 에서도 괜찮은 나리들이 있긴 했죠. 외모도 훌륭하고 신분도 높은 분이 한 분 계셨었죠. 목소리는 얼마나 큰지 군 전체에서 그분보다 목소리가 우렁찬 분이 없었죠. 십 베르스타* 밖에서도 그분의 목소리가 들린 적도 있다고 하더군요. 허나 외모나 일처리 하는 것을 본다면 감히 지금의 포수딘 나리를 따라갈 순 없죠! 포수딘 나리가 백 배나 더 똑똑한 분이죠. 그러나 애석하게도 한 가지……. 모든 게 다 좋은데, 안타까운 점이 딱 하나 있죠. 술주정뱅이라는 거!"

'이거 큰일났는걸!'

포수딘은 생각했다.

"당신은 그 사실을 어떻게 알게 되었소?"

포수딘이 물었다.

"내가, 아니 그분이 술주정뱅이라는 걸 말이오?"

"그야 물론 제가 직접 본 건 아니지만 거짓말하는 건 아닙니다. 사람들이 모두 다 그렇게 말하더군요. 하기야 사람들도 그분이 취한 걸 직접 본 적은 없다고들 하지만, 그런 소문이야 금방 퍼지게 마련이죠. 사람들이 많이 모이는 곳이나 어디 손님으로 가시거나 무도회장이나 뭐 이런 곳에서는 절대로 술을 마시지 않는다고 합니다. 그런데 집에서는 병나발을 분답디다. 아침에 일어나서 눈을 뜨자마자 가장 먼저 하는 일이 보드카를 마시는 일이랍니다! 시종이 잔을 가져다주면 그분은 벌써 다른 병을 요구한답니다. 그렇게 하루 종일 퍼마신답니다. 정말 놀라운 것은 그렇게 마시는데도 절

● 베르스타 제정 러시아 시대에 사용하던 거리 단위. 1베르스타는 약 1.067km.

대로 취하지 않는다는 겁니다! 아마도 자신을 지키는 거겠죠. 호호 류코프는 술을 마셨다 하면 인사불성이 되어 개들까지 짖어댔죠. 그런데 포수딘 나리는 코도 안 빨개진다고 합니다! 서재 문을 잠그고 그냥 들이키는 거죠. 사람들이 눈치 채지 못하게 책상 위에 빨대를 장착한 작은 상자를 만들어놓았다고 하더군요. 그 상자 속에는 항상 보드카가 있고요. 그 빨대에 입을 갖다 대고 빨아 당기면 그냥 취하겠죠. 마차를 탈 때도 서류가방에 그 상자를 넣어 가지고는……."

'대체 이런 것들을 어떻게 다 알고 있는 거지?'

포수딘은 무서운 생각까지 들었다.

'제기랄! 모든 것이 다 알려진 건가? 미치겠군.'

"여자들에 관한 얘기도 있죠. 교활한 사람이기도 하죠! (마부는 비웃더니 머리를 흔든다.) 참 꼴불견이죠! 그분 주위엔 한 열 명 정도의 진짜 경박한 여자들이 있는데 그중 두 명은 집에서 산다고 하더군요. 한 명은 나스타시야 이바노브나인데 가정부로 가장하고 있고, 다른 여자는 어떤지 아십니까? 류드밀라 세묘노브나인데 서기 비슷한 걸로 일하고 있죠. 둘 중 더 중요한 여자가 바로 나스타시야죠. 이 여자가 원하는 건 모두 다 들어준다고 합니다. 이 여자는 여우처럼 그분께 늘 꼬리를 치죠. 큰 권력을 가진 여자죠. 그래서 사람들이 그분보다 그 여자를 더 무서워하기도……. 하하. 그리고 세 번째 여자는 카찰나야 거리에 살고 있다고 합니다. 참 창피한 일이죠!"

'이름까지 정확하게 알고 있다니……'

얼굴이 붉어지며 포수딘은 생각했다.

'대체 모르는 사람이 누구야? 도시에 한 번도 나온 적이 없는 이런 마부도 알고 있다니! 이런 망할! 비열하고 더러운 자식들!'

"대체 당신은 그 모든 것을 어떻게 알고 있는 거요?"

포수딘은 화난 목소리로 물었다.

"사람들이 하는 얘기를 들었죠. 제가 직접 보지는 못했고, 사람들에게 다 들은 얘기죠. 뭐, 그런 거 아는 게 어렵겠습니까? 시종이나 마부들의 혀를 막을 수는 없죠. 그리고 아마도 나스타시야가 골목마다 다니면서 자기가 얼마나 행복한 여자인지 떠벌리고 다녔기 때문일 겁니다. 그런데 포수딘 나리는 아무도 모르게 은밀히 잠행을 다니시곤 하죠. 전임자 중에는 이런 분도 계셨죠. 자신이 잠행할 때는 한 달 전부터 사람들이 다 알기 원하셨죠. 그래서 잠행을 할 때면 시끄럽게 온갖 야단법석을 떨고 소란법석을 피우고……. 어휴, 하나님도 그렇게 오시지는 않을 겁니다! 온 사방이 한바탕 난리가 나는 거죠. 그러고는 그 장소에 도착하면 일단 늘어지게 한숨 자고 나서는 음식을 대접받고 술을 먹고는 막상 업무를 볼 때는 소리만 고래고래 지르죠. 큰소리치면서 괜스레 소란만 피우고는 다시 잠을 자죠. 이런 식으로 해서 아무것도 달라진 게 없게 되죠. 그런데 포수딘 나리는 듣자 하니 아무도 자신을 알아채지 못하게 조용히 그리고 신속하게 떠나신다고 하더군요. 정말 우습죠! 관리들이 눈치 채지 못하게 눈에 띄지 않게 집에서 나와 마차를 타시죠. 그분이 가셔야 할 역참까지 가실 때는 우편마차나 품위 있는 마차를 타시지 않고 일반인이 타는 마차를 타시곤 하죠. 그러고는 마치 아낙네처럼 온 몸을 칭칭 감아대고는 아무도 그의 목소리를 알아듣지 못하게 하기 위해 늙은 개처럼 쉰 목소리를 내신다고 하더군요. 사람들에게 이 얘기를 들었을 때 웃겨서 배꼽이 빠지는 줄 알았습니다. 그를 알아보지 못할 거라 생각하다니 정말 바보같지 않습니까? 조금이라도 상식이 있는 사람이라면 그를 알아보는 것은 정말 식은 죽 먹기죠."

"그를 어떻게 알아본단 말이오?"

"정말 간단합니다. 예전에 호흐류코프가 몰래 다닐 때도 우린 그의 우람한 손을 보고 알아챘죠. 아님, 마차를 탈 때 이를 딱딱거리는 사람이 있다면 그가 바로 호흐류코프죠. 그런데 포수딘은 더 간단하게 알아볼 수 있습니다. 평범한 승객은 그저 자연스럽게 평범함이 유지되는데, 포수딘 나리는 그게 아니라 평범함을 자꾸 가장하려고 하는 거죠. 만일 그분이 우편 역에 간다고 치면 도착하자마자 시작되는 거죠! 답답하다느니 춥다느니 불평하면서 먼저 냄새를 풍기는 거죠. 그리고는 병아리구이, 과일, 잼 같은 것들을 달라고 한답니다. 그렇게 되면 역에 있는 사람들은 모두 다 알게 되는 거죠. 겨울에 병아리구이나 과일을 요구하면 그건 바로 포수딘 나리인 거죠. 그리고 역참지기에게 '친애하는 자네'라고 말하거나, 사람들을 사소한 것들로 귀찮게 한다면 그 역시 맹세컨대 바로 포수딘 나리입니다. 포수딘은 사람들을 상대할 때만 냄새를 풍기는 것이 아니라 잠을 잘 때도 독특한 습관으로, 역내의 소파 겸 침대 주 위에 향수를 뿌리고 베개 주변에 양초 세 자루를 준비시키라고 명 령을 하고는 누워서 서류를 읽죠. 그렇게 되면 이제는 역참지기뿐 만 아니라 고양이까지도 그 사람이 누구인지 알게 되는 겁니다."

'그렇군, 그래.'

포수딘은 생각했다.

'내가 왜 예전에는 이것을 몰랐을까?'

"과일이나 병아리구이 같은 것이 아니라도 알아야 할 사람들은 알 방법이 있죠. 전보를 통해 모두가 알게 됩니다. 아무리 낯짝을 뭔가로 칭칭 둘러매고 숨어서 온다 해도 도착하는 곳의 사람들은 모두 다 알고 있어서 그분을 기다리죠. 그러니까 포수딘 나리가 집 에서 아직 나오기도 전에 그곳 사람들은 이미 준비가 완료됩니다! 누군가를 재판에 회부시키거나 경질시키기 위해 숨어서 온다고 하더라도 그들은 포수딘 나리를 이미 비웃고 있는 거죠. 만약에 당 신이 나리가 되어 조용히 와서 한번 보십시오. 우린 모든 것이 깨 끗합니다! 그는 이리저리 돌아다녀보지만 왔던 그대로 다시 돌아 갈 겁니다. 다만 모든 사람과 악수하면서 불편을 끼쳐 미안하게 됐 다고 사과만 하겠죠. 이런 식으로 되는 거죠! 나리는 어떻게 생각 하십니까? 하하! 그곳 사람들은 정말로 약삭빠르죠! 모두 이만저 만한 능구렁이가 아니죠! 그래서 포수딘 나리가 아무리 기회를 엿 본다 해도 어림없죠. 아침에 빈 마차를 몰고 역을 지나가는데 유태 인 점원 한 녀석이 헐레벌떡 뛰어오는 겁니다. '이봐, 유태인 양반,

자네 어딜 그리 가는 겐가' 하고 물었죠. 그는 '오늘 N시에 포도주와 안주거리를 배달해야 되네. 오늘 거기 포수딘 나리가 온다고 하더구먼' 말했지요. 기막히지 않습니까? 포수딘 나리는 아마 여전히 사람들에게 들키지 않기 위해서 얼굴을 감싸고 있거나 조용히 떠날 채비를 하고 있을 겁니다. 아니면 이미 마차를 타고 가면서 누구도 자신이 온다는 것을 모를 거라고 생각하고 있을 겁니다. 그런데 이미 그곳에서는 그를 위해 포도주, 연어, 치즈, 다양한 안주거리가 준비됐냐는 얘기가 오가고 있을 겁니다. 안 그렇겠습니까? 그는 가면서 생각하겠죠. '네놈들은 이제 끝이야!' 그런데 그놈들은 별다른 걱정을 하지 않을 겁니다! '오시려면 오시오' 하고 말이죠. 이미 오래전부터 모든 것을 다 숨겨놓았을 겁니다."

"돌려!"

포수딘이 쉰 목소리로 말했다.

"마차를 뒤로 돌려!"

놀란 마부는 마차를 뒤로 돌렸다.

(1885년)

3
베로츠카

이반 알렉세예비치 오그뇨프는 종소리가 나는 유리문을 열고 테라스로 나갔던 8월의 그날 저녁을 기억하고 있다. 당시 그는 가벼운 망토를 걸치고 있었고, 무릎까지 오는 긴 장화와 함께 지금은 침대 밑의 먼지구덩이에서 뒹굴고 있는 챙이 넓은 밀짚모자를 쓰고 있었다. 한 손에는 책과 공책을 한 보따리나 들고 있었고, 다른 손에는 굵고 옹이진 지팡이를 들고 있었다.

문 뒤에는 집주인인 쿠즈네초프가 그에게 길을 밝혀주기 위해 램프를 들고 서 있었다. 대머리에 하얀 턱수염을 길게 기른 쿠즈네초프는 마치 눈처럼 하얀 무명으로 만든 양복을 걸치고 있었다. 노인은 온화하게 미소 지으면서 고개를 끄덕이고 있었다.

"안녕히 계십시오, 어르신!"

오그뇨프가 큰 소리로 말했다.

쿠즈네초프는 램프를 탁자 위에 세워두고 테라스로 나갔다. 두 사람의 길고 좁은 그림자는 계단을 지나 꽃들이 만발한 화단으로 내려와 흔들거리더니 보리수나무 가지에 머리를 놓았다.

"안녕히 계십시오, 다시 한 번 감사의 말씀을 드립니다."

이반 알렉세예비치가 말했다.

"당신의 더할 수 없는 친절과 사랑 그리고 배려에 감사드립니다. 당신의 환대는 일평생 동안 절대로 잊지 않겠습니다. 당신은 정말 좋으신 분이고, 따님도 정말 좋으시고, 당신 집에 있는 모든 사람은 정말 착하고 유쾌하고 친절하십니다. 너무도 좋으신 분들이라 뭐라 말할 수가 없을 정도입니다!"

주체할 수 없는 감정과 방금 마신 과실주의 영향으로 오그뇨프는 찬송가를 부르는 신학생 같은 목소리로 말했다. 그는 자신의 감정을 말로써 표현하기보다는 눈을 껌뻑거리거나 어깨를 들썩이는 것으로 표현하고 싶어 할 정도로 매우 감동된 상태였다. 같이 술을 한잔 하고 감정이 격앙된 쿠즈네초프는 젊은이에게 악수를 청하고 입을 맞추었다.

"저는 사냥개처럼 당신과 당신 집에 길들여졌습니다."

오그뇨프는 말을 이었다.

"거의 매일 당신 집을 방문했고, 열흘 정도는 이곳에서 잠을 잤고, 생각하기가 끔찍할 정도로 과실주를 많이 마신 것 같습니다. 그러나 가브리일 페트로비치, 중요한 것은 당신의 협조와 도움에 감사를 드리고 싶다는 것입니다. 당신이 아니었다면 저는 통계학자료를 붙잡고 시월까지 이곳에서 끙끙댔을 겁니다. 그래서 통계학 연감의 서문에 이렇게 쓸 겁니다. 'N군 지방의회 의장인 쿠즈네초프의 친절한 협력에 대해 깊은 감사를 드립니다'라고 말입니다. 통계학의 미래는 이제 찬란할 겁니다! 베라 가브리일로브나에게 정중한 인사를 전해주시고, 의사들과 연구자들 그리고 당신의 비서에게도 도움을 결코 잊지 않을 거라는 인사를 전해주시기 바랍니다. 자, 그럼 어르신, 서로 포옹하고 마지막 입맞춤을 나누도록 합시다."

술기운에 나른해진 오그뇨프는 다시 한 번 노인과 입맞춤을 한 뒤 계단을 내려가기 시작했다. 마지막 계단에 다다랐을 때 그는 노인을 보며 물었다.

"우리가 언제 다시 만날 수 있겠습니까?"

"그야 아무도 모르지!"

노인이 대답했다.

"아마 절대로 다시 만나지 못할걸세."

"예, 그럴 겁니다! 어르신께선 피테르*로 도무지 오려 하시지 않고 저도 아마 이곳으로 다시 올 일이 없을 것 같습니다. 자, 그럼 안녕히 계십시오!"

"책 보따리는 이곳에 놓아두고 가게나!"

쿠즈네초프가 뒤에서 말했다.

● 피테르 제정 러시아 시대의 수도인 상트 페테르부르크의 약칭.

"그렇게 무거운 것을 끌고 다닐 필요가 뭐 있는가? 내일 사람을 시켜 자네에게 보내주도록 하겠네."

그러나 오그뇨프는 이미 노인의 말이 들리지 않을 만큼 테라스에서 멀어져 있었다.

거나하게 술이 취한 오그뇨프의 마음은 즐거웠고 따뜻했지만 슬프기도 했다. 그는 평생을 살면서 이렇게 좋은 사람들을 얼마나 자주 만날 수 있을까, 이러한 만남 뒤에는 그들에 대한 추억을 제외하곤 아무것도 남지 않는다는 것이 얼마나 안타까운 일인가를 생각하면서 걸어갔다. 때때로 지평선에 학들이 희미하게 보이고 잔잔한 바람에 구슬프면서도 환희에 찬 울음소리가 들려오지만, 채 몇 분도 지나지 않아 먼 푸른 하늘을 아무리 쳐다봐도 학들의 모습은 온데간데없이 사라졌고 울음소리도 전혀 들리지 않는 경우가 있다. 이와 마찬가지로 하찮은 기억의 흔적을 제외하곤 아무것도 남지 않고 사람들의 얼굴과 말들은 희미해지고 과거 속으로 깊이 잠기곤 한다.

초봄부터 N군에서 지내면서 거의 매일같이 너무나도 친절한 쿠즈네초프 집을 방문한 이반 알렉세예비치는 노인과 그의 딸, 그리고 하인들이 한 가족처럼 생각될 정도로 편해졌고, 안락한 테라스, 굽은 오솔길, 부엌과 욕실 창밖으로 드리워진 나뭇가지를 포함해 그 집의 아주 사소한 것까지 알게 되었다. 그러나 그가 지금 쪽문을 통해 그 집에서 나가게 되면 이 모든 것은 실제적인 의미를 영원히 상실하면서 추억으로 변할 것이고 한두 해가 지나면 마치 환상이나 상상의 산물처럼 그의 의식 속에서 사랑스런 형상으로 희미하게 기억될 것이다.

'인생에서 사람보다 더 고귀하고 소중한 것은 없어!'

여전히 흥분이 가라앉지 않은 오그뇨프는 오솔길을 따라 쪽문 쪽으로 걸어가면서 생각했다.

'사람보다 소중한 것은 없지!'

정원은 조용하고 아늑했다. 정원의 화단에는 아직 활짝 피지 못한 레제다,• 담뱃잎, 헬리오트로프의 향기가 풍겨났다. 키 작은 나무와 키 큰 나무의 가지 사이에는 달빛에 반사된 부드럽고 옅은 안개가 가득 차 있었다. 오그뇨프의 기억 속에는 환영처럼 보이는 이 안개 파편들이 눈에는 보이지만 소리 없이 오솔길을 따라 서로를 뒤쫓고 있는 것으로 영원히 남아 있게 되었다. 달은 정원 높이 떠 있었고 달 아래로는 투명한 안개 조각이 동쪽 어딘가로 흘러가고 있었다. 모든 세상은 마치 검은 실루엣과 떠돌아다니는 하얀 그림자로만 구성된 것 같았다. 달빛에 비친 8월 저녁의 안개를 바라보고 있던 오그뇨프는 이제껏 인생을 살아오면서 거의 처음으로 자신이 자연이 아니라, 오색 불꽃으로 정원을 밝히고 싶어 하는 서투른 불꽃놀이 기술자가 관목 사이에 앉아 불꽃뿐만 아니라 하얀 연기를 공중으로 날려 보내는 무대장치를 보고 있다고 생각했다.

오그뇨프가 정원 끝에 있는 쪽문으로 다가갔을 때 키 작은 나무

• 레제다 북아프리카 원산지인 향기가 강한 풀.

들이 모여 있는 작은 정원 쪽에서 어두운 그림자가 떨어져 나와 그에게 다가왔다.

"베라 가브리일로브나!"

그는 반가운 목소리로 말했다.

"여기에 계셨습니까? 작별인사를 하고 싶어서 얼마나 당신을 찾았는지 모릅니다. 안녕히 계십시오, 저는 이제 떠납니다!"

"이렇게 일찍 가세요? 아직 열한 시도 안 되었잖아요."

"아닙니다. 가야 합니다! 오 베르스타 정도 걸어야 되고 가서 짐도 싸야죠. 내일 아침 일찍 일어나서……."

오그뇨프의 앞에는 스물한 살의 쿠즈네초프의 딸 베라가 서 있었다. 그녀는 늘 우울해 보이고 아무렇게나 옷을 입고 다니지만 흥미로운 아가씨였다. 공상을 많이 하고 하루 종일 누워서 게으름을 피우며 손에 잡히는 대로 책을 읽는 아가씨들은 종종 권태감과 우울함에 빠져 옷도 아무렇게나 입기 마련이다. 그들 중에서 타고난 미적 취향과 본능을 가진 아가씨는 옷을 아무렇게나 입어도 독특한 매력을 풍길 때가 있다. 적어도 이후에 오그뇨프가 이 훌륭한 아가씨를 회상하게 될 때 허리 깊숙한 부분에 주름 잡혀 구겨진 모습과 함께 신기하게도 몸통에는 닿지 않는 헐거운 여성용 재킷을 입은 모습, 높게 들어 올린 머리채에서 빠져나와 이마에 드리워진 한 가닥 고수머리가 있는 얼굴, 가장자리에 작은 털 방울이 달려 있는 구겨진 붉은 숄을 걸친 모습을 제외하고 생각하기란 불가능했다. 게다가 이 숄은 바람 한 점 없는 날의 축 늘어진 깃발처럼 저녁마다 베로츠카*의 어깨에 우울하게 걸쳐져 있었고, 낮에는 현관에 걸려 있는 남성용 모자들 주변에 구겨진 채로 뒹굴고 있거나 식당의 궤짝에 놓여 있어서 늙은 고양이가 그 위에서 염치없이 잠을 자기도 했다. 그리고 이 숄과 구겨진 재킷 때문에 집에서만 생활하는 여자에게서 나타나는 자유분방함과 나태함, 그리고 온화함이 풍겨 나왔다. 아마도 오그뇨프가 베라를 좋아했기 때문에 그녀의 단추 하나하나에서 그리고 신발 끈에서조차 따뜻하고 편안하고 순수한 어떤 것과, 진실하지 못하고 미적 감각이 결여된 차가운 여자에게서는 볼 수 없는 훌륭하고 시적인 뭔가를 읽어낼 수 있었다.

베로츠카는 좋은 몸매에 균형 잡힌 옆모습과 아름답게 굽이치는 머리칼을 지니고 있었다. 살면서 거의 여자를 만나보지 못한 오그뇨프에게 그녀는 상당한 미인으로 보였다.

"떠납니다!"

쪽문 근처에서 그녀에게 작별의 말을 건넸다.

"나쁜 기억은 잊어주세요! 모든 것에 대해 감사드립니다."

노인과 이야기를 나눌 때처럼 오그뇨프는 눈을 껌뻑거리고 어깨를 들썩이면서 찬송가를 부르는 신학생의 목소리로 베라에게 환대·배려·친절에 대한 감사의 말을 전했다.

"어머니에게 편지를 쓸 때마다 당신에 관한 얘기를 썼습니다."

그가 말했다.

● 베로츠카 베라의 애칭.

"만약에 세상 모든 사람이 당신이나 당신 아버지 같다면 정말로 살기 좋은 세상이 될 겁니다. 당신 집안의 모든 사람은 정말로 훌륭합니다! 모두들 소박하고 친절하고 진실한 분들입니다."

"이제 어디로 가시나요?"

베라가 물었다.

"우선은 오룔에 계시는 어머니에게 들러서 한두 주 정도 머물다가 직장이 있는 피테르로 가야죠."

"그다음에는요?"

"그다음이라니요? 겨울 내내 일하고 봄이 되면 다시 어느 군으로 자료를 수집하러 떠나겠지요. 자, 그럼 행복하시고 건강하시길. 나쁜 기억은 모두 다 잊어주세요. 더 이상 만나기 힘들 겁니다."

오그뇨프는 머리를 숙여 베로츠카의 손에 입을 맞추었다. 말 없는 흥분 속에서 그는 망토를 고쳐 입고 책 꾸러미를 좀 더 편하게 고쳐 들었다. 잠시 침묵하다가 그가 말했다.

"안개가 참 많이 몰려들었군요!"

"그래요. 혹시 뭐 잊고 가시는 건 없으세요?"

"뭐 말입니까? 없는 것 같은데……."

몇 초 동안 오그뇨프는 말없이 서 있다가 꾸물거리면서 쪽문 쪽으로 몸을 돌리고 정원을 빠져나갔다.

"잠시만요, 제가 숲까지 바래다드리겠어요."

그의 뒤를 따라 오면서 베라가 말했다.

그들은 길을 따라 걸었다. 이제는 나무들이 시야를 가리지 않아

하늘과 먼 곳까지 볼 수 있었다. 마치 베일에 덮인 것처럼 자연 경치는 투명하면서도 둔탁한 안개 뒤에 숨어 있었고, 오히려 그로 인해 자연의 아름다움이 생기 있게 느껴졌다. 더 짙어지고 더 하얗게 변해버린 안개는 곡식더미와 키 작은 나무 주변에 이리저리 걸쳐 있었고, 안개 파편은 길을 따라 걷는 사람의 시야를 방해하지 않으려고 땅에 바싹 엎드려 있는 것 같았다. 안개를 뚫고 숲 속까지 이어진 길 전체가 보였다. 숲길의 양쪽 가장자리에는 어두운 도랑이 있었는데, 안개 파편이 돌아다니는 것을 막고 있는 듯한 키 작은 나무들이 그곳에 뿌리를 두고 자라나고 있었다.

'왜 그녀가 지금 나와 함께 가는 걸까? 그녀를 다시 바래다줘야 되는 걸까?'

오그뇨프는 잠시 생각하다가 베라의 옆모습을 보면서 미소 지으며 말했다.

"이렇게 좋은 날씨에는 정말 떠나고 싶지 않군요! 정말로 낭만적인 밤이군요. 달도 있고 조용하고 필요한 모든 것이 다 있으니 말입니다. 혹시 아실지 모르겠지만 베라 가브리일로브나, 제가 올해 스물아홉 살입니다만 아직 한 번도 연애를 못해봤습니다. 살면서 낭만적인 사건이 없었기에 근사한 만남도 없었고 오솔길을 걸으며 탄식도 못해봤고 입맞춤도 못해봤습니다. 그런 것들은 그저 들어서 알고 있을 뿐입니다. 비정상적인 삶을 살았죠! 페테르부르크에 있는 집에 누워 있을 때에는 이러한 허전함을 깨닫지 못했는데 이곳에서 이렇게 신선한 공기를 맞고 있으니 허전함이 강하게 느껴집니다. 왠지 화가 나기도 하는군요!"

"왜 그렇게 사신 거죠?"

"모르겠습니다. 아마도 그 동안 시간이 없었거나 아니면 그저 괜찮은 여자를 만나지 못했기 때문이겠죠. 그러니까 어떤 여자냐 하면……. 사실 저는 아는 사람도 별로 없고 잘 돌아다니지도 않았습니다."

두 젊은이는 삼백 걸음 정도 아무 말 없이 걸어갔다. 오그뇨프는 베로츠카의 훤히 드러난 머리와 숄을 보았고, 그의 마음속에는 지난봄과 여름의 나날들이 차례로 되살아났다. 저 멀리 페테르부르크의 우중충한 방에서 살면서 좋은 사람들의 보살핌을 받고 좋아하는 일과 자연의 경치를 즐기면서도 그는 아침노을이 저녁노을로 어떻게 바뀌는지를 알아채지 못했고, 여름이 끝나가는 것을 알리면서 처음에는 꾀꼬리가 다음에는 메추라기가 조금 지나서는 뜸부기가 차례로 노래 부르는 것을 멈춘다는 사실 또한 알지 못하고 살았던 시간들이 떠올랐다. 시간이 빠르게 지나가고 있었다는 사실을 알지 못했던 것이다. 그만큼 편안하고 안락한 생활을 했던 것이다. 부유하지도 않고 사람을 만나고 돌아다니는 것에 익숙하지도 않았던 그가 4월 말경에 권태와 고독이 기다리고 있을 것만 같고, 그가 생각하기에 학문 중에서 현재 가장 두드러진 위치를 차지하고 있는 통계학에 대해 무관심할 것만 같은 이곳 N군으로 얼마나 오기 싫어했는가를 회상했다.

4월의 어느 아침에 N군에 도착한 그는 구교도* 신자인 랴부힘의 여인숙에서 하루 20코페이카에 담배는 밖에서 피우기로 계약하고 밝고 깨끗한 방을 구했다. 여인숙에서 잠시 휴식을 취한 오그뇨프는 N군의 지방의회 의장이 누구인지 물어본 다음 가브리일 페트로비치의 집으로 즉시 출발했다. 4베르스타 정도를 걸어가면서 그는 화려한 초원과 어린 나무로 덮여 있는 숲을 지나게 되었다. 종달새의 청아한 노랫소리가 구름 아래로 가득 울려 퍼졌고, 푸른 풀밭 위로 갈가마귀가 힘차고 단정하게 날갯짓하며 날아다니고 있었다.

"오, 하나님!"

그 당시 오그뇨프는 놀라움에 가득 찬 목소리로 말했다.

"이곳은 항상 이렇게 공기가 좋은 겁니까, 아니면 단지 오늘만 저의 도착을 환영하려고 좋은 냄새가 나는 겁니까?"

쿠즈네초프의 딱딱하고 사무적인 접대를 예상한 그는 눈을 힐끗거리고 부끄러운 듯 턱수염을 만지작거리며 조심스레 집 안으로 들어갔다. 노인은 처음에는 이맛살을 찌푸리면서 대체 이 젊은이와 그의 통계학이 지방의회에 무슨 필요가 있는지 이해하지 못했다. 그러나 그 젊은이가 통계자료가 무엇인지 그리고 어디서 그것을 수집하는지에 대해 장황하게 설명하자 가브리일 페트로비치는 생기가 돌며 웃음을 지었고, 어린아이와 같은 호기심으로 그의 공책들을 쳐다보기 시작했다. 그리고 그날 저녁 이반 알렉세이치[*]

---

[*] 구교도 1652년 러시아정교회의 총주교인 니콘의 종교개혁에 반발해 이전의 전통을 지키려고 분리된 러시아정교회의 한 분파.

는 쿠즈네초프 집에서 저녁을 대접받았고 독한 과실주에 빨리 취해버렸다.

자신이 새롭게 알게 된 사람들의 평온한 얼굴과 만사태평인 듯한 굼뜬 행동을 보면서, 그는 잠이 오거나 기지개를 켜거나 웃고 싶을 때 생기곤 하는 달콤하고 기분 좋은 나태함이 온몸에 퍼지는 것을 느꼈다. 새로운 지인들은 그를 온화한 눈길로 바라보면서 어머니와 아버지는 계신지, 한 달에 월급은 얼마나 받는지, 극장에는 자주 가는지 등을 물어보았다.

오그뇨프는 시골의 작은 마을들을 돌아다니면서 소풍을 갔던 일, 고기를 잡았던 일, 사람들과 함께 단체로 여자 수도원장 마르파가 있는 여자 수도원을 방문해 유리 구슬이 달린 지갑을 선물받았던 일들을 회상했다. 또한 그는 격렬하면서 끝이 나지 않는 완전한 러시아식 논쟁을 기억했다. 러시아식 논쟁은 주로 논쟁을 좋아하는 사람들이 모여 침을 튀겨가면서 주먹으로 탁자를 치기도 하고, 서로가 무슨 말을 하는지도 이해하지 못하기도 하고, 상대편의 말을 끊기도 하고, 자기 자신도 무슨 말을 하는지도 모르기에 하는 말마다 모순을 일으키곤 했다. 그러면서 주제가 바뀌기도 하고 두세 시간 논쟁을 더 하다가 웃으면서 다음과 같이 말하면서 마무리를 했다.

"이런, 젠장! 우리가 무슨 주제로 논쟁을 시작한 거지? 건강에

● 알렉세이치 원이름은 이반 알렉세예비치 이지만 이하 본문에서는 축약 형태로 알렉세이치라고 쓰고 있다.

관해서 시작했는데 죽음에 관한 말로 끝이 났군!"

"혹시 저와 당신, 그리고 의사가 함께 말을 타고 셰스토보로 간 것을 기억하십니까?"

이반 알렉세이치는 베라와 함께 숲길로 접어들면서 말했다.

"그때 유로디비*를 만났었죠. 제가 그 사람에게 오 코페이카를 주었는데, 그 사람은 제게 오 코페이카를 받더니 성호를 세 번 긋고 나서는 그걸 호밀밭에 던져버렸죠. 오, 하나님! 그때 제가 얼마나 강렬한 인상을 받았던지! 만일 그 인상을 잘 모아서 간직해두었더라면 정말 금괴 한 짝만큼의 값어치가 있었을 겁니다. 그래서 왜 똑똑하고 감정이 풍부한 사람이 수도에만 바글거리고 이곳으로 오지 않는지 이해되지 않습니다. 정말로 이곳보다 네프스키 거리*의 우중충한 커다란 집들에 살아야지만 진리와 자유를 더 잘 느낄 수가 있단 말입니까? 정말로 저는 천장에서 바닥까지 예술가들이 그린 그림들, 학자들의 책들, 저널리스트들의 잡지와 신문 등으로 도배된 제 방이 항상 편견으로 가득 차 있다는 생각이 듭니다."

숲에서 스무 걸음 정도 떨어진 길 건너편에는 쿠즈네초프 집안 사람이 손님과 저녁 식사를 마치고 산보하면서 배웅해줄 때 작은 정거장 같은 구실을 하는 작은 다리가 보였다. 폭이 좁고 크지 않는 그 다리는 양쪽 끝에 작은 기둥이 있었다. 그 다리에서 사람들은 숲 속을 향해 메아리를 울리는 장난을 치기도 했고, 어두운 숲

● 유로디비 일부러 바보스럽거나 비정상적으로 미치광이 행세를 하는 고행성자.
● 네프스키 거리 페테르부르크의 중심 거리.

속으로 길이 어떻게 뻗어 있는가를 보기도 했다.

"자, 이제 다리에 왔군요!"

오그뇨프가 말했다.

"이제 돌아가셔야 되겠군요."

베라는 멈춰 서서 숨을 돌렸다.

"우리 잠시 앉기로 해요."

그녀는 한쪽 기둥 위에 앉으면서 말했다.

"헤어지고 떠나기에 앞서 보통 여기에 잠시 앉곤 해요."

오그뇨프는 그녀의 옆에 책 꾸러미를 놓고 그 위에 불편하게 앉아서 말했다. 그녀는 걸어온 탓인지 거칠게 숨을 쉬었고, 이반 알렉세이치를 보지 않고 어딘가 옆쪽을 바라보았기에 그에게 그녀의 정면 얼굴은 보이지 않았다.

"한 십 년쯤 지나서 우리가 갑자기 만나게 된다면……."

그가 말했다.

"그때 우리는 어떤 모습을 하고 있을까요? 아마 당신은 한 가정의 존경받는 어머니가 되어 있을 테고, 저는 뭐 한 사만 권 정도 되는 두꺼운 전집처럼 아무에게도 필요 없는 통계연감 전집을 편찬한 존경받는 저자가 되어 있겠죠. 십 년 후에 만나서 옛날 일을 한번 회상해보는 겁니다. 우리는 지금 현재라는 시간을 느끼면서 살고 있고, 이 현재는 우리 삶을 가득 채우면서 우리를 흥분시키고 있죠. 그러나 십 년 후에 만날 때에는 우리는 이미 이 다리에서 마지막으로 만나고 있는 지금의 날짜도, 달도, 심지어 연도도 기억하지 못할 겁니다. 당신도 아마 많이 변하실 거고요. 당신도 변하실 테죠?"

베라는 몸을 떨면서 그에게 얼굴을 돌렸다.

"뭐라고 하셨지요?"

그녀가 물었다.

"제가 지금 당신께 질문한 것은……."

"죄송해요, 당신이 하시는 말씀을 듣지 못했어요."

그 순간 오그뇨프는 베라에게 변화가 일어났다는 것을 알아차렸다. 그녀는 창백했고 거칠게 숨을 쉬고 있었고, 그녀의 거친 숨소리는 팔과 입술 그리고 머리로 전달되었고, 높다란 머리채에서 빠져나와 이마에 드리워진 고수머리는 언제나처럼 한 가닥이 아니었고 두 가닥이 되어 있었다. 분명 그녀는 자신의 흥분 상태를 감추기 위해 오그뇨프의 눈을 똑바로 쳐다보는 것을 피했고, 마치 목을 자를 것처럼 빳빳하게 세워진 옷깃을 바로잡았고, 붉은 숄을 한쪽 어깨에서 다른 어깨로 옮기고 있었다.

"추우신 모양이군요."

오그뇨프가 말했다.

"안개 속에 앉아 있는 것은 결코 건강에 좋지 않습니다. 당신을 집까지 모셔다드리겠습니다."

베라는 아무 말도 하지 않았다.

"무슨 일이 있습니까?"

이반 알렉세이치는 웃으면서 물었다.

"아무 말씀도 하시지 않고 제 질문에 대답도 하시지 않는군요. 몸이 좋지 않으신 겁니까, 아니면 저에게 화가 나신 겁니까?"

베라는 오그뇨프를 향하고 있는 자신의 볼에다 손바닥을 강하게 댔다가 곧바로 신경질적으로 떼어냈다.

"끔찍한 상황이에요."

얼굴에 극심한 고통이 나타나면서 그녀가 작은 소리로 말했다.

"끔찍해요!"

"무엇이 끔찍하다는 겁니까?"

놀라움을 감추지 못하고 어깨를 들썩이면서 오그뇨프가 물었다.

"무슨 일입니까?"

여전히 거칠게 숨을 몰아쉬고 어깨를 떨면서 베라는 그에게서 등을 돌리더니 하늘을 잠시 바라보고 나서 말했다.

"당신에게 꼭 할 말이 있어요. 이반 알렉세이치."

"말씀하세요."

"어쩌면, 당신에게 좀 이상하게 들릴지도 모르겠고 놀라실 수도 있지만 저는 상관없어요."

오그뇨프는 어깨를 한 번 들썩이고는 그녀의 말을 기다렸다.

"그러니까 그게……."

고개를 숙이고 손가락으로 숄의 방울들을 잡아당기면서 베로츠카가 입을 열었다.

"그러니까 제가 당신에게 할 말이 있는데……. 당신에게 좀 이상하고 말도 안 되는 소리처럼 들릴 수도 있겠지만……. 저는 더 이상은 못 견디겠어요."

베라의 말은 알아듣기 힘든 중얼거림으로 변하더니 울음을 터트리면서 갑자기 중단되었다. 아가씨는 숄로 얼굴을 감싸고 고개를 더욱 낮게 숙이고는 목 놓아 울기 시작했다. 당황한 이반 알렉세이치는 어쩔 줄 몰라 했고, 몹시 놀라서 무슨 말을 어떻게 해야 할지 알지 못한 채 멍하니 주변을 둘러보기만 했다. 울음과 눈물에 익숙하지 않은 그는 눈앞이 캄캄할 정도로 당혹스러웠다.

"이런, 이게 뭐야!"

정신이 혼미한 상태로 그는 중얼거렸다.

"베라 가브리일로브나, 대체 무슨 일이 있는 겁니까? 아리따운 아가씨, 혹시 어디가 많이 아프신 겁니까? 아니면 누가 당신을 모욕했습니까? 당신이 말씀해주신다면 혹시 제가 도움을 드릴 수도 있을 겁니다."

그가 위로하려고 애쓰면서 그녀의 얼굴에서 조심스레 그녀의 손을 떼어냈을 때 그녀는 눈물을 흘리면서도 그에게 미소 지으며 말했다.

"저는, 저는 당신을 사랑해요!"

평범한 인간의 혀에서 나온 지극히 단순하고 일상적인 이 말이 오그뇨프를 매우 당황하게 만들었고, 베라에게서 몸을 돌려 벌떡 일어나게 만들었고, 당혹감에 이어 경악마저 느끼게 했다.

과실주와 작별로 인해 그에게 찾아온 슬픔, 따뜻함, 감상적인 기분이 순식간에 사라져버렸고, 그 자리를 대신해 난처함이라는 긴장되고 불쾌한 감정이 생겨났다. 그의 마음은 완전히 바뀌어졌다. 그는 베라를 흘끗 쳐다보았는데, 그에게 사랑을 고백하고 난 후 여자를 매력 있게 만드는 도도함을 던져버린 그녀는 왠지 키도 더 작아 보였고 더 평범해 보였고 더 침울한 얼굴처럼 보였다.

'이게 무슨 일이야?'

그는 두려움을 느끼면서 마음속으로 생각했다.

'그런데 나는 그녀를 사랑하는 걸까 그렇지 않은 걸까? 이것이 문제로군!'

한편 매우 중요하고 어려운 것을 마침내 말해버린 그녀는 이미 편안하고 안정적으로 호흡을 했다. 그녀 역시 일어나서 이반 알렉세이치의 얼굴을 똑바로 쳐다보면서 그동안 참아왔던 말들을 열정적으로 쏟아내기 시작했다.

갑작스럽게 놀란 일을 당한 사람이 이후에 자신이 당한 일들을 차례대로 기억하지 못하듯이, 오그뇨프 역시 베라의 입에서 나온 단어와 어절을 지금도 기억하지 못하고 있다. 그의 기억 속에는 단지 그녀가 말한 내용, 그녀 자체, 그리고 그녀의 말을 통해 느꼈던 전체적인 분위기만 남아 있을 뿐이다. 그는 너무 흥분해서 짓눌리고 약간은 쉰 듯한 목소리와 억양 속에서 느꼈던 기괴한 음악성과 열정을 기억하고 있다. 울기도 하고 웃기도 하면서 속눈썹에 눈물 방울의 흔적이 남아 있는 채로 그녀는 그를 처음 본 순간부터 독특한 분위기, 현명함, 선량함, 똑똑해 보이는 눈빛, 인생에 대한 확고

한 목적과 방향성에 감동을 받았고, 그래서 그를 미치도록 열정적으로 사랑하게 되었다고 말했다. 지난여름 정원에서 집으로 가고 있을 때 현관에 있는 그의 망토를 보거나 목소리를 멀리서라도 듣게 되면 그녀의 가슴은 전율과 행복한 예감으로 가득하게 되었고, 심지어 그의 재미없는 농담도 그녀를 웃게 만들었고, 그의 공책에 적혀 있는 모든 숫자에서도 비범하고 현명한 대단한 뭔가를 보았고, 그의 옹이진 지팡이는 그녀에게 매우 아름다운 나무처럼 느껴졌다고 말했다.

숲과 안개 파편 그리고 길 양쪽으로 흐르는 검은 도랑은 고요해졌지만, 그녀의 이야기를 듣고 있던 오그뇨프의 마음에는 뭔가 좋지 않고 이상한 기분이 들기 시작했다. 사랑을 고백하는 베라의 모습은 황홀할 만큼 아름다웠고 진심과 열정을 다해 말했지만, 그는 자신이 원했던 삶의 기쁨이나 희열을 느낀 것이 아니라 단지 베라에 대한 연민과 자신으로 인해 좋은 사람이 괴로움을 당하고 있다는 것에 대한 고통과 동정을 느꼈다. 책을 통해 배운 이성이 내부에서 그를 각성시켰기 때문인지 아니면 사람들의 삶을 자주 방해하는 객관성을 유지하려는 떨치기 힘든 습관 때문에 그런 감정들이 생겼는지는 알 수 없지만, 베라의 환희와 고통은 그에게 지나치게 부담스럽거나 심각하지 않은 것으로 여겨졌다. 그러나 이와 동시에 그가 지금 듣고 보고 있는 이 모든 것은 자연과 개인의 행복이라는 관점에서 본다면 그 어떤 통계학이나 책이나 진리보다 더 중요한 것이라는 감정이 그의 내부에서 일어나면서 그에게 속삭이고 있었다. 그리고 그는 비록 자신의 잘못이 어디에 있는지 알지 못하면서도 자신에게 화를 내고 스스로를 책망했다.

극도로 난처한 상황에서 그는 자신이 무슨 말을 해야 할지 확실하게 알지 못했지만, 무슨 말이라도 해야 한다는 것은 알고 있었다. '나는 당신을 사랑하지 않습니다'라고 말하기에는 그럴 만한 용기가 나지 않았고, '나도 당신을 사랑합니다'라고 말하려니 아무리 그의 마음을 파헤쳐 봐도 작은 불씨조차 찾을 수 없었다.

그는 침묵했지만, 그러는 사이 그녀는 그를 보고 있는 것보다 더 큰 행복은 없으며 그가 원하는 곳이라면 지금 당장이라도 그를 따라가서 그의 아내가 되고 협력자가 되고 싶고, 만일 그가 자신을 떠나버리면 그녀는 그의 대한 그리움으로 죽어버릴 것 같다는 등등의 이야기를 했다.

"저는 여기에 더 이상 머물고 싶지 않아요!"

그녀는 두 손을 불끈 쥐며 말했다.

"저는 이 집과 숲, 이곳의 공기가 싫증나요. 저는 끝없는 평안과 목적 없는 삶을 견딜 수가 없어요. 그리고 물방울처럼 모두 비슷비슷한 이곳의 창백하고 개성 없는 사람들과 더 이상 같이 살 수 없어요! 모두 친절하고 선량하지만 그것은 그들이 고통을 겪지도 않고 투쟁하지도 않을 만큼 풍족한 삶을 누리기 때문이에요. 그러나 저는 노동과 궁핍으로 괴로움과 고통을 느끼며 살 수 있는 커다랗고 습기 찬 집에서 살고 싶어요."

그러나 그 말 역시 오그뇨프에게는 지나치게 부담스럽고 심각하지 않은 것으로 여겨졌다. 베라의 말이 끝났지만 그는 여전히 무슨 말을 해야 할지 알지 못했다. 그러나 더 이상 침묵할 수 없다는 것을 알았기에 조심스레 말을 하기 시작했다.

"베라 가브리일로브나! 당신의 그런 감정을 받을 만한 가치가 없는 사람임에도 불구하고 저를 그렇게 생각해주시는 것에 대해 우선 깊은 감사를 드립니다. 그다음으로 저는 정직한 사람이기에 당신께 꼭 말씀을 드려야겠다는 생각이 들어서……. 행복은 동등한 조건에서 가능한 것입니다. 그러니까 두 사람이 서로 사랑을 해야지만……."

그러나 오그뇨프는 곧바로 자신이 한 말에 부끄러움을 느껴서 입을 다물었다. 그는 바로 그 순간 자신의 얼굴이 멍청하고 죄스럽고 진부하게 경직되고 긴장된 것을 느꼈다. 베라는 분명 오그뇨프의 얼굴에서 진실을 읽어낸 것 같았다. 왜냐하면 그녀의 얼굴이 돌연 심각해지면서 창백해지더니 고개를 떨어뜨렸기 때문이었다.

"나를 용서해주십시오."

침묵을 참지 못하고 오그뇨프가 웅얼거렸다.

"저는 당신을 존경하기 때문에 마음이 아픕니다!"

베라는 갑자기 몸을 획 돌리더니 빠른 걸음으로 집을 향해 걸어갔다. 오그뇨프는 그녀의 뒤를 쫓아갔다.

"아니에요. 오실 필요 없어요!"

베라는 그에게 손을 내저으면 말했다.

"오지 마세요. 저 혼자 가겠어요."

"아닙니다. 그래도 바래다드려야지⋯⋯."

오그뇨프는 자신이 무슨 말을 하더라도 말 한 마디 한 마디가 혐오스럽고 진부하다고 느꼈다. 한 걸음 한 걸음 걸을 때마다 그의 마음속에는 죄책감이 자라나기 시작했다. 그는 화가 나서 주먹을 불끈 쥐었고 자신의 냉담함과 여자 문제를 잘 다루지 못하는 미숙함을 저주했다. 그는 베로츠카의 아름다운 몸매, 그녀의 머리칼, 그리고 먼지 가득한 길에 남아 있는 그녀의 발자국을 바라보며 그녀의 말들과 그녀의 눈물을 떠올리면서 마음의 열정을 깨우려고 했지만, 이 모든 것이 단지 그의 마음에 동정의 감정만 생기게 할뿐 어떤 흥분도 불러일으키지 못했다.

'아, 사랑은 억지로 하는 것이 아니구나!'

그는 이러한 확신이 드는 동시에 다음과 같은 생각이 들었다.

'그럼 내가 언제 자발적인 사랑을 할 수 있겠는가? 내 나이가 벌써 서른인데! 베라보다 더 좋은 여자를 결코 만난 적도 없었고 앞으로도 절대로 만나지 못할 텐데. 오, 빌어먹을 나이 같으니! 서른 살이라니!'

베라는 고개를 숙이고 그를 외면한 채 더욱더 빨리 그를 앞질러 걸어가고 있었다. 오그뇨프는 그녀의 어깨가 슬픔으로 더 좁아 보이고 볼품없어 보인다는 느낌이 들었다.

'지금 그녀의 마음이 어떨지 상상이 되는군!'

그녀의 등을 바라보면서 그는 생각했다.

'수치스럽고 고통스러워 죽고 싶은 마음이 들 거야! 오, 하나님,

돌덩이조차 감동할 만큼 이 모든 것에 삶과 시적인 의미가 얼마나 많이 들어 있었는데, 그걸 깨닫지도 못하다니! 멍청하고 바보 같은 놈!'

쪽문 앞에서 베라는 그를 힐끗 쳐다보더니 다시 고개를 숙이고 숄로 몸을 감싸고는 오솔길을 따라 서둘러 가버렸다.

홀로 남겨진 이반 알렉세이치는 숲 쪽으로 다시 몸을 돌려 천천히 걸어가다가 여러 번 멈춰 서서 자기 자신도 믿을 수 없다는 표정을 온몸으로 표현하면서 쪽문 쪽을 바라보았다. 그는 길에 나 있는 베로츠카의 발자국을 눈으로 더듬으면서 그렇게 마음에 들어 했던 아가씨가 방금 자신에게 사랑을 고백했음에도 꼴사납고 거칠게 '거절'한 자기 자신을 믿을 수 없다는 생각에 잠겼다. 태어나서 처음으로 그는 인간은 자유의지로 결정을 내릴 수 없다는 사실을 몸소 체험하면서 확신하게 되었고, 선량하고 친절한 사람도 자신의 의지에 상관없이 가까운 사람에게 혹독하고 부당한 고통을 주게 되는 상황을 스스로 연출했던 것이다.

그의 마음은 고통스러웠고, 베라의 모습이 보이지 않게 되자 앞으로는 찾을 수 없는 아주 중요하고 친숙한 무언가를 잃어버린 듯한 느낌이 들었다. 그는 베라와 함께 젊은 날의 한 부분이 사라져버렸고, 그가 그처럼 헛되이 날려버린 그 순간이 다시는 오지 않을 거라는 생각이 들었다.

다리에 도착한 그는 멈춰 서서 생각했다. 그는 이해할 수 없는 냉담함의 원인을 찾고 싶어졌다. 그 원인은 외부에 있는 것이 아니라 바로 자신의 내부에 있다는 것은 명백했다. 진실로 그는 스스로 인정하게 되었다. 그것은 똑똑한 사람을 자주 자만하게 만드는 이성적 냉정함이나 이기심 가득한 어리석은 냉담함이 아니라 무기력한 마음과 심오한 아름다움을 인지하지 못하는 무능력함 때문이었고 빵 한 조각을 얻기 위한 무질서한 싸움과 독신생활 등으로 초래된 때 이른 노화 때문이었다.

그는 무의식적으로 천천히 걸어서 숲으로 갔다. 칠흑같이 짙은 어두움 속에서 달빛의 섬광이 매우 선명한 반점처럼 여기저기 반사되고 있는 이곳에서 오그뇨프는 자신의 생각 외에는 아무것도 느끼지 못하면서 잃어버린 것을 되돌리고 싶다는 강렬한 욕망을 느꼈다.

이반 알렉세이치는 다시 돌아간 것을 기억하고 있다. 베라의 모습을 억지로 떠올리고 그녀에 대한 기억을 되살리려고 노력하면서 그는 정원으로 서둘러 발길을 옮겼다. 동쪽 먼 곳에 안개가 끼어 있어 날이 흐리게 보였지만 길과 정원에는 이미 안개가 걷혔고 하늘에서 달빛이 선명하게 대지를 밝혀 마치 씻은 듯이 환한 모습이었다. 오그뇨프는 자신의 조심스런 발걸음, 어두운 창문, 헬리오트로프와 레제다의 짙은 향기를 기억하고 있다. 낯익은 개 카로가 반갑게 꼬리를 흔들며 다가와 그의 손을 핥아주었다. 그 개는 그가 집 주변을 두어 번 돌면서 베라의 불 꺼진 창가에 서서 손을 흔들어대다가 깊은 한숨을 쉬며 정원에서 나온 것을 목격한 유일한 생명체였다.

피곤하고 마음에 깊은 상처를 입은 그는 한 시간 후에 도시로 돌아왔고, 자신의 몸뚱이와 화끈거리는 얼굴을 여인숙 대문에 기대고 문을 두드렸다. 도시 어딘가에서 잠에 취해 구슬프게 우는 개 짖는 소리가 들렸고 그의 노크 소리에 대답이라도 하듯이 교회에서 쇠종소리가 울리기 시작했다.

"밤마다 싸돌아다니는구먼."

마치 여자 잠옷처럼 긴 옷을 입은 구교도 신자인 주인이 물을 열어주면서 불평했다.

"싸돌아다니는 것보다 하나님께 기도하는 게 더 나을 거야."

자신의 방으로 들어온 이반 알렉세이치는 침대에 몸을 눕히고 오랫동안, 아주 오랫동안 불빛을 바라보다가 고개를 한 번 가로저은 다음 짐을 꾸리기 시작했다.

(1887년)

4
집에서

"그리고리예프 씨께서 책을 보내왔는데 집에 계시지 않는다고 말씀드렸습니다. 그리고 우편배달부가 신문과 편지 두 통을 가져왔습니다. 저기, 예브게니 페트로비치. 세료자에게 관심을 좀 가져주셨으면 좋겠습니다. 오늘을 포함해 벌써 세 번씩이나 그 애가 담배 피는 것을 목격했습니다. 제가 훈계하면 세료자는 제 말을 듣지 않으려고 항상 귀를 틀어막고 큰 소리로 노래를 부릅니다."

지방 재판소 검사인 예브게니 페트로비치 브이코프스키는 회의를 마치고 방금 집에 돌아와서 서재에서 장갑을 벗으면서 여자 가정교사의 보고를 들으며 미소를 지었다.

"세료자가 담배를 핀다⋯⋯."

그는 어깨를 들썩거렸다.

"그 애가 담배를 들고 있는 모습이 상상이 가는군! 참, 올해 몇 살이지?"

"일곱 살이에요. 당신은 별로 심각하지 않은 일로 여기시는 모양인데, 그 나이에 담배를 피우는 것은 정말로 해롭고 바보 같은 습관입니다. 바보 같은 습관은 애초에 바로 고쳐야 합니다."

"전적으로 동감하네. 그런데 그 녀석은 담배를 어디서 구했지?"

"당신의 책상에서요."

"그래? 그렇다면 그 녀석을 불러야겠군."

가정교사가 나가자 브이코프스키는 책상 앞의 안락의자에 앉아 눈을 감고 생각에 잠겼다. 그는 아들 세료자가 커다랗고 기다란 궐련을 입에 물고 담배 연기를 내뿜는 장면을 그려보았다. 그 우스꽝스러운 그림은 그를 웃게 만들었다. 그와 동시에 가정교사의 진지하고 걱정스런 얼굴은 오래전에 거의 잊어버리고 있었던 지난 일을, 즉 유치원이나 김나지야에 다닐 때 아이들이 담배를 피워 선생과 부모의 얼굴을 아연실색케 만든 일을 떠올리게 했다. 그리고 그것은 또 다른 공포감을 불러일으켰다. 부모와 교사 중 누구 하나도 담배에 어떤 해독이 있는지, 담배 피우는 게 무슨 죄가 되는지 알지 못하면서 담배 피운 아이들을 사정없이 매질하고 김나지야에서 퇴학시켜버려서 그들의 인생을 망가뜨렸던 것이다. 심지어 매우 똑똑한 사람조차 무엇이 악한 것인지를 잘 이해하지도 못하면서도 악한 것처럼 보이는 것과 싸우는 것을 주저하지 않기도 한다.

예브게니 페트로비치는 매우 교양 있고 온화한 김나지야 시절의 교장 선생님을 기억해냈다. 나이 지긋한 교장 선생님은 담배 피우는 학생을 보면 너무 놀라서 창백해졌고, 즉시 비상 교사회의를 소집해 범죄자에게 퇴학조치를 선고했다. 분명 사람이 사는 사회의 법칙은 그런 것이다. 즉, 악덕이 이해되지 않을수록 그것을 비난하고 벌하는 것이 더 잔인하고 거칠어지기 마련이다.

검사는 퇴학당한 두세 명의 학생들과 그들의 최근의 삶이 기억났고, 많은 경우 벌이 죄 자체보다 더 악독하다는 생각이 강하게 들었다. 살아 있는 유기체는 재빠르게 환경에 익숙하거나 적응할 수 있는 능력을 가지고 있고, 어떠한 냄새에도 금세 익숙해진다. 만일 그렇지 않다면 인간은 이성적 활동의 이면에 얼마나 많은 비이성적인 것들이 도사리고 있는지를, 그리고 교육이나 법률이나 문학에서와 같이 그 결과에 따른 책임성이 심각한 영역에서조차도 납득할 만한 진실과 확신이 거의 없다는 것을 매 순간 느낄 수밖에 없을 것이다.

피곤에 지쳐 쉬고 있는 뇌 속으로 막 들어온 이와 같은 가볍고 애매한 생각들이 예브게니 페트로비치의 머릿속에서 돌아다니기 시작했다. 이 생각들은 어디에서부터 무슨 이유로 생겨났는지 모르겠지만, 뇌 표면을 떠돌다가 깊숙한 곳으로 각인되지 못한 채 그의 머릿속에서 오래 머물지 않았다. 매 시간마다, 심지어 매일 똑같은 틀에 박혀 사무적인 생각만 해야 하는 사람에겐 이러한 가정 일에 관한 생각은 자유로움과 편안함으로 기분 좋은 안락함을 주기도 한다.

저녁 8시 무렵이었다. 천장 위 이층에서 누군가가 이 구석 저 구석을 왔다 갔다 했고, 그 위의 3층에서는 피아노 레슨을 받는 듯한 소리가 들렸다. 초조하게 왔다 갔다 하는 듯한 발걸음 소리로 미루어보건대 그 주인공은 뭔가를 괴롭게 생각하고 있거나 치통으로 고통 받고 있다는 생각이 들었는데, 단조롭게 울려 퍼지는 피아노 소리 때문에 나태한 생각이 온몸에 퍼져 고요한 저녁 시간을 졸리게 만들었다. 방 두 개를 지나 있는 아이의 방에서 여자 가정교사와 세료자의 대화 소리가 들려왔다.

"아빠가 왔다고요!"

아이가 소리쳤다.

"아빠가 왔어요! 아빠! 아빠!"

"아빠가 부르시니 빨리 가봐."

가정교사는 마치 놀란 새가 빽빽거리듯이 큰 소리로 말했다.

"너에게 하실 말씀이 있으시단다!"

'그런데 대체 이 녀석에게 어떻게 말해야 하나?'

예브게니 페트로비치는 잠시 생각에 잠겼다.

그러나 그가 미처 생각을 정리하기도 전에 일곱 살 난 아들 세료자가 서재로 들어왔다. 입고 있는 옷을 보기만 해도 이 아이가 남자인지 여자인지 쉽게 알 수 있었다. 창백한 얼굴과 바싹 마르고 쇠약해 보이는 몸매에 입을 만한 옷은……. 아이는 온실 채소처럼 온몸이 축 늘어져 있었고, 그의 모든 행동이나 곱슬머리, 눈빛과 심지어 부드러운 빌로드 재킷마저 비정상적으로 연약하고 허약해 보였다.

"안녕, 아빠!"

아버지의 무릎 위로 재빠르게 기어올라 입을 맞추려고 하면서 가는 목소리로 말했다.

"저를 불렀어요?"

"잠시만, 잠시만. 세르게이 예브게느이치."

검사는 아들을 무릎에서 내리려고 하면서 말했다.

"뽀뽀를 하기 전에 잠시 이야기할 게 있다. 진지하게 말해야겠구나. 나는 지금 네게 화가 나 있고 이제 너를 더 이상 사랑하지 않는다. 다시 말하지만 나는 너를 사랑하지 않고 이제 너는 내 아들도 아니다. 알겠니?"

세료자는 아버지를 뚫어지게 쳐다보고 나서 시선을 탁자로 돌리더니 어깨를 들썩였다.

"제가 무슨 잘못을 했나요?"

그는 눈을 껌뻑거리면서 주저하듯 물었다.

"저는 오늘 아빠 서재에 한 번도 들어오지 않았고 아무것도 만진 것도 없어요."

"좀 전에 나탈리야 세묘노브나가 내게 하소연을 하더구나. 네가 담배를 핀다고 말이야. 사실이니? 너 담배 피우니?"

"예, 한 번 피워봤어요. 정말이에요!"

"이것 봐라! 게다가 거짓말까지 하는구나."

웃음을 숨기기 위해 인상을 찌푸리면서 검사가 말했다.

"나탈리야 세묘노브나는 네가 담배 피우는 것을 두 번 봤다고 말했다. 너의 세 가지 나쁜 행실이 드러났구나. 담배 피우는 것, 타인의 담배를 훔친 것, 거짓말 한 것. 죄가 세 가지나 되는구나!"

"아, 그래요!"

웃음기 가득한 눈으로 세료자는 기억해냈다.

"맞아요, 맞아! 두 번 담배를 피웠어요. 오늘 하고 그저께."

"그러니까 한 번이 아니라 두 번이라 이거지. 나는 너에게 매우 실망했다! 예전에 너는 정말 좋은 아이였는데, 지금 보아 하니 행실이 변했고 나쁜 아이가 되었구나."

예브게니 페트로비치는 세료자의 옷깃을 바로잡아주면서 생각했다.

'이제는 뭐라고 말해야 하나?'

"그래, 나쁜 짓을 했어. 나는 네게 이런 것을 기대한 게 아니야. 첫째, 너는 네 것이 아닌 담배를 가져갈 권리가 없어. 모든 인간은 단지 자신의 개인적 재물만 사용할 권리를 가지고 있어. 만일 그가 타인의 것을 취한다면, 그러니까 그는 나쁜 사람이 되는 거야! ('이런 식으로 말하면 안 되는데!' 예브게니 페트로비치는 마음속으로 생각했다.) 예를 들면, 나탈리야 세묘노브나에게 옷가방이 있다고 하자. 이것은 그녀의 가방이기에, 우리가, 즉 나, 너, 누구도 그것에 손대면 안 되는 거야. 왜냐하면 그것은 우리의 것이 아니기 때문이지. 맞는 말이지? 너도 목마와 그림책을 가지고 있지. 나도 그것들에 손을 대지 않잖아? 물론 나도 그것들을 가지고 싶기는 하지만 내 것이 아니라 너의 것이기에 건드리지 않는 거야!"

"가지고 싶다면 가져가세요!"

눈썹을 치켜뜨며 세료자가 말했다.

"아빠, 부끄러워하지 말고, 가져가세요! 아빠 책상에 있는 이 노란 강아지도 내 것이지만 나는 별로 필요가 없어요. 그냥 여기 세워둬요!"

"내 말을 이해하지 못하는구나."

브이코프스키가 말했다.

"이 강아지는 네가 나에게 선물로 주었잖아. 그래서 이것은 이제 내 것이고 내 마음대로 할 수 있는 거야. 그러나 나는 네게 담배를 선물한 적이 없어! 담배는 내 것이야! ('이렇게 설명하면 안 되는데!' 검사는 생각했다. '아니야! 이건 절대 아니야!') 만일 내가 다른 사람의 담배를 피우고 싶다면 먼저 나도 그 사람의 허락을 얻어야 되는 거야."

한 마디 한 마디를 천천히 이어 붙이고, 아이들의 어투를 흉내 내면서 브이코프스키는 아들에게 개인의 소유물에 대한 개념을 설명해주었다. 세료자는 아버지의 가슴을 바라보면서 주의 깊게 얘기를 듣고 난 후 (세료자는 저녁마다 아버지와 이야기하는 것을 좋아했다.) 책상 모서리 부근에 팔꿈치를 괴고 근시인 눈을 가늘게 뜨고 종이와 잉크병을 바라보았다. 그의 시선이 책상 이곳저곳 살피더니 아라비아 고무풀이 들어 있는 가늘고 긴 병에 고정되었다.

"아빠, 풀은 뭘로 만드는 거예요?"

긴 병을 눈 가까이에 대고 갑자기 아버지에게 질문했다.

브이코프스키는 아들의 팔에서 병을 빼앗아 제 자리에 놓아두고 말을 이어갔다.

"두 번째로, 너는 담배를 피웠지. 이건 매우 좋지 않은 일이야! 내가 담배를 피운다고 해서 네가 담배를 피워도 된다는 건 아니야. 나는 담배를 피우고 있지만, 이것은 어리석은 짓이고 스스로를 욕하는 것이고 자신을 사랑하지 않는다는 것을 알고 있어. ('난 정말 교활한 교육자야!' 검사는 마음속으로 말했다.) 담배는 건강에 매우 좋지 않고 담배를 피우는 사람은 예정된 수명보다 일찍 죽게 된단다. 특히 담배는 너 같은 어린아이에게는 매우 해로운 것이야. 너의 심장은 아직 약하고, 너는 아직 다 자라지 못했고, 몸이 약한 사람에게 담배 연기는 폐병과 다른 질병을 불러일으키지. 이그나티이 삼촌도 폐병으로 죽었잖아. 만일 삼촌이 담배를 피우지 않았다면 지금까지 살아 있었을 거야."

세료자는 깊은 생각에 잠긴 채로 램프를 바라보더니 손가락으로 건드리고는 한숨을 쉬었다.

"이그나티이 삼촌은 바이올린을 잘 연주했는데!"

그가 말했다.

"삼촌 바이올린은 지금 그리고리예프 집에 있어요!"

세료자는 다시 책상 모서리에 팔꿈치를 괴고 생각에 잠겼다. 세료자의 창백한 얼굴은 뭔가를 경청하고 있을 때나 자신의 생각을 발전시킬 때나 생기는 심각한 표정으로 굳어 있었다. 슬픔과 놀라움 비슷한 뭔가가 그의 커다란 눈에 나타났다. 아마도 그는 얼마

전에 엄마와 삼촌을 데리고 간 죽음에 대해 생각하고 있는 듯했다. 죽음은 이 땅에 아이와 바이올린만 남겨둔 채 엄마와 삼촌을 저 세상으로 데리고 갔다. 그들은 별이 반짝이는 하늘 어디에서 이 땅을 내려다보고 있을 것이다. 그들도 이별의 아픔을 참고 있는 것일까?

'이제 또 무슨 말을 해야 하나?'

예브게니 페트로비치가 생각했다.

'이 녀석은 지금 내 말을 듣고 있지 않아. 분명 이 녀석은 자신의 행동이나 나의 논거를 별로 중요하게 생각하고 있지 않는 것 같아. 어떻게 이해시키지?'

검사는 일어나서 서재를 왔다 갔다 했다.

'예전에 내가 학교 다닐 때는 이런 문제는 정말 간단하게 해결되었는데 말이야.'

그는 생각했다.

'담배 피우다 걸린 학생은 모두 두들겨 맞았지. 실제로 소심하고 겁 많은 녀석은 두들겨 맞고 나면 담배를 피우지 않았고, 좀 용감하고 똑똑한 녀석은 맞고 나서 담배를 긴 장화의 목 부분에 숨기거나 아니면 창고 같은 곳에서 피우곤 했지. 창고에서 피우다가 걸리면 또 얻어맞고 그다음부터는 강가에 가서 피우고……. 그런 식으로 해서 어른이 되기 전까지 계속 피워댔지. 어머니는 내가 담배 피우지 못하게 하려고 돈이나 사탕 같은 걸 주시곤 했지. 지금 생각해보니 그런 방법은 별 소용이 없고 부도덕한 것이라는 생각이 드는군. 논리의 토대를 세우면서 아이들이 공포나 칭찬 또는 보상 때문이 아니라 스스로 깨달아 선한 동기를 가질 수 있게 선생들이 노력해야 되는데 말이야.'

그가 생각에 잠겨 왔다 갔다 하는 동안 세료자는 의자에 발을 디디고 올라가 책상 위에서 그림을 그리기 시작했다. 세료자는 아빠의 업무에 관련된 서류를 더럽히지 않으려고 잉크를 사용하지 않고 파란색 연필로 그를 위해 일부러 사등분해놓은 상자에다 그림을 그렸다.

"오늘 요리하는 하녀가 양배추를 썰다가 손가락을 베었어요."

눈썹을 치켜뜨고 집을 그리면서 그가 말했다.

"정말로 큰 소리로 울부짖어서 우리 모두는 놀라서 부엌으로 갔어요. 정말로 바보 같아 보였어요! 나탈리야 세묘노브나는 손가락을 찬물에 담그라고 했는데, 요리사는 손가락을 입으로 빨았어요. 어떻게 더러운 손가락을 입에 넣을 수가 있어요? 아빠! 정말 더러워요!"

계속해서 그는 점심 무렵에 거리의 악사가 어린 소녀와 함께 집 마당에 와서 악사의 반주에 맞추어 소녀가 노래도 부르고 춤도 추었다는 이야기를 했다.

'이 녀석도 나름대로 자신의 생각이 있군!'

검사는 생각했다.

'이 녀석의 머리에도 자신의 세계가 있어. 자기 나름대로 뭐가 중요하고 중요하지 않은지 알고 있는 거야. 이 녀석의 관심과 생각을 사로잡으려면 말로 꼬드겨서는 안 되고 이 녀석의 방식에 맞추어 생각하고 행동할 필요가 있겠어. 만일 실제로 내가 담배가 없어진 것에 대해 애석해하거나 아니면 막 화를 내거나 울거나 했더라면 내 말을 잘 이해했을 텐데. 그래서 아이를 키울 때 엄마의 역할이 중요한 거로군. 엄마는 아이와 함께 느끼고 울고 웃고 할 수 있으니깐 말이야. 논리나 도덕 같은 것은 아무 쓸모없는 거야. 그나저나 이제 또 무슨 말을 해야 되지? 무슨 말을……'

한편으로 예브게니 페트로비치는 반평생을 시효 중단, 범죄 예방, 형벌 등과 같은 문제에 종사한 노련한 법률가인 자신이 아이에게 무슨 말을 해야 할지 몰라 당혹해하고 있다는 사실이 이상하기도 하고 우습기도 했다.

"자, 이제 앞으로 담배를 피우지 않겠다고 나에게 약속해라."

그가 말했다.

"약속해요!"

세료자는 파란 연필을 꽉 쥐고 그림 그리는 데 더 열중하면서 큰 소리로 외쳤다.

"약속해요! 약속!"

'그나저나, 이 녀석이 약속이라는 말의 뜻을 알까?'

브이코프스키는 스스로에게 물었다.

'아니야, 나는 나쁜 교사야! 만일 교사나 우리 배심원 중 누군가가 지금 내 머릿속에 들어와 본다면, 아마도 나를 쓰레기 같은 놈으로 생각했거나 아니면 내가 정말 많이 배우고 똑똑한 사람인가를 의심했을 거야. 그래도 학교나 재판정에서는 이런 식의 교묘한 문제를 집에서보다 훨씬 쉽게 해결할 수 있는데 말이야. 그런 곳에서의 문제는 주로 광기 어린 사랑 때문에 벌어진 문제가 많단 말이야. 사랑에 관한 문제는 까다롭고 복잡하게 얽혀 있지만 쉽게 해결할 수 있는데 말이야. 만약에 이 녀석이 내 아들이 아니라 내 학생이거나 피고였다면, 이렇게 조심스럽지도 내 생각이 분산되지도 않았을 텐데 말이야!'

예브게니 페트로비치는 책상에 앉아 세료자가 그린 그림 중 하나에 몸을 기울였다. 그 그림에는 지붕이 비뚤어진 집이 그려져 있었는데, 지붕 위의 굴뚝에서 나온 연기는 마치 번개처럼 지그재그 모양으로 상자 끝까지 뻗어 있었고 집 주위에는 눈 대신 점이 찍혀진 군인이 마치 숫자 4 모양으로 생긴 총검을 들고 서 있었다.

"사람을 집보다 크게 그리면 안 되지."

검사가 말했다.

"여길 한번 보렴. 지붕이 사람 어깨와 나란히 되어 있잖니?"

세료자는 아버지의 무릎 위로 기어 올라가 좀 더 편안한 자세로 앉으려고 몸을 이리저리 움직였다.

"아녜요! 아빠!"

세료자는 자신의 그림을 쳐다보면서 말했다.

"만약에 군인을 작게 그린다면 눈이 보이지 않게 될 거예요."

이 말을 반박할 필요가 있을까? 매일 아들을 관찰하면서 검사는 아이는 원시인처럼 자신만의 예술적 통찰력과 독특한 욕구가 있기 때문에 어른의 사고로는 접근할 수 없음을 확신했다. 어른의 관점에서 주의 깊게 세료자의 그림을 관찰해보면 비정상적이라는 것을 알 수 있다. 그러나 그는 집보다 사람을 크게 그릴 수 있는 현명한 방법을 알았고, 연필을 가지고 구체적인 물체 외의 것을 자신의 감촉만으로 표현하는 방법을 찾아냈다. 예를 들면, 오케스트라의 음악소리는 구슬 모양이나 연기의 형태로 표현했고, 휘파람소리는 실을 나선처럼 감아 그리면서 나타냈다. 세료자의 인식 속에 소리는 형태와 색깔에 아주 밀접한 연관관계가 있다는 생각이 들었다. 그래서 글자를 색칠할 때 그는 매번 변하지 않고 알파벳 JI은 노란색으로 칠했고, M은 붉은색, A는 검은색 등으로 나타냈다.

그림 그리는 것을 그만두고 세료자는 아버지의 무릎 위에서 다시 몸을 움직여 편안한 자세를 만든 다음 아버지의 턱수염으로 장난을 치기 시작했다. 처음에 그는 턱수염을 가지런히 모으려고 애쓴 다음, 그것을 다시 두 갈래로 만들어서 마치 볼수염처럼 만들어 버렸다.

"아빠, 지금 보니 이반 스테파노비치랑 닮았어요."

세료자가 웅얼거렸다.

"그리고 또 보니깐 우리 수위랑 닮았어요. 아빠, 그런데 수위는 왜 문 근처에 서 있는 거죠? 도둑이 훔쳐가지 못하게 하기 위해서 인가요?"

아들의 머리카락이 볼에 닿자 검사는 자신의 얼굴에서 아들의 숨소리를 느낄 수 있었다. 그의 마음은 따뜻하고 부드러워졌다. 비록 한쪽 팔에 세료자의 빌로드 재킷의 부드러움이 느껴졌지만, 그의 온 마음이 이 빌로드 재킷 위에 놓인 것처럼 매우 부드러워졌다. 그는 아이의 크고 검은 눈을 보았고, 그 눈망울 속에서 언젠가 자신이 사랑했던 아이의 엄마이자 자신의 아내가 생각났다.

'이런 아이를 때려야 하나?'

그는 생각했다.

'이 아이에게 벌을 줘야 하나? 아니야! 그럼 어떻게 아이를 양육할 수 있겠는가! 무엇보다 사람은 단순하고 생각을 적게 해야 문제를 과감하게 해결할 수 있어. 우리는 생각이 너무 많아. 그래서 논리가 때론 우릴 갉아먹는 것 같아. 인간은 발달할수록 많은 것을 생각해내고, 사소한 것에까지 몰두하면 할수록 인간은 더 주저하게 되고 소심하게 되어서 어떤 일을 할 때 겁이 많아지게 된 것 같아. 실제로 만약에 생각이 더 깊어지면 질수록 가르치고 재판하고 두꺼운 책을 저술하려면 얼마나 많은 용기와 믿음이 필요할까?'

9시를 알리는 시계 종이 울렸다.

"자, 이제 자야 할 시간이구나, 아들아."

검사가 말했다.

"작별 인사하고 가서 자거라."

"싫어요, 아빠."

세료자는 인상을 찌푸렸다.

"좀 더 앉아 있을래요. 이야기 좀 해주세요! 옛날이야기 해 주세요."

"그럼, 이야기해주고 나면 가서 자는 거다."

예브게니 페트로비치는 한가한 저녁 시간마다 세료자에게 옛날 이야기를 해주곤 했다. 대부분의 사무적인 사람들과 마찬가지로 그 역시 외울 수 있는 시 한 편이 없었고 알고 있는 옛날이야기도 없었다. 그래서 그는 매번 즉흥적으로 지어내곤 했다. 대개 그는 '옛날 어떤 곳의 어떤 왕궁에' 와 같은 틀에 박힌 형식으로 이야기를 시작해서, 갖가지 말도 안 되는 엉터리 같은 이야기를 쌓아 올리곤 했는데, 그 자신도 중간과 결말이 어떻게 될지 모르는 채 이야기를 시작하곤 했다. 장면·인물·상황은 느닷없이 즉흥적으로 생겼고, 줄거리와 교훈은 화자의 의지와는 별개로 어떻게든 흘러나왔다. 세료자는 이런 즉흥적인 이야기를 매우 좋아했고, 검사는 줄거리가 소박하고 단순할수록 아이에게 더 강한 인상을 준다는 것을 알고 있었다.

"들어보렴."

그는 눈을 천장으로 향하면서 이야기를 시작했다.

"옛날 어떤 왕국에 길고 허연 턱수염과, 음······. 아빠와 같은 이런 콧수염을 가진 나이 많고 늙은 왕이 살고 있었단다. 음, 그는 유리로 만든 궁전에서 살았는데, 그 궁전은 거대한 얼음덩어리처럼 해가 비치면 반짝반짝 빛나는 궁전이었어. 궁전에는 거대한 정원이 있었는데, 그 정원에는 너도 알고 있는 오렌지나무도 자라고 있었고 배나무도 있었고 체리 나무도 있었지. 튤립, 장미, 은방울꽃도 피어 있었고, 알록달록한 색깔을 가진 새들이 노래하고. 그리고 나무에는 유리 종이 매달려 있어서 바람이 불 때 귀를 기울이면 아주 부드러운 종소리를 들을 수 있었지. 유리는 금속보다 더 부드럽고 온화한 소리가 난단다. 그리고 또 뭐가 있더라? 그래, 정원에는 분수가 있었어. 너도 저번에 소냐 아줌마 집에 갔을 때 봤던 분수를 기억하지? 그런 분수들이 왕궁의 정원에 있었어. 그런데 아줌마 집의 분수보다 크기가 엄청나서 물기둥이 키 큰 버드나무 꼭대기까지 올라가지."

예브게니 페트로비치는 생각을 하면서 계속 말을 이어갔다.

"늙은 왕에게는 왕국의 계승자인 하나밖에 없는 아들이 있었는데, 너처럼 어린아이였고 훌륭한 아이였지. 그는 말도 잘 듣고 절대로 변덕을 부리는 일도 없었고, 잠도 일찍 자고 책상의 물건에 손도 대지 않고 그리고 매우 똑똑한 아이였지. 그런데 그 아이에겐 한 가지 단점이 있었는데, 그건 담배를 피운다는 거였어."

세료자는 눈도 깜빡이지 않고 긴장된 모습으로 아버지를 쳐다보면서 이야기를 들었다. 검사는 이야기를 계속하면서 생각했다.

'이제 무슨 얘기를 하지?'

그는 오랫동안 계속 과장해서 말하기도 했고 꾸물대기도 하다가 다음과 같이 이야기를 끝맺었다.

"왕자는 스무 살 때 담배를 피워서 폐병에 걸려 그만 죽고 말았단다. 기력이 약해지고 병에 걸린 늙은 왕은 아무 의지할 데도 없이 혼자 남게 되었단다. 나라를 통치할 사람도 궁전을 지킬 사람도 없게 되었지. 결국 나쁜 사람들이 쳐들어와서 늙은 왕을 죽이고 궁전을 파괴시켜서 정원에는 체리나무도 새들도 종들도 없게 되었단다. 그렇게 되었단다, 애야."

이런 결말은 예브게니 페트로비치 자신이 생각하기에도 우스꽝스럽고 순진했지만, 세료자에게 이 이야기는 강한 인상을 불러일으켰다. 다시 그의 눈이 슬픔으로 떨리더니 뭔가에 놀란 듯 보였다. 잠시 동안 그는 생각에 잠겨 어두운 창문을 바라보더니 한숨을 쉬고는 낙담한 목소리로 말했다.

"다시는 담배를 피우지 않을 거예요."

그가 아버지에게 작별 인사를 하고 자러 갔을 때 그의 아버지는 조용히 서재를 왔다 갔다 하면서 미소를 지었다.

'미와 예술적 형식이 효력을 발한다는 말이 맞는 얘기군.'

그는 생각했다.

'그렇다 치더라도 이건 별로 위로가 되지 않는군. 아무래도 이건 진실한 방법이 아니야. 왜 도덕과 진리는 환약처럼 겉을 반짝이는 금박지로 포장하고 설탕같이 달콤한 것을 입혀놓은 혼합물이 되어야지 효력이 생기고, 원래의 모습 그대로는 높이 날아오르지 못하는 걸까? 정말 이상하군. 위조품과 기만. 속임수를 써야지만……'

그는 설교나 법률에서가 아니라 우화나 소설, 시에서 얻은 삶의 의미를 담고 있는 옛날이야기나 역사소설을 통해서 터득한 이야기를 재판석에서 '연설' 해야 설득력이 있다고 믿고 있는 배심원을 기억했다.

'그렇다면 약은 반드시 입에 달아야 하고, 진리는 아름다워야하는 건가? 인간은 아담의 시대부터 이러한 어리석음을 체험하지 않았는가? 그렇지만 아마도 이 모든 것은 자연스럽고 당연한 일인 것 같군. 자연에는 정당한 기만과 착각은 거의 없으니깐 말이야.'

그는 자신의 일을 시작했지만, 태평스런 가정의 일에 관한 생각은 오랫동안 그의 머릿속을 돌아다녔다. 천정 위에서는 더 이상 피아노 연주소리가 들리지 않았지만, 이층 거주자가 방을 왔다 갔다하는 소리는 여전히 계속 들려왔다.

(1887년)

5
적들

어두컴컴한 9월의 저녁 9시 무렵이었다. 지방의회 부속병원 의사인 키릴로프의 하나밖에 없는 여섯 살 난 아들이 디프테리아로 막 숨을 거두었다. 키릴로프의 아내는 죽은 아들이 누워 있는 침대 곁에 무릎을 꿇고 앉아 있었다. 절망감이 그녀의 온몸을 감싸고 있을 때 현관에서 벨소리가 날카롭게 울려 퍼졌다.

디프테리아로 인해 하인들은 아침부터 모두 집 밖으로 나간 상태였다. 평소처럼 조끼를 풀어 헤치고 프록코트도 입지 않은 키릴로프는 눈물범벅이 된 얼굴과 소독약이 스며든 손을 닦지도 않고 문을 열어주기 위해 현관 쪽으로 갔다. 현관은 어두웠기에 들어온 사람이 단지 중간 정도의 키에 하얀 목도리를 하고 있으며, 크고 매우 창백한 얼굴을 하고 있다는 정도만 분간되었다. 그의 얼굴 때문에 현관이 밝아진 느낌이 들 정도로 너무도 창백한 얼굴이었다.

"의사 선생님 계십니까?"

방문객은 서둘러 물었다.

"내가 의사요."

키릴로프가 대답했다.

"무슨 일이시오?"

"아, 당신이 의사 선생님이십니까? 정말 반갑습니다!"

방문객은 기뻐하며 어둠 속에서 의사의 손을 찾아서는 자신의 두 손으로 꽉 쥐면서 말했다.

"정말로, 정말로 기쁩니다! 우린 언젠가 만난 적이 있습니다! 저는 아보긴이라고 합니다. 지난여름 그누체프 집에서 선생님을 뵐 영광을 가졌습니다. 이렇게 다시 만나게 돼서 정말로 기쁩니다. 제발, 거절하지 마시고 저와 함께 좀 가주십시오. 제 아내가 정말로 위독한 상태입니다. 마차를 준비했습니다."

방문객의 목소리와 행동으로 보아 그가 매우 흥분한 상태임을 느낄 수 있었다. 마치 불이 났거나 미친개에 쫓기는 사람처럼 놀란 그는 가쁜 숨을 겨우 진정시키면서 떨리는 목소리로 서둘러 말을 했지만, 그의 말 속에는 어린아이 같은 수줍지만 정말로 진실한 무언가가 묻어났다. 놀라거나 정신이 나간 사람처럼 그는 짧고 단편적인 말들과 용무와 전혀 상관없는 불필요한 말들을 무수히 내뱉었다.

"저는 당신을 뵙지 못할까봐 두려웠습니다."

그는 계속해서 말을 이어갔다.

"이곳으로 오는 내내 걱정스런 마음뿐이었습니다. 옷을 입으시고, 제발 같이 좀 가주십시오. 무서운 일이 일어났습니다. 당신도 아는 알렉산드르 세묘노비치 파프친스키가 저희 집을 방문했습니다. 우리는 같이 이야기도 하고 앉아서 차도 마셨습니다. 그런데 갑자기 아내가 비명을 지르며 가슴을 움켜잡더니 의자에서 쓰러졌습니다. 아내를 침대로 옮기고 암모니아와 알코올 솜으로 관자놀이를 닦기도 하고 물을 뿌려보기도 했지만 죽은 사람처럼 누워 있습니다. 혹시 동맥류가 아닌가 걱정됩니다. 같이 좀 가주십시오. 장인어른도 동맥류로 돌아가셨습니다."

키릴로프는 마치 러시아어를 이해하지 못하는 사람처럼 듣고 있었고, 아무 말도 하지 않았다.

아보긴이 다시 파프친스키와 아내의 아버지 이야기를 하고, 다시금 어둠 속에서 의사의 손을 찾기 시작했을 때 의사는 고개를 가로저으며 무심하게 한 마디 한 마디 뱉어냈다.

"미안합니다. 저는 갈 수 없습니다. 오 분 전에 제 아들이, 아들이 죽었습니다."

"정말입니까?"

아보긴이 뒷걸음치면서 나지막이 말했다.

"아, 이럴 수가! 제가 정말 좋지 않을 때에 왔군요! 놀랄 만큼 불행한 날이군요, 놀랄 만큼! 마치 일부러 그런 것처럼 어떻게 이렇게 일이 겹칠 수가 있단 말입니까!"

아보긴은 문의 손잡이를 잡고서는 주저하듯 고개를 떨어뜨렸다. 그는 그냥 가야 할지 아니면 의사에게 계속 부탁해야 할지를 몰라서 망설이고 있는 것 같았다.

"잠시만요."

그는 키릴로프의 옷자락을 잡으면서 열정적으로 말했다.

"저는 당신의 상황을 너무도 잘 이해합니다! 신께 맹세컨대 이런 상황에서 제가 당신의 배려를 구한다는 게 얼마나 무례한 일인지 잘 알고 있습니다. 그래도 어떻게 하겠습니까? 제가 누구에게 갈 수 있단 말입니까? 당신을 제외하곤 이곳에 의사는 아무도 없지 않습니까? 제발 같이 가주십시오! 제 자신을 위해 부탁을 하는 게 아닙니다. 제가 아픈 게 아닙니다!"

침묵이 흘렀다. 키릴로프는 아보긴에게서 등을 돌리고 잠시 서 있다가 현관에서 응접실로 천천히 걸어갔다. 그 순간과 전혀 어울리지 않는 기계적인 걸음걸이로 응접실로 가서 불 꺼진 램프의 비틀어진 갓을 바로잡고 탁자 위에 놓인 두꺼운 책을 바라보고 있는 그는 그 순간 어떠한 계획도 어떠한 희망도 어떠한 생각도 하지 않고 있는 것처럼 보였고, 심지어 그의 집 현관에 낯선 사람이 서 있다는 사실조차 기억하고 있지 못하는 듯했다. 응접실의 어둠과 정적은 그를 더욱 멍한 상태로 만드는 듯했다. 응접실에서 나와 서재로 가면서 그는 오른발을 필요 이상으로 높이 들면서 손을 더듬어 문기둥을 찾았다. 그 순간 그의 몸에 마치 낯선 집에 들어올 때나 태어나서 처음으로 술을 먹고 취해 느껴지는 어떤 부자연스러움이 스며든 것 같았다. 서재의 한쪽 벽의 책장으로 넓은 한 줄기 빛이 비쳤다. 불쾌하고 답답한 페놀과 에테르 같은 소독약 냄새와 함께 그 빛은 서재에서 침실로 통하는 살짝 열려진 문 틈새에서 새어나왔다. 의사는 탁자 앞의 안락의자에 털썩 주저앉아 빛에 비친 책들을 멍하니 잠시 바라보더니 일어나서 침실로 갔다.

그곳 침실에는 죽음 같은 고요가 지배하고 있었다. 침실에 있는 모든 것은, 지극히 사소한 것까지도 방금 전에 일어난 폭풍같이 힘들었던 일들과 피로함에 관해 상세하게 이야기해주고 난 뒤 휴식을 취하고 있는 듯 보였다. 등받이 없는 의자 위의 약병, 상자, 빈 병들 사이에는 촛불이 켜져 있었고, 서랍장 위의 커다란 램프는 방 전체를 환히 비추고 있었다. 창문 근처의 침대 위에는 놀란 표정을 하고 있는 어린아이가 눈을 뜬 채로 누워 있었다. 아이는 움직이지 않았지만, 그의 눈동자는 시시각각 점점 더 어두워지고 두개골 내부로 함몰되고 있는 것 같았다. 아이의 몸 위에 팔을 얹고 침대 시트에 얼굴을 파묻은 채 어머니는 침대 앞에 무릎을 꿇고 있었다. 아이와 마찬가지로 어머니는 조금도 움직이지 않았지만 그녀의 몸과 손의 아주 미세한 움직임 속에서 살아 있는 사람의 움직임이 감지되었다! 그녀는 마치 자신의 지친 몸을 위해 겨우 찾아낸 평안하고 편안한 자세가 무너질까 두려워하는 것처럼 온 힘과 열정을 다해 필사적으로 침대에 매달려 있었다. 담요, 걸레, 대야, 마루 위에 고인 물, 여기저기 널브러져 있는 솔과 숟가락들, 석회수가 들어 있는 약병, 그리고 숨 막히게 답답한 공기. 이 모든 것이 순간적으로 얼어붙어 방 안을 끝없는 정적 속으로 빠져들게 하고 있는 것 같았다.

　의사는 손을 바지주머니에 집어넣은 채 아내 곁에 서서 고개를 비스듬히 기울이고 아들을 바라보았다. 그의 얼굴은 냉담해 보였는데, 턱수염을 적신 눈물방울이 아니었다면 그가 방금까지도 울었다는 사실을 알 수 없었을 것이다.

　죽음에 관해 이야기할 때 사람들이 일반적으로 생각하는 그런 혐오스런 공포감은 그 침실에는 존재하지 않았다. 집 안 전체에 흐르는 무거운 분위기와 어머니의 자세, 그리고 의사의 얼굴에 나타나는 냉담함 속에는 사람의 마음을 끌어당기고 감동을 주는 무언가가 있는 듯했다. 그것은 배워서 쉽게 이해하거나 묘사할 수 있는 것이 아닌, 오직 음악으로만 전달할 수 있는 섬세하고 아주 미묘하게 포착되는 인간의 슬픔에서 나오는 아름다움이었다. 그 아름다움은 음울한 정적 속에서도 느껴졌다. 키릴로프와 그의 아내는 아들을 잃었다는 고통 외에도 자신들이 처한 상황의 감정 자체를 인정이라도 하는 듯 아무런 말도 없었고 더 이상 울지도 않았다. 이미 아이와 함께 그들의 젊음은 예전에 지나가버렸고, 이제 그들에게는 더 이상 아이를 가질 수 있다는 가능성이 영원히 사라지고 만 것이었다! 의사는 이미 백발이 희끗희끗한 노년을 바라보고 있는 마흔네 살이었고, 그의 아내는 병들고 초췌한 서른다섯이었기 때문이다. 안드레이는 그들의 유일한 아들이었을 뿐만 아니라 마지막 아들이었다.

　자신의 아내와는 대조적으로 의사는 정신적인 고통이 찾아올 때 오히려 더 활동적인 움직임을 보이는 그런 부류의 사람이었다. 아내 곁에서 약 오 분쯤 서 있던 그는 오른발을 높이 들고 걸으면서 침실에서 나왔다. 그리고 크고 넓고 소파 겸 침대가 방의 절반을 차지하고 있는 작은 방으로 들어갔다가 부엌으로 향했다. 벽난로와 하녀의 침대 주변을 왔다 갔다 하다가 몸을 숙이고 작은 문을 통해 현관으로 나왔다.

현관에서 그는 하얀 목도리를 한 창백한 얼굴을 보았다.

"드디어 나오셨군요!"

아보긴은 문의 손잡이를 잡으면서 한숨을 쉬며 말했다.

"같이 가주십시오!"

의사는 그의 얼굴을 보고 그가 누군지 생각해내고서는 몸서리를 쳤다.

"이보시오, 갈 수 없다고 이미 말씀드렸잖소!"

그는 단호하게 말했다.

"정말로 이상하군요! 의사 선생님, 저는 멍청하게 서 있는 조각상이 아닙니다. 당신의 상황을 정말로 잘 이해하고 있습니다. 당신에게 연민을 느낍니다!"

아보긴은 자신의 손을 목도리에 대면서 애원하는 목소리로 말했다.

"그렇지만 제가 제 자신의 몸을 위해 부탁드리는 게 아니지 않습니까? 제 아내가 죽어가고 있단 말입니다! 만일 선생님께서 아내의 신음소리와 얼굴을 보신다면 제가 왜 이렇게까지 매달리는

지 이해하실 겁니다! 아, 전 당신이 가시려고 옷을 입으러 가신 줄 알았습니다! 의사 선생님, 한시가 급합니다! 가주십시오, 제발 부탁드립니다!"

"저는 갈 수 없습니다!"

키릴로프는 응접실로 발길을 돌리면서 띄엄띄엄 말했다.

아보긴은 그의 뒤를 따라가서 옷자락을 붙잡았다.

"선생님께서 지금 겪고 계시는 고통을 이해합니다. 그렇지만 제가 그저 이빨을 치료하거나 건강 검진을 받기 위해 당신에게 부탁드리는 게 아닙니다. 사람의 목숨을 구하는 일입니다!"

그는 거의 거지가 구걸하듯이 애원했다.

"사람의 목숨은 개인적인 슬픔보다 더 중요하다고 생각합니다! 당신의 용기와 헌신에 호소합니다! 박애정신으로 부탁드립니다!"

"박애정신은 이도저도 아닌 애매한 것이오!"

키릴로프가 흥분된 목소리로 말했다.

"그렇다면 나도 그 박애정신에 입각해 나를 데리고 가지 말아달라고 당신에게 부탁하겠소. 정말로 이상한 일 아니오? 나는 지금 서 있을 힘조차 없는데 당신은 박애정신으로 나를 협박하고 있지 않소! 지금 나는 아무 데도 쓸모없고 가야 할 이유도 모르겠소. 게다가 지금 아내를 어떻게 혼자 내버려두고 간단 말이오? 그럴 순 없소, 안 되겠소."

키릴로프는 손사래를 치며 뒤로 물러섰다.

"그리고, 그리고 제발 나에게 부탁하지 마시오!"

그는 겁에 질린 듯한 목소리로 말을 이었다.

"나를 용서하시오. 러시아 법전 십삼 권*에 따르면 나는 지금 가야 할 의무가 있고, 그래서 당신은 내 목덜미를 잡아끌고서라도 데리고 갈 권리가 있소. 끌고 가려면 그렇게 하시오. 하지만 나는 지금 아무 쓸모가 없소. 심지어 말할 힘조차 없소. 미안하오."

"의사 선생! 당신이 그런 말투로 말해도 아무 소용이 없소!"

아보긴은 다시 의사의 옷자락을 잡고서 말했다.

"그런 법률 따위 알게 뭡니까? 저에게 당신의 의지를 강제할 어떤 권리도 없습니다. 원하신다면 가시면 되고 원하지 않으신다면 할 수 없죠. 그렇지만 저는 당신의 의지가 아니라 당신의 감정에 호소하는 겁니다. 젊은 여자가 죽어가고 있단 말입니다! 방금 당신 아들이 죽었다고 말씀하셨죠? 당신이 아니라면 누가 나의 공포감을 이해할 수 있단 말입니까?"

아보긴이 흥분하며 떨리는 목소리로 말했다. 이러한 떨림과 말투는 말보다 더 설득력이 있었다. 아보긴은 진심을 담아 말했지만, 놀랍게도 그가 방금 뱉어냈던 구절들과 그의 입에서 나온 모든 말은 마치 지금 의사 집안 분위기와 어딘가에서 죽어가고 있는 여자를 모욕하는 것처럼 과장되고 고루하고 시기적절하지 않은 화려한

● 1832년에서 1857년까지 모두 15권으로 편찬된 제정 러시아 시대의 법전. 키릴로프가 언급한 13권은 식료품, 교육, 의료행위에 관한 법을 다루고 있다. 아보긴이 말한 '박애정신'과 키릴로프가 언급한 의사의 의무에 관한 내용은 다음과 같다. "모든 의사의 첫 번째 의무는 다음과 같다. 박애정신으로 어떠한 경우라도 병에 걸린 모든 사람의 부름에 적극적으로 도움을 줄 준비가 되어 있어야 한다.⋯⋯의사직을 실제적으로 그만두지 않은 의사는 환자의 진찰 요구에 응해야 할 의무가 있다."

말처럼 들렸다. 그 자신도 말을 하면서 이러한 것을 느꼈고, 의사가 오해할까 두려웠다. 그래서 아보긴은 만일 말로써 전달이 안 된다면 진심 어린 말투로써 의사를 설득하기 위해 자신의 목소리에 부드러움과 공손함이 묻어나도록 온 힘을 다해 노력했다. 일반적으로 말이란 아무리 화려하고 깊이가 있어도 별다른 감정이 없는 사람에게만 효력을 발할 뿐, 행복이나 불행에 빠져 있는 사람에게는 언제나 만족을 주지 못하는 법이다. 따라서 말을 하지 않는 것이 때로는 행복이나 불행을 표현하는 보다 효과적인 방법이 될 수도 있는 것이다. 사랑하는 사람들은 말을 하지 않을 때 오히려 서로를 더 잘 이해하기도 하고, 장례식 때 낭독되는 열정적이며 애정 어린 조사는 단지 제3자에게만 감동을 줄 뿐, 죽은 사람의 부인과 아이들에게는 아무 반응도 얻지 못하는 무용지물이 되기도 한다.

키릴로프는 아무 말 없이 서 있었다. 아보긴이 의사의 고상한 사명, 자기 헌신 등에 관한 말들을 다시 뱉어내기 시작하자 의사는 힘없이 그에게 물었다.

"거리가 얼마나 되오?"

"십삼사 베르스타 정도쯤 됩니다. 제게 아주 훌륭한 말이 있습니다, 의사 선생님! 왕복으로 한 시간이면 충분하다고 확실하게 약속드리겠습니다. 단지 한 시간이면 됩니다!"

아보긴의 마지막 말이 의사의 사명이니 박애정신이니 하는 말보다 의사의 마음을 강하게 움직였다. 그는 잠시 생각하더니 한숨을 쉬며 말했다.

"좋소, 갑시다!"

키릴로프는 이번에는 확실한 걸음걸이로 서둘러서 서재로 가더니, 잠시 후 긴 프록코트를 입고 돌아왔다. 기뻐서 어쩔 줄 모르는 아보긴은 의사 곁에서 종종걸음으로 왔다 갔다 하면서 그가 외투를 입는 것을 도와주었고 그와 함께 집을 나왔다.

집 앞 마당은 어두웠지만 현관보다는 밝았다. 어둠 속에서 길고 좁게 자란 턱수염, 매부리코, 구부정하게 키가 큰 의사의 모습이 선명하게 드러났다. 창백한 얼굴 외에 드러난 아보긴의 모습에서 커다란 머리에 정수리를 겨우 덮을 만한 작은 학생모가 보였다. 하얀 목도리는 앞에서만 보이고 뒤쪽은 긴 머리에 덮여 있었다.

"믿어주십시오. 저는 당신의 관대함을 고귀하게 간직하겠습니다."

아보긴은 의사가 마차에 오르는 것을 도와주면서 웅얼거렸다.

"빨리 도착할 겁니다. 이봐, 루카! 가능한 빨리 좀 가주게, 어서!"

마부는 서둘러 출발했다. 처음에는 병원의 마당을 따라 서 있는 볼품없는 건물들이 보였다. 사방은 어두웠고, 단지 마당 안쪽의 깊숙한 곳의 창문에서 나온 선명한 불빛이 집 앞 작은 정원을 비추고 있었다. 그래서 바로 위층 병동에 붙어 있는 세 개의 창문은 더 창백해 보였다. 잠시 후 마차는 버섯의 습한 냄새와 나무들이 속삭이는 소리만 들려오는 짙은 어둠 속으로 달려가고 있었다. 나무 위에서는 시끄러운 마차바퀴 소리 때문에 잠을 깬 까마귀들이 나뭇잎을 밟아대며, 마치 의사의 집에 아들이 죽은 것과 아보긴의 아내가 아프다는 것을 아는 것처럼 불안하고 애처로운 울음소리를 냈다. 그러나 곧 나무 한 그루 한 그루의 모습과 덤불이 어슴푸레 보이기 시작했고, 커다란 검은 그림자가 드리워진 연못이 음울하게 반짝거렸다. 마차는 평평한 들판을 달렸다. 까마귀 울음소리가 멀리 뒤쪽에서 희미하게 들리더니 곧 완전히 조용해졌다.

마차를 타고 가는 내내 키릴로프와 아보긴은 아무 말이 없었다. 오직 한 번 아보긴이 깊은 한숨을 내쉬면서 웅얼거렸을 뿐이었다.

"정말 괴로운 상황이군! 사랑하는 사람을 잃어버릴 위기에 처할 때에만 진정으로 사랑하게 되는군."

마차가 조용히 강을 건너기 시작했을 때 키릴로프는 마치 물결 소리에 놀란 것처럼 갑자기 몸을 떨더니 이리저리 뒤척이기 시작했다.

"이보시오, 나를 보내주시오."

침울한 목소리로 키릴로프가 말했다.

"당신 부인에게는 나중에 다시 가겠소. 아내에게 조수라도 좀 보내야겠소. 그녀는 지금 혼자 있단 말이오!"

아보긴은 아무 대답도 하지 않았다. 마차는 흔들리기도 했고 돌에 부딪히기도 하면서 강가의 백사장을 지나서 앞으로 계속 달려나갔다. 키릴로프는 우울한 마음에 휩싸여 주변을 둘러보았다. 뒤로는 희미한 별빛을 통해 지나온 길과 어둠 속에서 보이지 않았던 강가의 버드나무들이 보였다. 오른쪽으로는 마치 하늘처럼 평평하고 끝이 보이지 않는 들판이 누워 있었다. 들판 먼 곳의 이곳저곳에서, 아마도 이탄(泥炭) 습지 같은 곳에서 불꽃들이 희미하게 빛을 발하고 있었다. 왼쪽으로는 길과 나란히 키 작은 나무가 우거진 언덕이 뻗어 있었고 언덕 위로는 커다란 반달이 움직이지도 않고 떠 있었다. 그리고 마치 달이 빠져나가지 못하도록 감시라도 하는 듯 안개와 작은 구름이 붉은빛이 감도는 반달 주변을 둘러싸고 있었다.

이 모든 자연 풍경에서 희망 없고 병적인 듯한 뭔가가 느껴졌다. 마치 어두운 방에 홀로 앉아 지나간 일들을 생각하지 않으려고 애쓰고 있는 쇠약한 여자처럼 대지는 봄과 여름에 대한 회상으로 괴로워하면서 피할 수 없이 다가오는 겨울을 멍하니 기다리고 있는 것 같았다. 아무리 사방을 둘러봐도 자연은 키릴로프도 아보긴도 붉은 반달도 벗어날 수 없는 어둡고 끝없이 깊고 차가운 수렁처럼 느껴졌다.

마차가 목적지에 다가갈수록 아보긴은 더욱더 초초한 모습을 보였다. 그는 몸을 비틀어대기도 하고 벌떡 일어서기도 하고 마부의 어깨 너머로 앞쪽을 바라보기도 했다.

마침내 마차가 줄무늬 아마포로 아름답게 장식된 현관 계단에 도착했다. 아보긴은 이층의 불 켜진 창문을 바라보았을 때 자신의 호흡이 가빠지는 소리를 들었다.

"만일 무슨 일이 일어났다면 저는 살 수 없을 겁니다."

의사와 함께 현관으로 들어오면서 흥분된 상태로 손을 비비면서 그가 말했다.

"그러나 난리법석 떠는 소리가 들리지 않는걸 보니 아직은 별일 없다는 뜻이겠죠."

집 안에 맴도는 정적을 느끼면서 그가 덧붙여 말했다. 현관에서는 사람들의 목소리나 발자국 소리도 들리지 않아 불이 환하게 밝혀 있음에도 마치 집 전체가 잠든 것처럼 느껴졌다. 지금껏 어둠 속에 있었던 의사와 아보긴은 그제야 서로서로를 살펴볼 수 있었다.

의사는 키가 컸고 등이 구부정했으며 초라한 옷차림에 잘생긴 얼굴은 아니었다. 흑인처럼 두툼한 입술과 매부리코, 생기 없이 냉담한 눈초리에는 왠지 불만이 가득했고 무뚝뚝하면서도 날카롭기도 하고 매우 엄격한 듯한 느낌을 주었다. 머리는 빗질을 하지 않아 헝클어져 있었고, 관자놀이는 움푹 파여 있었고, 길고 좁게 난 턱수염은 이른 나이에도 백발이었고, 피부는 윤기 없는 회색빛이었고, 거동은 왠지 모르게 조심성 없고 어색해 보였다. 전체적으로 느껴지는 의사의 냉담한 모습은 그가 가난과 불행을 뼈저리게 체험했으며, 삶과 사람들에 의해 많은 괴로움을 당했을 거라는 생각이 들게 했다. 이러한 냉담한 모습 때문에 그에게 아내가 있다는 사실과 아들 때문에 눈물을 흘렸다는 사실이 믿기지 않았다.

아보긴은 뭔가 다른 느낌을 풍겼다. 아보긴은 건장하고 당당한 체격에 금발이었고, 머리가 크긴 했지만 얼굴의 윤곽선은 부드럽고, 최신 유행을 따르는 말쑥한 옷차림을 하고 있었다. 그의 당당한 태도, 단정하게 단추를 채운 프록코트, 말갈기처럼 긴 머리와 얼굴에선 뭔가 품위 있고 사자 같은 위엄을 느낄 수 있었다. 그는 고개를 똑바로 들고 가슴을 앞으로 펴고 걸었으며, 듣기 좋은 바리톤 같은 목소리로 말했으며, 목도리를 풀거나 머리칼을 매만질 때는 섬세하면서도 거의 여자와 같은 우아함이 묻어났다. 심지어 옷을 벗으면서 이층으로 통하는 계단을 바라보면서 보인 창백함과 어린아이와 같은 공포심도 그의 당당한 태도를 훼손시키지 못했으며, 그의 모습 전체에서 느껴지는 흡족함, 건강함, 자신감을 축소시키지 못했다.

"아무도 없고 아무 소리도 들리지 않는군요."

계단을 올라가면서 아보긴이 말했다.

"소동도 없는 것 같고 아직까지는 다행인 것 같습니다!"

그는 현관을 지나 검은색 피아노가 흐릿하게 보이고 하얀 천으로 덮여 있는 샹들리에가 있는 응접실로 의사를 데리고 갔다. 그리고 두 사람은 장밋빛깔 같은 어두움이 안락함을 느끼게 해주는 작고 매우 쾌적하고 아름다운 객실로 들어갔다.

"음, 여기 앉으십시오, 의사 선생님."

아보긴이 말했다.

"잠시만 기다려주십시오. 제가 가서 살펴보고 선생님이 오신 걸 알리겠습니다."

키릴로프는 혼자 남게 되었다. 객실의 화려함도, 안락함을 느끼게 하는 어두움도, 낯설고 알지 못하는 사람의 집에 올 때 느끼게 되는 설렘도, 분명 그에게 아무런 감흥도 주지 못했다. 그는 안락의자에 앉아 소독약이 묻어 있는 자신이 손을 바라보았다. 그러고 는 선명한 붉은색을 띤 램프 갓과 첼로케이스를 힐끔 쳐다보고, 재 깍재깍 시계 소리 나는 곳으로 눈을 돌렸을 때 마치 아보긴처럼 건 장하고 풍만한 인상을 주는 박제된 늑대가 눈에 들어왔다.

사방이 고요했다. 그러다 옆방 어디선가 누군가의 '아!' 하는 탄 식소리가 들렸고 장롱 유리문 같은 것이 삐거덕거리는 소리가 들 려오더니 잠시 후 다시 조용해졌다. 오 분 정도 기다리고 있다가 키릴로프는 자신의 손을 쳐다보는 것을 그만두고 눈을 들어 아보 긴이 들어간 방문 쪽을 쳐다보았다.

문지방에 아보긴이 나타났지만 들어갈 때 보았던 그가 아니었 다. 그의 몸에서 느껴졌던 풍만함과 섬세한 세련미는 사라져버렸 고, 그의 얼굴·손·몸짓은 공포로 인한 혐오스런 표정도 아니고 육체적 질병으로 인한 고통스런 표정도 아닌 그 무엇으로 일그러 져 있었다. 그의 코·입술·콧수염 등 얼굴의 모든 것이 떨고 있었 고 마치 얼굴에서 떨어져나가려는 듯이 보였고, 눈은 고통으로 오 히려 웃고 있는 것처럼 보였다.

아보긴은 힘겹게 한 걸음 한 걸음 걸어서 객실 가운데로 와서는 고개를 떨어뜨리고 깊은 탄식을 하면서 두 주먹을 불끈 쥐었다.

"그년이 속였어!"

'속였어'이라는 단어를 강하게 발음하면서 그가 소리쳤다.

"속였다고요! 떠났어요! 아프다고 해놓고, 의사 선생을 불러달 라고 나를 보내놓고서 그 광대 같은 파프친스키와 도망갔다고요!

어떻게 이런 일이!"

아보긴은 의사 쪽으로 힘겹게 발걸음을 옮기고서는 하얗고 부드러운 두 주먹을 흔들어대면서 계속 탄식을 쏟아냈다.

"떠나버렸어요!! 속였다고요! 대체 왜 이런 거짓말을? 어떻게 이런 일이! 어떻게! 대체 왜 이런 더럽고 야비한 속임수를 쓰고 악마같이 비열한 짓을 벌였단 말입니까? 내가 무슨 잘못을 했단 말입니까? 떠나버렸다고요!"

그의 눈에서 눈물이 흘러내렸다. 그는 한 발로 돌아서서 객실을 서성이기 시작했다. 짧은 프록코트, 몸통과 어울리지 않은 가는 다리가 드러나 보이는 유행을 따라 입은 통 좁은 바지와 커다란 머리와 긴 머리카락으로 그가 사자와 정말 닮았다는 생각이 다시 들었다. 냉담한 의사의 얼굴이 호기심으로 빛나기 시작했다.

"그래, 환자는 어디 있소?"

그가 질문했다.

"환자? 환자라고요?"

아보긴은 주먹을 계속 흔들어대면서 웃다가 울면서 소리쳤다.

"환자가 아니라 저주받을 년입니다! 더러운 년! 악마보다 더 비열하고 뻔뻔한 년! 도망치기 위해, 그 광대 같은, 바보 같은 광대 놈, 알퐁스* 같은 놈하고 도망치기 위해 나를 보내버리다니! 오, 신이여! 차라리 그년이 죽어버렸으면 좋겠습니다! 참을 수가 없습니다! 도저히 참을 수가 없다고요!"

의사는 자세를 고쳐 앉았다. 눈물이 고여 눈을 껌뻑거렸고 좁은 턱수염과 턱이 좌우로 흔들렸다.

"그래, 대체 어떻게 된 일입니까?"

상황을 자세히 알고 싶어 하는 눈빛으로 의사가 질문했다.

"조금 전 내 아들은 죽었고 상심 가득한 아내는 홀로 집에 있소. 사흘 밤낮을 잠을 못 잔 나는 지금 두 다리로 겨우 서 있소. 대체 이게 무슨 일이오? 나를 데려다 어떤 저속한 희극의 역할을, 그것도 우스꽝스런 소도구의 역할을 맡기고 있는 겁니까? 도저히 이해할 수 없소!"

아보긴은 한쪽 주먹을 펴더니 움켜쥐고 있던 구겨진 메모지를 바닥에 내동댕이쳤다. 그리고 그것을 마치 벌레를 밟아 죽일 때처럼 마구 짓밟았다.

"나도 모르겠습니다. 나도 이해할 수 없단 말입니다!"

그는 마치 사람들이 자신의 몸에 난 물집을 억지로 짜낼 때와 같은 일그러진 표정으로 움켜진 주먹을 얼굴 근처에서 흔들어대면서 굳게 다문 입술 사이로 말을 뱉어냈다.

"나는 그가 왜 매일같이 우리 집에 왔는지를 눈치 채지 못했고, 오늘은 카레타*를 타고 온 것도 눈치 채지 못했습니다! 왜 카레타를 타고 왔을까? 그걸 눈치 채지 못하다니, 정말 바보같이!"

"이해가 안 되는군요!"

- 알퐁스 알렉상드르 뒤마(1802~1870)의 희극 〈므시외 알퐁스(Monsieur Alphonse)〉 (1873) 에 나오는 주인공. 알퐁스라는 이름은 여자한테 빌붙어 사는 정부(情夫)의 대명사처럼 통용되고 있다.
- 카레타 용수철 달린 사륜마차. 주로 덮개가 있어 장거리 여행에 많이 이용되었다.

의사가 나지막이 말했다.

"정말이지, 이게 대체 뭐하는 짓이오! 이건 사람을 우롱하고 인간의 고통을 조롱하는 처사로군요! 이건 정말 있을 수도 없고……. 태어나서 이런 경우는 처음이오!"

사람들에게 호되게 모욕당했다는 것을 막 알아차릴 때 인간은 멍한 상태로 놀라기 마련이다. 그런 멍한 상태를 느끼면서 의사는 어깨를 으쓱거리며 두 손을 들어 올리고는 무슨 말을 해야 할지 무엇을 해야 할지 모른 채 기진맥진해 안락의자에 주저앉았다.

"그래, 좋다고요. 내가 싫어지고 다른 놈을 사랑하게 되었다고 칩시다. 그럼 그냥 떠나면 그만이지, 왜 이런 속임수를, 무엇 때문에 이런 비열하고 배신감을 느끼게 하는 속임수를 쓰냔 말입니다!"

아보긴은 울먹이는 목소리로 말했다.

"왜? 무엇 때문에? 내가 무슨 짓을 했기에? 한번 들어보십시오, 의사 선생님."

그는 키릴로프에게 다가가면서 흥분한 목소리로 말했다.

"당신은 본의 아니게 제 불행의 목격자가 되셨습니다. 저는 당신에게 진실을 숨기지 않겠습니다. 맹세컨대 저는 그 여자를 사랑했습니다. 마치 종처럼 경건한 마음으로 사랑했습니다! 그녀를 위해서 저는 모든 것을 희생했습니다. 그녀 때문에 부모님과 사이가 멀어졌고, 일도 음악도 모두 내팽개쳤습니다. 어머니나 누이동생에게도 허락하지 않은 것들을 그녀에게는 모두 허용했습니다. 한번도 그녀를 의심의 눈길로 본 적도 없었고 저 역시 그 어떤 원인도 제공하지 않았습니다! 그런데 대체 왜 이런 거짓말을 했을까요? 제가 사랑을 요구한 것도 아닌데 대체 왜 이런 추악한 속임수를 썼을까요? 사랑하지 않으면 그렇다고 직접 솔직하게 이야기하면 될 것을, 더군다나 내 마음을 알고 있으면서도……."

아보긴은 온몸을 떨었고, 눈물을 흘리면서 의사에게 자신의 온 마음을 진실하게 쏟아 부었다. 그는 두 손으로 가슴을 누른 채 흥분된 어조로 마치 가슴속에 꼭꼭 담아두었던 비밀을 마침내 폭로하게 되어 기쁨을 느끼는 사람처럼 자신의 가정사를 의사에게 조금의 망설임도 없이 죄다 털어놓았다. 만일 이런 식으로 한 시간이나 두 시간 정도 자신의 마음을 토로할 수 있었다면 아보긴은 분명 한결 가벼워졌을 것이다. 그리고 아마도 의사가 자신의 말을 잘 들어주고 그에게 진심 어린 연민의 감정을 가져주었더라면 아보긴은 종종 그러는 것처럼 불필요하게 어리석은 짓을 하지 않고 별다른 저항 없이 자신의 슬픔과 화해했을지도 모를 일이다.

그러나 일은 다르게 진행되었다. 아보긴이 말하는 동안 모욕당한 의사는 눈에 띄게 변해버렸다. 그의 얼굴에 나타나 있던 냉담함과 놀람은 조금씩 쓰라린 모욕감과 분노와 격분의 감정에게 자리를 양보했다. 그의 얼굴은 점차 더 날카롭고 더 싸늘하고 더 불쾌하게 변해갔다. 아보긴이 그의 눈앞에 아름답지만 마치 수도녀처럼 건조하고 무표정한 젊은 여인의 사진을 들이밀면서 이러한 얼굴이 과연 거짓말을 할 수 있겠느냐고 한번 생각해보라고 말했을 때, 의사는 갑자기 벌떡 일어나 눈을 크게 뜨고서는 거칠고 단호하게 말했다.

"대체 왜 내게 이런 말들을 하는 거요? 나는 당신이 하는 말을 듣고 싶지 않소! 듣고 싶지 않단 말이오!"

의사는 주먹으로 탁자를 내리치면서 소리쳤다.

"당신의 저속한 비밀 따윈 내게 필요 없단 말이오! 그 따위 것은 악마에나 들려주시오! 어떻게 내게 그런 저속한 것들을 말할 수 있단 말이오! 혹시 당신은 나를 더 모욕하고 싶은 게요? 나를 끝없이 모욕당해도 상관없는 하인 정도로 여기는 거요? 그런 거요?"

아보긴은 키릴로프에게서 물러서서 놀란 눈으로 그를 쳐다보았다.

"대체 당신은 왜 나를 이곳으로 데려온 거요?"

턱수염이 떨며 의사가 말을 이었다.

"당신이 복에 겨워 결혼을 하고, 복에 겨워 잘 먹고 잘 살고 있고, 멜로드라마 따위를 연기한다고 칩시다. 그런데 대체 나는 왜 필요한 거요? 당신의 연애 사건과 내가 무슨 상관이 있소? 날 좀 평안하게 내버려두시오! 고상한 부농 행세나 잘 하시고, 휴머니즘 적 사상으로 마음껏 우쭐대시고, 악기나 (의사는 첼로 케이스를 힐끗 쳐다보았다.) 콘트라베이스인지 트롬본 따위나 연주하시고, 거세한 닭처럼 살이나 찌란 말이오! 그렇지만 인격을 모독하지는 마시오! 인격을 존중할 줄 모르거든 아예 관심조차 갖지 말란 말이오!"

"미안합니다만, 대체 무슨 말씀이십니까?"

아보긴이 얼굴을 붉히며 말했다.

"사람을 가지고 장난치는 것은 야비하고 비열하다는 말이오! 나는 의사요. 당신네들은 의사나 향수 냄새가 나지 않는 노동자를 매춘부나 자신의 하인이나 멍청한 사람으로 여기고 있소. 좋소, 그렇게 생각하시오. 그렇지만 누구도 당신네들에게 고통 받는 인간을 우스꽝스런 소도구로 만들 권리를 주지 않았소!"

"당신은 어떻게 나에게 이런 식으로 말씀하실 수 있습니까?"

아보긴은 조용한 목소리로 되물었지만, 그의 얼굴은 분노로 가득 차 떨리고 있었다.

"아니오. 오히려 당신이 나의 슬픔을 알고 있으면서도 어떻게 나를 이리로 데려와서 이런 저속한 얘기나 듣게 하는 거요?"

의사는 또다시 주먹으로 탁자를 내리치며 소리쳤다.

"누가 당신에게 다른 사람의 고통을 조롱할 수 있는 권리를 주었단 말이오?"

"당신 미쳤군요!"

아보긴이 소리쳤다.

"정말 너무하시는군요! 나는 지금 정말 불행한 처지에 놓였고 그리고……"

"불행한 처지라?"

의사는 경멸의 웃음을 지으며 말했다.

"그런 말은 입 밖에도 꺼내지 마시오. 당신과는 정말 어울리지 않는 말이오. 어음을 돈으로 바꿀 줄 모르는 게으름뱅이도 자신을 불행하다고 말하는 법이오. 뒤룩뒤룩 살이 쪄가는 거세한 수탉도 자신이 불행하다고 생각하오. 당신은 정말 쓸모없는 사람이오!"

"친애하는 나리, 당신은 정말 미쳐버렸군요!"

아보긴이 신경질적으로 소리쳤다.

"그런 말을 하시면 맞을 수도 있습니다! 아시겠습니까?"

아보긴은 황급히 주머니에 손을 넣어 돈지갑을 꺼냈다. 지갑에서 지폐 두 장을 빼내서 탁자 위에 집어던졌다.

"이건 당신의 왕진 비용이오!"

코를 벌렁거리며 아보긴이 말했다.

"당신에게 대가를 지불했소."

"감히 나에게 이런 식으로 돈을 지불하다니!"

의사는 탁자에서 바닥으로 돈을 쓸어내리면서 소리쳤다.

"사람을 모욕한 대가는 돈으로 지불할 수 없는 법이오!"

분노에 휩싸인 아보긴과 의사는 얼굴을 마주보고 서서 서로에게 이유 없는 모욕을 계속 퍼부었다. 그들은 인생을 살아오면서, 심지어 헛소리를 할 때조차도 지금처럼 그렇게 말도 안 되고 잔인하고 어리석은 말을 해본 적이 없었을 것이다. 두 사람에게서 불행에 빠진 사람의 강한 이기심이 드러나고 있었다. 불행에 빠진 사람은 이기적이 되고, 악하게 되고, 불공평해지고, 잔인해지고, 어리석은 사람보다 더 서로를 이해할 줄 모르게 된다. 불행은 사람을 화합시키지 못하고 분리시킨다. 심지어 똑같은 슬픔을 당해 서로 결속할 것 같은 사람들도 비교적 만족한 삶을 사는 사람보다 더 불공평하고 잔인하게 된다.

"나를 집으로 보내주시오!"

의사가 숨을 헐떡거리며 소리쳤다.

아보긴은 신경질적으로 벨을 눌렀다. 그의 부름에 아무도 나타나지 않았다. 아보긴은 다시 벨을 누르고 나서 분을 이기지 못하겠다는 듯 종을 바닥에 집어던졌다. 둔탁한 소리를 내면서 양탄자 바닥에 던져진 종에서 마치 죽음을 목전에 둔 사람에게서 들을 수 있는 애절한 신음소리 같은 것이 들렸다.

"대체 어디에 숨어 있다 이제 오는 거야, 이 빌어먹을 놈아!"

주인은 주먹을 움켜쥐고 하인에게 달려들었다.

"어디에 있었어? 어서 가서 이분에게 마차를 내어주고 내가 탈 카레타를 준비시켜! 잠시 기다려봐!"

하인이 나가려고 할 때 아보긴이 소리쳤다.

"내일 내 집에 한 명의 배신자도 남아 있지 못하게 할 거야! 모두 꺼져버려! 새로운 놈들을 고용할 거야! 더러운 놈들!"

마차를 기다리면서 아보긴과 의사는 침묵했다. 아보긴은 서서히 이전의 풍만함과 섬세한 우아함을 갖춘 모습으로 돌아왔다. 그는 우아하게 고개를 끄덕거리면서 객실을 왔다 갔다 했다. 분명 뭔가를 계획하고 있는 듯 보였다. 분노는 아직 가라앉지 않았지만 그는 자신의 적에게 그런 모습을 보여주지 않으려고 노력하고 있는 듯 보였다. 의사 역시 서 있었는데, 그는 한 손으로 탁자 끝을 잡고 약간은 냉소적이며 불쾌한 감정을 가지고 깊은 경멸의 눈초리로 아보긴을 쳐다보았다. 그것은 단지 슬픔과 불행만 느끼는 사람이 자신 앞에 포만감과 우아함을 지닌 사람을 쳐다볼 때 나오는 감정이었다.

얼마 지나지 않아 마차를 타고 집으로 떠날 때에도 의사는 계속 경멸의 시선을 유지하고 있었다. 한 시간 전보다 더 어두웠다. 붉은 반달은 이미 언덕 뒤로 넘어가버렸고, 그것을 지키고 있던 구름은 검은 반점처럼 별 주위에 드리워져 있었다. 붉은 등불을 달고 있는 카레타는 소리 내며 길을 따라 달리다가 의사의 마차를 앞질러 갔다. 아보긴은 저항하기 위해, 어리석은 짓을 하기 위해 그 마차를 타고 달려가고 있었다.

집으로 돌아오는 내내 의사는 자신의 아내도 아니고 자신의 아들 안드레이도 아닌 아보긴과 방금 전에 머물렀던 집에 살고 있는 사람들을 생각했다. 그의 생각은 불공평했고 비인간적일 정도로 잔인했다. 그는 돌아오는 내내 아보긴과 그의 아내, 파프친스키, 그리고 장밋빛 어둠 속에 살고 있는 모든 사람과 향수 냄새를 풍기는 사람을 비난했고, 증오했고, 가슴에 통증이 생길 정도로 경멸했다. 그리고 그의 머릿속에는 그런 사람들에 대한 확고한 신념이 생겼다.

시간이 지나면 키릴로프의 슬픔은 사라질 것이다. 그러나 인간의 마음에 새겨진 불공평하고 부적합한 이러한 신념은 의사가 무덤에 갈 때까지 사라지지 않고 그의 머릿속에 남아 있을 것이다.

(1887년)

6
불안한
손님

천장이 낮고 지붕이 기울어진 산지기 아르춈의 오두막집, 크고 거무스름한 성상 밑에 두 사람이 앉아 있었다. 왜소한 체격에 볼품없는 촌놈처럼 보이는 집주인 아르춈의 얼굴에는 주름살이 가득했고 목덜미까지 턱수염이 덮여 있었다. 또 다른 사람은 지나가는 사냥꾼이었는데, 젊고 키가 큰 그 청년은 강렬한 붉은색의 새 무명 루바하를 입고 크고 긴 장화를 신고 있었다. 두 사람은 다리가 세 개인 작은 탁자 앞에 놓인 기다란 의자에 앉아 있었다. 빈 병에 쑤셔 넣은 양초가 탁자 위에서 느릿하게 타오르고 있었다.

창밖에는 칠흑 같은 어둠이 내려 있었고 거친 바람이 매섭게 울부짖으며 곧 천둥과 비를 내리칠 기세였다. 바람은 더욱 거세게 울부짖고 바람에 구부러진 나무들은 고통스런 신음소리를 내는 듯했다. 깨진 유리창에는 종이를 덧대어놓았는데, 바람에 떨어진 나뭇잎들이 종이에 부딪치는 소리가 들렸다.

"자네에게 해줄 말이 있네, 형제여."

아르촘은 겁에 질린 듯이 눈도 깜빡이지 않고 사냥꾼을 보면서 쉰 목소리로 속삭이듯 말했다.

"난 늑대나 곰이나 온갖 짐승을 무서워하진 않지만, 사람은 무서워한다네. 자넨 총이나 다른 무기로 짐승으로부터 자신을 보호할 수 있겠지만, 악한 사람을 만나면 어떤 방법으로도 벗어날 수 없을걸세."

"그렇지요! 짐승에게 총을 쏠 수 있지만, 강도에게 총을 쏘면 그 대가로 시베리아로 유형을 가게 될 겁니다."

"이보게, 젊은이. 내가 이곳에서 산지기로 삼십 년 가까이 일하면서 악한 사람들 때문에 얼마나 고통을 받았는지 자네에게 말로 다 설명할 수가 없네. 많은 놈들이 이곳을 드나들었지. 오두막집은 숲 속 오솔길에 위치해 있고 길도 잘 나 있으니 그 악마 같은 놈들이 쉽사리 발견하고 들이닥쳤지. 어떤 놈들이건 들이닥치면 털모자도 벗지 않고 성호도 긋지 않고 다짜고짜 이렇게 퍼붓는 거야. '이봐 영감탱이! 빵 좀 가져와!' 아니, 대체 내게 그런 놈들에게 줄 빵이 어디 있단 말인가? 내가 왜 그런 놈들에게 빵을 줘야 하나? 지나가는 술주정뱅이를 먹여 살릴 만큼 내가 부자인가? 악당 놈들은, 알다시피 눈이 뒤집혀서 양심이고 뭐고 없는 놈들이지. 제대로 생각도 하지 않고 바로 귀싸대기를 날리면서 '빵 가져와!' 하고 소리치지. 별 수 있나, 줄 수밖에. 그런 놈들, 그런 바보 같은 놈들과 싸우는 것은 어리석은 짓이지! 개중에는 어깨가 떡 벌어져 덩치가 어마어마한 놈도 있고, 주먹이 자네 장화 크기만 한 놈도 있단 말일세. 그런데 자네도 보다시피 나는 이런 체구 아닌가? 놈들은 새끼손가락 하나로도 나를 때려눕힐 수 있을걸세. 그런데 빵을 주면 고맙다는 말 한 마디 없이 실컷 처먹고 나서 드러눕지. 어떤 놈은 돈을 달라고 하지. '이봐! 돈 좀 없어?' 내게 무슨 돈이 있단 말인가? 돈이 어디서 생긴단 말인가?"

"산지기한테 돈이 없단 말입니까?"

사냥꾼이 비웃듯이 말했다.

"매달 월급을 받는데다 찻잎이나 목재를 남몰래 팔고 있을 텐데요."

흠칫 놀라 사냥꾼을 곁눈질하는 아르촘의 턱수염은 까치가 꼬리를 떨듯이 파르르 흔들렸다.

"내게 그런 말을 하는 걸 보니 자넨 아직 젊군 그래."

그가 말했다.

"그런 말을 하면 자넨 하나님의 심판대에 설걸세. 자넨 어디 사람인가? 어디서 오는 길인가?"

"뱌조프카*에서 왔습니다. 그곳 촌장 네표드의 아들입니다."

"총을 좋아하는 모양이군. 나도 한창 젊었을 때 총질을 좋아했지. 정말 그랬지. 아, 우린 죄 많은 인생이야!"

● 뱌조프카 러시아 여러 지역에 있는 시골 마을의 이름. 어떤 지역의 뱌조프카 마을인지 구체적으로 명시되지 않았다. 시골 출신이라는 것을 강조하려는 듯함.

하품을 하며 아르춈이 말했다.

"불행한 일이야! 착한 사람은 별로 없는데 악당이나 살인마는 얼마나 많은지!"

"어쩐지 당신은 절 두려워하고 있는 것 같군요."

"무슨 소리? 내가 왜 자넬 두려워하겠나! 난 알고 있네, 자네가 들어올 때부터 그런 놈들과 다르다는 것을. 자넨 인사도 하고 성호도 긋고 예의도 있고……. 난 자네라면 빵을 줘도 괜찮다고 생각했지. 난 홀아빌세. 페치카도 때지 않고 사모바르는 팔아버렸네. 고기나 뭐 그런 것은 가난해서 없지만, 빵 정도라면 기꺼이 줄 수 있지."

그 순간 의자 밑에서 뭔가가 으르렁거렸고 뒤이어 '쉭쉭' 거리는 소리가 들렸다. 아르춈은 소스라치게 놀라서 다리를 움츠렸고 미심쩍은 눈길로 사냥꾼을 쳐다보았다.

"내 개가 당신 고양이를 자극하고 있군요."

사냥꾼이 말했다.

"이놈!"

사냥꾼이 의자 밑으로 소리쳤다.

"가만있어! 혼난다! 근데 당신 고양이는 많이 말랐군요! 뼈와 털만 남은 것 같군요"

"늙어서 그렇지. 죽을 때가 다 돼가. 그래, 자넨 뱌조프카에서 왔다고 했지?"

"제가 보기엔 당신이 고양이에게 제대로 음식을 주지 않은 것 같군요. 고양이라고 해도 숨 쉬는 생명체인데 잘 돌봐야 하지 않겠습니까?"

"자네 고향 뱌죠프카는 좀 고약한 곳이더군."

아르춈은 사냥꾼의 말을 못 들은 것처럼 자신의 이야기를 계속했다.

"일 년에 두 번씩이나 교회에 도둑이 들었다고 하던데, 그런 저주 받을 곳이 또 어디 있나? 그렇지 않나? 사람뿐만 아니라 하나님도 무서워하지 않는 게지! 감히 하나님의 재물을 훔치다니, 그런 놈에게는 교수형도 아까워! 예전 같았으면 그런 악당 놈은 군수가 망나니를 시켜 목을 베게 했을 거야!"

"어떤 벌을 주더라도, 심지어 채찍으로 후려갈기거나 엄벌에 처한다고 해도 별 수 없을 겁니다. 어떤 방법으로도 악한 사람에게서 악한 짓을 쫓아낼 수는 없을 겁니다."

"하늘에 계신 하나님 아버지! 우리를 구원하시고 불쌍히 여기소서!"

산지기는 한숨을 쉬어가면서 말했다.

"우리를 모든 악한에게서 구원해주시옵소서! 지난주에는 볼로비예 강변에서 일꾼 하나가 낫으로 다른 일꾼의 가슴을 내리찍었어. 결국 죽어버렸지! 원인이 뭐냐면 말이야, 오, 하나님! 그 일꾼이 만취한 상태로 술집을 나오다가 역시 술이 잔뜩 취한 다른 일꾼과 맞닥뜨리게 된 거지."

산지기의 말을 주의 깊게 듣고 있던 사냥꾼은 갑자기 얼굴을 일

그러뜨리며 귀를 기울였다.

"잠시만요."

사냥꾼은 산지기의 말을 끊었다.

"누군가 외치는 소리가 들리는 것 같은데요."

사냥꾼과 산지기는 어두운 창문에서 눈을 떼지 않고 귀를 기울였다. 소리는 숲의 소음을 뚫고 들려왔는데, 폭풍우 속에서 귀를 긴장시켜야지만 들을 수 있는 소리였다. 그래서 사람이 구조를 바라며 울부짖는 소리인지 사나운 바람이 관 속에서 울부짖는 소리인지 분간하기 어려웠다. 그런데 바람이 지붕을 덮치고 창문의 종이를 때리면서 '살려줘!' 라고 하는 분명한 외침소리를 전해왔다.

"호랑이도 제 말 하면 온다더니 당신이 말한 악당이 오는 모양입니다!"

사냥꾼은 창백해져서 자리에서 일어나면서 말했다.

"누군가 강도를 만난 모양입니다!"

"자비를 베푸소서, 하나님!"

산지기 역시 파랗게 질려 일어서면서 중얼거렸다.

사냥꾼은 멍하니 창밖을 바라보다가 오두막 안을 서성거렸다.

"오늘밤은 기가 막힌 밤이군!"

사냥꾼이 중얼거렸다.

"한치 앞도 분간할 수 없는 밤입니다! 도둑놈한테는 안성맞춤인 밤이죠. 들리시죠? 또 고함소리가 들립니다!"

산지기는 성상을 한 번 쳐다보고는 시선을 사냥꾼에게 돌리더니 갑작스런 소식에 놀란 사람처럼 의자에 털썩 주저앉아버렸다.

"형제여!"

그는 울먹이는 목소리로 말했다.

"현관으로 가서 문빗장을 걸어주겠나? 불도 끄는 게 좋겠어!"

"왜 그러시죠?"

"무슨 일이 생길지 모르잖아. 이리로 들이닥칠 거야. 아, 죄 많은 인생이여!"

"가서 도와줘야 할 판국에 문을 잠그라니 머리가 어떻게 된 것 아닙니까? 가요, 가서 도와줍시다. 예?"

사냥꾼은 어깨에 총을 메고 털모자를 집어 들었다.

"옷을 입고 총을 가져오세요! 어이, 플레르카. 이리 와!"

그는 개에게 소리쳤다.

"플레르카!"

여러 군데 물어뜯긴 자국이 있는 긴 귀를 가진 세터* 잡종견이 의자 밑에서 나왔다. 개는 주인의 발밑에서 기지개를 켜고 꼬리를 흔들어댔다.

"앉아서 뭐하시는 겁니까?"

사냥꾼은 산지기에게 소리쳤다.

"정말 안 가실 겁니까?"

"어디로?"

● 세터 사냥개의 일종.

"도와주러 가야죠!"

"내가 어디로 간단 말인가!"

산지기는 온몸을 움츠리면서 손사래를 쳤다.

"그냥 내버려두게!"

"도대체 왜 안 가시려고 하는 겁니까?"

"그런 무시무시한 얘기를 하고 나서는 저 어둠 속으로 한 발자국도 옮기지 못하겠네. 그냥 내버려둬! 이 숲에서 정말 많은 일들을 당했네."

"무엇을 두려워하는 겁니까? 정말 총이 없습니까? 갑시다, 가서 도와주자고요! 혼자 가면 무섭겠지만 둘이 함께 가면 든든합니다! 들리시죠? 또다시 소리치고 있습니다! 일어나세요!"

"자넬 어떻게 이해시켜야 할까, 젊은이!"

산지기는 신음하듯이 말했다.

"내가 정말 스스로 죽으러 갈 만큼 바보처럼 보이는가?"

"그래서 가지 않겠단 말이군요?"

산지기는 침묵했다. 사람의 외침소리를 분명하게 인식한 듯 개는 구슬프게 짖어댔다.

"가겠느냐고 묻고 있지 않습니까?"

산지기는 매섭게 눈을 부릅뜨고 소리쳤다.

"정말 끈질기군!"

산지기는 얼굴을 찌푸렸다.

"자네 혼자 가게나!"

"에이! 짐승 같은 놈!"

사냥꾼은 문 쪽으로 향하면서 쏘아붙이듯 말했다.

"플레르카, 이리 와!"

그는 문을 활짝 열어젖힌 채 나가버렸다. 오두막 안으로 바람이 들이닥쳤다. 양초의 불꽃이 불안하게 깜빡거리다가 한 번 밝게 타오르더니 꺼져버렸다.

산지기는 문을 닫으면서 숲 속 길에 있는 웅덩이, 근처의 소나무들, 멀어져가는 사냥꾼의 형상이 번갯불에 비치는 것을 보았다. 멀리서 천둥소리가 들려왔다.

"오, 주여, 주여, 주여……."

산지기는 굵은 빗장을 철로 된 큰 걸고리 속으로 서둘러 밀어 넣으면서 중얼거렸다.

"하나님도 무심하시지, 이런 날씨를 주시다니!"

문을 닫고 돌아선 산지기는 손으로 더듬어 페치카 근처로 가서 이불을 머리까지 뒤집어쓰고 누웠다. 모피 이불을 뒤집어쓴 채 누워서 그는 귀를 쫑긋 세워 들어보았지만 더 이상 사람의 외침소리는 들리지 않았다. 대신 천둥소리가 더욱 강하고 세차게 들려왔고, 바람에 쫓긴 굵은 빗방울들이 창문의 유리와 종이를 매섭게 후려치는 소리만 들릴 뿐이었다.

'이런 상황에 나가다니 악마에 홀리지 않고서야…….'

그는 비에 흠뻑 젖어 나무 그루터기에 걸려 넘어지는 사냥꾼을 상상했다.

'분명 무서워서 이가 덜덜 떨릴걸!'

10분도 채 지나지 않아 발자국 소리가 울려 퍼지더니 문을 세차게 두드리는 소리가 들렸다.

"거기 누구요?"

산지기가 소리쳤다.

"나요."

사냥꾼의 목소리가 들렸다.

"문 좀 열어주시오!"

산지기는 페치카 근처에서 기어 나와 손으로 더듬어 초를 찾아 불을 붙이고 나서 문 쪽으로 갔다. 사냥꾼과 그의 개는 뼛속까지 비에 흠뻑 젖은 듯했다. 그들은 마침 빗방울이 가장 거세고 세찰 때 나갔기에 그들의 몸에서는 마치 물을 짜내지 않은 걸레처럼 물이 뚝뚝 흘러내리고 있었다.

"밖에 무슨 일이 있던가?"

산지기가 물었다.

"시골 아낙네가 마차를 타고 오다가 길을 잘못 들었소."

사냥꾼이 숨을 헐떡이며 대답했다.

"덤불 속에 마차가 빠져버렸소."

"저런, 바보 같은 여편네! 놀랐겠구먼. 그래서 자네가 꺼내주었나?"

"난, 당신 같은 비열한 사람에게는 대답해주고 싶지 않소."

사냥꾼은 젖은 털모자를 의자에 던져놓고는 말을 이어갔다.

"난 이제 당신을 비열한 놈에다 인간 말종으로 생각하기로 했소. 그래도 파수꾼이랍시고 월급은 받을 테지요! 비열한……."

산지기는 죄책감을 심하게 느낀 듯 페치카 쪽으로 느릿느릿 걸어가서는 헛기침을 하고는 누웠다. 사냥꾼은 긴 의자에 앉아 잠시 생각하더니 젖은 채로 긴 의자에 몸을 뉘었다. 얼마 지나지 않아 그는 일어나서 촛불을 끄고 다시 누웠다. 천둥소리가 한 번 유달리 심하게 울릴 때 그는 몸을 이리저리 뒤척이더니 침을 뱉고 투덜댔다.

"무서웠겠지……. 그런데 만일 그 아낙네가 난도질이라도 당했다면 어쩔 셈이었소? 그 여자를 보호하는 것은 다른 사람의 몫이란 말이오? 나이도 많고 세례까지 받은 사람이……. 돼지 같으니라고! 당신은 더 이상 아무것도 아니오!"

산지기는 헛기침을 하고는 깊게 한숨을 내쉬었다. 플레르카가 어두운 한쪽 구석에서 젖은 몸을 세차게 흔들어대자 온 사방으로 물방울이 튀었다.

"아마도 당신은 그 아낙네가 살해당했다 하더라도 별로 슬퍼하지 않았겠죠?"

사냥꾼은 계속 말을 이어갔다.

"흥. 맹세코 난 당신이 그런 인간인 줄 몰랐소."

침묵이 흘렀다. 먹구름은 이미 지나갔고 천둥소리도 저 멀리서 들려왔다. 그러나 비는 여전히 내리고 있었다.

"그런데 만일 그 아낙네가 아니라 당신이 도와달라고 소리쳤다면 어떨 것 같소?"

사냥꾼이 침묵을 깨고 말했다.

"만약에 아무도 당신을 구하기 위해 달려오지 않는다면, 참 기분이 좋겠죠? 이 짐승 같은 양반아! 당신의 비겁함이 나를 정말 신경질 나게 하는군! 더러운 자식!"

또다시 긴 침묵이 흐른 후 사냥꾼이 말했다.

"아마도 당신은 돈 때문에 사람들을 두려워하는 모양이군요! 가난한 사람은 두려울 것이 없지."

"자네가 지껄인 말 때문에 자넨 하나님의 심판을 받을걸세."

페치카 근처에 있던 아르촘이 쉰 목소리로 말했다.

"난 돈이 없어!"

"흥! 비겁한 놈들은 언제나 돈을 가지고 있지. 그렇다면 당신은 왜 사람들을 두려워하는 거요? 돈이 있으니 그런 거 아니오! 내 말을 증명하기 위해서라도 당신의 돈을 찾아내 억지로라도 훔쳐가야겠소!"

아르촘은 조용히 페치카 쪽에서 나와서 촛불을 켜고 성상 밑에 앉았다. 그는 창백했고 사냥꾼에게서 눈을 떼지 않았다.

"찾아서 훔쳐갈 거요."

사냥꾼은 일어서면서 말을 계속했다.

"어떻게 생각하시오? 당신 같은 형제님들은 가르칠 필요가 있단 말이야! 돈을 어디에 숨겼는지 말하시오!"

아르촘은 다리를 움츠린 채 눈만 깜빡거렸다.

"왜 움츠리고만 있는 거요? 돈을 어디에 숨겼어? 말 못하는 광대야, 뭐야? 왜 말을 안 하는 거요?"

사냥꾼은 벌떡 일어나서 산지기에게 다가갔다.

"왜 부엉이처럼 눈만 휘둥그레 뜨고 있는 거요? 뭐야? 돈을 내놔! 그렇지 않으면 총을 쏘겠소!"

"자넨 왜 나를 귀찮게 하나?"

산지기는 갈라지는 목소리로 말했다. 그리고 그의 눈에서는 굵은 눈물방울이 떨어졌다.

"도대체 왜 그러는 건가? 하나님이 모든 걸 보고 계신다네! 자네가 한 말들로 인해 자넨 하나님의 심판을 받을 거야. 자네가 나에게 돈을 요구할 그 어떤 권리도 없어!"

사냥꾼은 울고 있는 아르춈의 얼굴을 쳐다보더니 얼굴을 찌푸렸다. 그리고 오두막 안을 이리저리 서성이더니 화를 내며 털모자를 푹 눌러쓰고는 총을 들었다.

"에잇! 당신을 보는 것이 정말 역겹군!"

그는 불쾌한 표정으로 말을 내뱉었다.

"도저히 당신을 볼 수 없군! 이곳에서 하룻밤 지내지 않아도 상관없어! 잘 있으시오! 어이, 플레르카!"

쾅 소리가 나면서 문이 닫혔다. 불안한 손님은 개를 데리고 나가버렸다. 그가 나간 뒤 아르춈은 빗장을 걸고 성호를 긋고 자리에 누웠다.

(1886년)

7
사냥꾼

숨 막히도록 무더운 한낮이었다. 하늘에는 구름 한 점 보이질 않았다. 내리쬐는 뙤약볕에 바싹 시들어버린 풀들은 비록 비가 온다고 하더라도 다시 푸르러질 것 같지 않아 보였다. 숲은 마치 자신의 나무 꼭대기에 서서 어딘가를 바라보고 있거나 무언가를 기다리고 있는 것처럼 말없이 움직이지 않고 서 있는 것 같았다.

숲길 가장자리를 따라서 키가 크고 어깨가 좁은 마흔 살가량의 남자가 붉은색 루바하와 낡아빠진 귀족의 바지를 입고 커다란 장화를 신고 어슬렁어슬렁 걷고 있었다. 그는 길을 따라 계속해서 느릿느릿 걷고 있었다. 오른쪽으로는 푸르른 숲길이 길게 뻗어 있었고, 왼쪽으로는 때 이른 호밀밭의 황금물결이 지평선 끝까지 펼쳐져 있었다.

그는 벌겋게 상기되어 땀을 흘리고 있었다. 경마 기수들이나 다는 곧은 깃을 꽂은 하얀색의 사냥용 모자가 그의 아름다운 금발 머리에 의기양양하게 얹혀 있었다. 아마도 하사품 같은 걸 주기 좋아하는 어떤 귀족의 자제에게 받은 듯 보였다. 어깨에 걸친 사냥감 주머니에는 동그랗게 묶은 멧닭 한 마리가 들어 있었다. 사나이는 총구가 둘인 장전된 총의 방아쇠에 손가락을 걸친 채 총을 두 손으로 받쳐 들고서 앞서 뛰어가면서 덤불의 냄새를 맡고 다니는 자신의 늙고 여윈 사냥개를 실눈으로 보고 있었다. 주위는 고요했고 아무런 소리도 들리지 않았다. 살아 움직이는 모든 것이 폭염을 피해 숨어버린 듯했다.

"예고르 블라스이치!"

한순간 적막을 깨고 조용히 사냥꾼을 부르는 목소리가 들렸다. 그는 긴장하면서 소리 나는 쪽을 쳐다보고는 눈썹을 찌푸렸다. 그의 곁에는 마치 땅에서 불쑥 솟아오른 것처럼 손에 낫을 든 서른 살 먹은 창백한 얼굴의 시골 아낙네가 서 있었다. 그녀는 그의 얼굴을 빤히 훑어보다가 수줍게 미소를 지었다.

"놀랐잖아? 펠라게야, 당신이었군!"

그가 멈춰 서서 천천히 방아쇠에서 손을 풀면서 말했다.

"음! 어떻게 당신이 이곳에 들어왔지?"

"우리 마을 아낙네들이 이곳에서 일해요. 저도 그들을 따라 일하러 왔어요, 예고르 블라스이치."

"그렇군."

예고르 블라스이치는 웅얼거리듯 말하고 다시 천천히 길을 걷기 시작했다.

펠라게야는 그의 뒤를 따라 걸었다. 두 사람은 스무 걸음 정도 아무 말 없이 걸었다.

"오랫동안 당신을 보지 못했어요, 예고르 블라스이치."

사냥꾼의 움직이는 어깨와 어깨뼈를 부드러운 눈길로 바라보면서 펠라게야가 말했다.

"부활절에 집에 들러 물 한 잔 마신 뒤로 지금까지 당신을 보지 못했어요. 그날도 아무도 모르게 잠시 들렀잖아요. 술이 취해 들어와서 욕하고 때리고는 그냥 가버렸잖아요. 눈이 빠지게 당신을 기다리고 기다리고 기다렸는데……. 아, 예고르 블라스이치, 예고르 블라스이치! 한 번씩이라도 들러주시면 안 되나요?"

"내가 당신과 뭔 볼일이 있어?"

"그야, 물론 별 할 일은 없지만, 그래도……. 집안 형편이 어떻게 돌아가는지도 한번 보시고, 당신이 가장이시니……. 어머, 멧닭을 잡았네요. 예고르 블라스이치! 여기 잠시 앉아 쉬셨다가 가시면……."

말을 하는 동안 펠라게야는 바보 같은 미소를 지으며 예고르의 얼굴을 쳐다보았다. 그녀의 얼굴은 행복으로 가득 차 있었다.

"앉으라고? 그러지 뭐."

예고르는 냉담한 어조로 말하면서 나란히 마주보고 서 있는 전나무 사이에 자리를 잡고 앉았다.

"뭘 그리 서 있어? 당신도 앉아!"

펠라게야는 약간 떨어진 양지 바른쪽에 앉아서 자신의 기쁨을 수줍어하면서 손으로 웃고 있는 입을 가렸다. 2분간 침묵이 흘렀다.

"한 번씩이라도 들러주세요."

펠라게야가 조용히 말했다.

"왜?"

예고르는 모자를 벗고 소맷자락으로 붉게 상기된 이마의 땀을 닦아내고 한숨을 쉬며 말했다.

"집에 들러본들 무슨 소용이 있어. 한두 시간 들러도 따분할 따름이고 당신만 괴롭게 할 뿐이야. 촌구석에 처박혀 사는 걸 난 견딜 수가 없어. 내가 자유분방하고 제멋대로 사는 사람이란 걸 당신도 잘 알잖아. 내가 사는 수준을 맞추려면 침대도 있어야 하고, 좋은 차도 마셔야 하고, 수준 높은 대화도 필요한데, 당신과 당신이 사는 곳은 가난에 찌들려 있고 그을음밖에 없으니……. 나는 그런 곳에서 하루도 못 살아. 만일 당신과 함께 그곳에서 살아야 된다는 명령이 떨어진다면 나는 아마 집을 불태워버리거나 자살해버릴 거야. 어릴 적부터 천방지축 같은 기질이 자리 잡고 있어서 이젠 어쩔 수가 없어."

"지금은 어디에 묵고 계세요?"

"드미트리 이바느이치라는 지주 나리 댁에서 사냥 일을 하고 있지. 야생고기를 좋아해서 대드리고 있지만, 나를 데리고 있다는 자체에 만족을 느끼고 계시지."

"당신 일이 품위 있는 일은 아니군요, 예고르 블라스이치. 사람들은 사냥을 오락거리로 여기는데 당신은 그것을 기술이나 직업으로 여기고 있으니······."

"이런 바보 같은 여편네야! 당신은 이해 못해!"

예고르는 꿈을 꾸듯 하늘을 바라보며 말했다.

"내가 어떤 사람인지 당신은 지금까지도 이해하지 못했고 앞으로 죽을 때까지도 이해 못할 거야. 당신이 보기에 내가 미친 사람이나 방랑하는 사람처럼 보이겠지만, 나를 이해하는 사람들에게나는 어찌됐든 최고의 사냥꾼이야. 나리들은 이것을 알고 심지어잡지에 나에 대한 기사를 내기도 했어. 사냥술에 대해서는 어떤 사람도 나랑 비교될 수 없지. 내가 시골에 처박혀 살기 싫은 이유는자유분방한 기질 때문도 아니고, 그렇다고 자부심 때문도 아니야.나는 태어날 때부터 총과 사냥개를 빼고는 아무것도 알지 못했어.총을 뺏어 가면 낚시도구를 사용했고, 낚시도구를 뺏어 가면 맨손으로라도 해냈어. 돈이 좀 있을 때는 이리저리 시장을 돌아다니면서 말 장사도 좀 해봤지. 당신도 알겠지만, 만일 남자가 사냥이나말 장사 같은 걸 한다면 한 곳에 정착해서 사는 생활과는 이별이라는 얘기지. 일단 인간의 마음에 자유로운 영혼이 깃들면 그 무엇으로도 뽑아낼 수 없어. 그래서 귀족에게 배우 짓이나 다른 어떤 예술적인 영혼이 들어간다면, 그 사람은 관리나 지주로 살 수 없는게지. 당신 같은 시골 여편네는 이해할 수 없겠지만, 이해해야 돼."

"저도 이해해요, 예고르 블라스이치."

"아니, 이해 못할 거야. 울려고 하잖아."

"저는……저는……울지 않아요."

몸을 돌리면서 펠라게야가 말했다.

"저는 불행해요, 예고르 블라스이치! 하루라도 이 불행한 여자
와 살아주시면 안 되나요? 당신한테 시집온 지 십이 년이 넘었는
데 우리 사이에는 한 번도 사랑이란 게 없었어요! 저는……저
는……울지 않아요."

"사랑이라……."

자신의 팔을 긁적이며 예고르가 웅얼거렸다.

"사랑이라니, 말도 안 되는 소리! 우리 사이에는 단지 남편과 아
내라는 명칭만 있을 뿐이야. 정말 사랑이 있다고 생각한 거야? 당
신한테 나는 흉악한 사람이고, 나한테 당신은 아무것도 이해 못하
는 우둔한 시골 아낙네일 뿐이야. 우리가 어울리겠어? 나는 자유
롭고 제멋대로이고 천방지축인데 반해 당신은 일꾼이고 농군이고
더러운 곳에서 살잖아. 나는 사냥술에서는 최고의 사람으로 자부
하는데 당신은 그런 나를 애처로운 눈길로 바라보잖아. 어떻게 우
리가 어울리는 한 쌍이 되겠어?"

"그래도 우린 결혼식도 올렸잖아요, 예고르 블라스이치!"

펠라게야가 흐느껴 울면서 말했다.

"원해서 한 결혼식이 아니었어. 잊어버렸어? 이게 모두 다 세르
게이 파블르이치 백작 덕분이기도 하고 내 스스로 초래한 결과이
기도 하지. 백작은 내가 자기보다 총을 더 잘 쏘는 것을 질투해서
한 달 내내 나를 술통에 빠져 살게 만들었지. 술 취한 놈은 아무나

하고 결혼시킬 수 있을 뿐만 아니라 다른 종교로 꾀기도 쉬운 법이지. 복수심으로 술 취한 나를 당신과 결혼시킨 거야. 사냥꾼을 가축이나 치는 여자에게 말이야! 당신은 내가 술이 취한 것을 알았을 텐데 왜 내게 시집온 거야? 농노가 아니니까 거부할 수도 있었잖아! 하긴, 가축이나 치는 여자가 사냥꾼에게 시집오는 것은 행복한 일이었겠지. 그래도 좀 더 신중하게 생각했어야지. 그것 보라고, 그래서 지금 이렇게 힘들어하고 울고 있잖아. 백작은 웃고 있는데 당신은 울고 있고 괴로워하고 있으니……."

침묵이 흘렀다. 숲길을 따라 야생오리 세 마리가 날아갔다. 예고르는 그것들을 바라보았고, 숲 속 저 멀리로 사라져 작은 점으로 보일 때까지 시선을 떼지 않았다.

"어떻게 먹고살아?"

예고르는 오리를 바라보던 눈을 펠라게야로 옮기면서 말했다.

"그냥 일을 나가거나, 겨울에는 고아원에서 갓난아기를 데려다가 젖을 물리곤 해요. 한 달에 일 루블 반을 받아요."

"그렇군."

다시 침묵이 흘렀다. 수확이 끝난 들판에서 조용한 노랫소리가 들려오는가 싶더니 이내 끊겨버렸다. 노래하기엔 더운 날씨였다.

"당신이 아쿨리나에게 새 집을 사주었다고 하던데요……."

펠라게야가 말했다.

예고르는 침묵했다.

"아마도 당신은 그녀를 마음에 두고……."

"당신의 행복은 그런 거야, 운명으로 받아들여!"

기지개를 켜며 사냥꾼이 말했다.

"참고 살아, 불쌍한 여편네야. 그나저나 이젠 가야겠군. 쓸데없이 말을 많이 지껄였어. 저녁까지 볼토보*에 가야 해."

예고르는 기지개를 켜고 일어서서 총을 어깨에 멨다. 펠라게야도 일어섰다.

"집에는 언제 오실 건가요?"

그녀가 조용히 물었다.

"절대로 안 가. 맨 정신으로는 절대로 가지 않을 테고, 술 취해서 가면 당신한테 좋은 일은 없을 거고. 술이 취하면 난폭해지잖아. 잘 있어!"

"잘 가세요, 예고르 블라스이치!"

예고르는 뒤통수에 모자를 걸치고 휘파람을 불어 자신의 개를 부른 다음 길을 걷기 시작했다. 펠라게야는 그 자리에 서서 그의 뒷모습을 눈으로 쫓았다. 그녀는 그의 움직이는 어깨뼈와 남성미 넘치는 뒷덜미, 느릿느릿하고 태평스런 걸음걸이를 보고 있었다. 그녀의 눈에는 슬픔과 온화한 사랑이 가득 차 있었다. 그녀는 눈으로 키가 크고 여윈 남편의 모습을 쫓아 달리며 사랑스럽고 응석부리고 싶은 마음으로 그를 보았다. 그는 마치 이러한 시선을 알아채기라도 한 듯 멈춰 서서 그녀를 쳐다보았다. 그는 아무 말도 하지

● 볼토보 노보고르드 시 근처에 있는 시골 도시.

않았지만, 그의 표정과 올라간 어깨로 미루어 보아 펠라기야에게 뭔가를 말하고 싶어 하는 듯했다. 그녀는 수줍게 그에게 다가가서 애원하는 눈길로 그를 바라보았다.

"이거 받아!"

몸을 돌리면서 그가 말했다.

그는 꾸깃꾸깃한 1루블짜리 지폐 한 장을 그녀에게 주더니 재빨리 떠나버렸다.

"안녕히 가세요, 예고르 블라스이치!"

그녀는 얼떨결에 돈을 받고는 말했다.

그는 마치 허리띠처럼 곧고 길게 뻗은 길을 따라 걸었다. 마치 석상처럼 창백하고 움직이지 않는 그녀는 그 자리에 가만히 서서 그의 모든 걸음걸음을 눈 속에 담고 있었다. 그러나 그의 루바하의 붉은 색깔과 바지의 검은 색깔이 합쳐지고, 걸음걸이가 보이지 않고, 그의 개와 장화가 구분되지 않게 되었다. 단지 그의 모자만 보일 뿐이었다. 그러나 갑자기 예고르가 오른쪽 길로 몸을 획 돌려버리자 모자마저도 숲 속에 가려져 보이지 않게 되었다.

"안녕히 가세요, 예고르 블라스이치!"

펠라게야는 속삭이듯 말하며, 한 번이라도 더 하얀 모자를 보기 위해 발뒤꿈치를 들었다.

(1885년)

8
아내

"내 책상 위의 물건은 치우지 말라고 몇 번이나 말했잖아."

니콜라이 예브그라프이치가 말했다.

"네가 그렇게 책상을 정리하고 나면 도대체 아무것도 찾을 수 없단 말이야. 전보는 어디 있어? 그걸 어디 갖다 버렸어? 한번 찾아봐. 어제 날짜로 카잔에서 온 거야."

매우 가냘프고 창백하고 무뚝뚝한 표정의 얼굴을 지닌 하녀는 책상 밑의 쓰레기통에서 몇 개의 전보를 찾아서 말없이 의사에게 건네주었다. 그러나 이것들은 모두 시내에 살고 있는 환자에게 온 것이었다. 잠시 후 응접실과 올가 드미트리예브나의 방에서도 전보를 찾기 위한 부산했다.

이미 밤 12시가 넘은 시각이었다. 니콜라이 예브그라프이치는 아내가 적어도 새벽 5시 이전에 귀가하지 않을 것임을 알고 있었다. 그는 아내를 믿지 못했고, 오늘처럼 아내가 늦도록 돌아오지 않으면 잠을 자지 못하며 괴로워하는 동시에, 아내는 물론이고 그녀의 침대, 화장거울, 사탕을 담아두는 상자, 누군가가 매일 그녀에게 보내 온, 집안을 마치 꽃가게에서 나는 느끼한 냄새로 진동하게 만드는 은방울꽃과 히아신스까지 경멸했다. 이런 밤이면 그는 소심하게 되고 변덕스럽게 되고 괜한 트집을 잡곤 했다. 지금 그는 단순한 새해 축하 인사 외에는 특별한 내용이 없는 형으로부터 온 전보를 찾지 못해 안달하고 있는 것처럼 보였다.

그는 아내의 방에 있는 탁자 위의 우편물 담는 상자 밑에서 어떤 전보를 발견했고 얼핏 훑어보았다. 전보는 장모의 이름으로 올가 드미트리예브나에게 안부를 전하기 위해서 몬테카를로에서 온 것이었는데 미셸이라는 서명이 적혀 있었다. 의사는 전보의 글을 하나도 이해하지 못했는데, 그것은 어떤 외국어로 아마도 영어로 적혀 있었기 때문이었다.

"미셸이 누구지? 왜 몬테카를로*에서 온 거야? 그런데 왜 장모님의 이름으로 온 거지?"

7년간의 결혼생활 동안 그는 의심 가는 증거에 대해 의혹을 품고 추측하고 풀어내는 것에 익숙해져 있었고, 가정에서 발생한 이러한 실제적인 사건들 덕택에 그는 훌륭한 탐정이 될 정도로 여러 번 순간적으로 생각을 떠올리곤 했다. 서재로 돌아와서 그는 생각

● 몬테카를로 프랑스의 모나코 시 북부에 위치하고 있는 지역. 카지노와 휴양도시로 유명하며 니스와 근접한 거리에 위치해 있다.

하기 시작했고, 곧바로 1년 반 전에 페테르부르크에서 교통도로 기술자로 일하고 있는 학교 친구 큐보의 집에서 아침 식사를 했던 기억을 떠올렸다. 그 자리에서 기술자는 그와 그의 아내에게 짧지만 약간 이상한 '리스*'라는 성을 가진 스물두세 살 정도로 보이는 미하일 이바느이치라는 젊은이를 소개해주었다. 두 달 후 의사는 아내의 앨범에서 '현재에 대한 기억과 미래에 대한 희망 속에서' 라고 프랑스어로 적혀 있는 이 젊은이의 사진을 보았다. 그 후 그는 이 젊은이를 장모 집에서 두 번 정도 만났다. 그리고 그때부터 아내는 집을 비우는 일이 잦았고 새벽 4시나 5시 정도에 귀가하곤 했으며 그에게 끊임없이 외국으로 나갈 수 있는 여권을 만들어달라고 부탁했다. 그러나 그는 거절했고, 하인들이 보기에 민망할 정도로 그의 집에서는 하루 종일 전쟁이 끊이질 않았다.

　반 년 전에 그의 의사 친구들은 그에게서 폐질환을 발견했고, 모든 일을 그만두고 크림으로 요양을 떠나라고 충고해주었다. 이 사실을 알게 된 올가 드미트리예브나는 매우 놀란 척 했다. 그녀는 남편에게 애정을 표하면서 크림은 춥고 지루하니 프랑스의 니스가 훨씬 낫다고 확신에 찬 어조로 말하면서 함께 니스로 가서 그를 잘 보살피고 간호하고 편안하게 해주겠다고 말했다. 그리고 이제야 의사는 왜 아내가 그렇게 니스에 가고 싶어 했는지 이해할 수 있게 되었다. 그녀의 미셸이 몬테카를로에 살고 있기 때문이었다.

● 리스 러시아어로 쌀을 의미한다.

그는 영어 사전을 가져와 단어를 찾고 의미를 해석하면서 겨우 다음과 같은 구절을 번역했다.

나의 고귀하고 사랑스런 당신의 건강을 기원하는 축배를 들며, 당신의 가냘프고 아름다운 다리에 무한한 키스를 보냅니다. 당신이 오기만을 애타게 기다리며.

만일 아내와 함께 니스로 가는 것에 동의했다면 자신이 얼마나 우스꽝스럽고 불쌍한 역할을 했겠는가를 생각해보았다. 그러자 모욕감이 치밀어 눈물이 핑 돌았고 강한 분노에 사로잡혀 이 방 저 방을 왔다 갔다 했다. 그는 자존심에 깊은 상처를 입었고 거친 혐오감이 가슴속에서 불타올랐다. 주먹을 불끈 쥐고 증오심으로 얼굴을 찌푸린 채 그는 스스로에게 질문을 던졌다. 어떻게 시골 사제의 아들로 태어나 신학 교육을 받은 정직하고 소탈한 인간이자 외과의사라는 직업을 가진 그가 어떻게 허약하고 보잘것없고 배신을 잘 하는 저급한 속물에게 너무나도 수치스럽게 노예 같은 복종을 하며 살고 있는 것일까?

"가냘프고 아름다운 다리!"

전보를 꾸기면서 그가 웅얼거렸다.

"가냘프고 아름다운 다리!"

그녀를 사랑하게 되어 청혼을 해 살아온 7년의 시간 동안 그에게는 그녀를 안았을 때 느꼈던 긴 머리카락에서 풍겨 나오는 향기로유 냄새와 부드러운 감촉을 주었던 그녀의 레이스 달린 옷들 그리고 실제로 매우 가냘프고 아름다운 다리에 대한 기억만 남아 있었다. 그러나 이제 그의 팔과 얼굴에 간직되었던 비단 명주 레이스의 감촉이 더 이상 아무것도 아닌 것으로 느껴졌다. 게다가 이제는 그녀의 히스테리, 신경질적인 목소리, 잔소리, 위협, 거짓말, 뻔뻔한 배신의 거짓말 등을 빼고 나면 정말 아무것도 기억나지 않게 되었다. 그는 시골의 아버지 집에 있을 때 마당에서 집 안으로 우연히 날아 들어와 밖으로 나가려고 미친 듯이 창문을 쪼아대고 집 안의 물건들을 난장판으로 만들어놓았던 새 한 마리를 기억했다. 의사는 자신과 완전히 다른 사회에서 살다가 그의 삶으로 날아 들어와서 완전히 엉망으로 만들어버린 그 여자에게서 그때의 새를 연상했다. 좋은 시절은 다 흘러가버렸고 지금은 지옥에 있는 것처럼 행복에 대한 희망은 산산조각이 나서 우스꽝스럽게 되어버렸으며 건강은 나빠졌고 그의 방에서는 저속한 매춘의 냄새가 나는 것 같았다. 그가 1년 동안 벌어들이는 1만 루블의 수입에서 10루블도 시골에 계시는 어머니에게 보내드리지 못한 채 1만 5천 루블의 어음 빚만 남게 되었다. 만일 그가 도둑의 무리와 이 집에서 같이 산다고 하더라도 이 여자와 함께 사는 삶보다 더 절망적이고 돌이킬 수 없을 정도로 피폐된 생활은 아니었을 것이다.

그는 기침을 하기 시작했고 숨을 헐떡였다. 침대에 누워 몸을 따뜻하게 해야 했으나 계속 방을 왔다 갔다 하거나 의자에 앉아서 신경질적으로 연필을 들고 종이에다 기계적으로 뭔가를 써댔다.

'한번 써볼까? 가냘프고 아름다운 다리……'

새벽 5시 무렵이 되자 그는 기진맥진해져 모든 것을 자신의 책임으로 돌렸다. 만일 올가 드미트리예브나가 그녀에게 좋은 영향을 미칠 수 있는 다른 사람에게 시집을 갔더라면 아마도 그녀는 선하고 정직한 여자가 되었을지 누가 알겠는가? 그는 여자의 심리에 대해서는 잘 몰랐으며 더욱이 관심도 없었고 투박하게 그녀를 대했다.

'나는 이제 살날이 얼마 남지 않았어.'

그는 생각했다.

'나는 시체와 다름없으니 살아 있는 사람에게 방해가 되어서는 안 되지. 지금 이 시점에서 내 권리를 고수한다는 것은 본질적으로 이상하고 바보 같은 짓이야. 그녀에게 설명을 해주고 그녀를 자신이 사랑하는 사람에게 보내주어야겠어. 이혼해주고 그 책임은 나한테 있는 것으로 해야겠어.'

마침내 올가 드미트리예브나가 돌아왔다. 그녀는 평소처럼 하얀색의 부인용 외투와 털모자를 쓰고 덧신을 신고 서재로 들어와 안락의자에 털썩 주저앉았다.

"더러운 뚱뚱이 녀석 같으니라고!"

거칠게 숨을 몰아쉬며 흐느껴 울면서 그녀가 말했다.

"이건 정말 부도덕하며 불쾌한 일이야!"

그녀가 발을 동동 구르면서 말했다.

"도저히 참을 수가 없어요! 도저히, 도저히!"

"무슨 일이오?"

그녀에게 다가가면서 니콜라이 예브그라프이치가 말했다.

"조금 전에 대학생인 아자르베코프가 나를 집까지 바래다주었는데, 내 가방을 잃어버렸다고 하는 거예요. 가방에는 엄마에게 빌린 십오 루블이 들어 있는데 말이에요."

그녀는 소녀처럼 정말 진지한 표정으로 계속 울어댔다. 손수건뿐만 아니라 그녀의 장갑까지 눈물범벅이 되었다.

"그게 뭘 큰일이라고!"

한숨을 쉬며 의사가 말했다.

"잃어버렸다면 할 수 없는 거지, 신경 쓰지 마시오. 마음을 진정하시오. 당신에게 해야 할 말이 있소."

"저는 백만장자가 아니어서 돈에 신경 쓰지 않을 수 없단 말이에요. 그 대학생은 나에게 가방을 다시 건네주었다고 했지만 그를 믿지 못하겠어요. 그는 가난한 학생이니까……."

남편은 아내에게 진정하고 자신의 말을 들어달라고 간청했지만, 아내는 줄곧 그 대학생과 잃어버린 15루블에 대해 말했다.

"아으, 내가 내일 당신에게 이십오 루블을 주겠소. 그러니 제발 좀 그만하시오!"

그는 화가 나서 소리쳤다.

"옷을 갈아입고 오겠어요!"

여전히 울면서 그녀는 말했다.

"모피 외투를 입은 채로 진지한 얘기를 할 수는 없잖아요! 정말 이상하잖아요!"

그는 그녀의 외투와 덧신을 벗겨주었다. 그 순간 그는 그녀가 굴을 먹을 때 즐겨 마시는 백포도주의 냄새를 느낄 수가 있었다(공기처럼 가벼운 몸매에 비해 그녀는 매우 많이 먹고 술을 많이 마신다). 그녀는 자신의 방으로 가서 옷을 갈아입고 눈물을 흘린 얼굴에 진하게 분을 바르고 서재로 다시 돌아와서는 의자에 앉았다. 레이스 달린 장밋빛 실내복이 그녀의 온몸을 덮고 있어서 남편은 그녀의 헝클어진 머리카락과 실내화 속에 들어 있는 가냘프고 아름다운 다리만 볼 수 있었다.

"무슨 말을 하고 싶은 거죠?"

안락의자에 앉아 몸을 흔들면서 그녀가 물었다.

"우연히 이것을 보게 되었소."

의사는 그녀에게 전보를 주면서 말했다.

그녀는 전보를 읽고 나서 어깨를 들썩였다.

"그런데요?"

몸을 더 강하게 흔들면서 그녀가 말했다.

"이건 그냥 새해를 축하하는 단순한 전보일 뿐이에요. 그 이상은 아무것도 아녜요. 아무 비밀도 없어요."

"당신은 내가 영어를 모른다고 생각하고 있군. 그래, 나는 영어를 모르오. 하지만 나에게 사전은 있지. 이 전보는 리스라는 청년에게서 온 것이고, 그는 사랑하는 사람의 건강을 기원하며 축배를 들고 있고, 당신에게 수많은 키스를 보내고 있소. 그렇지만 이건 관두도록 하지, 관두자고."

의사는 서둘러 다음 말을 이어갔다.

"나는 결코 당신을 질책하거나 분쟁을 일으킬 생각이 없소. 싸움과 분쟁과 질책은 그동안 충분히 해왔잖소? 이제 그만 끝낼 때가 된 것 같소. 내가 하고 싶은 말은 이거요. 당신은 이제 자유로운 몸이 되었고 당신이 원하는 대로 살 수 있다는 것이오."

두 사람 모두 아무 말이 없었다. 아내는 조용히 울기 시작했다.

"나는 당신을 거짓과 위선이라는 무거운 짐에서 벗어나게 해주겠소."

니콜라이 예브그라프이치는 계속 말을 이어갔다.

"만일 이 젊은이를 사랑한다면 계속 사랑하시오. 만일 그가 있는 외국으로 가고 싶다면 떠나시오. 당신은 젊고 건강한데 나는 거의 송장이나 다를 바 없고 살날도 얼마 남지 않았으니……. 당신이 나를 이해해주시오."

그는 감정이 북받쳐 올라 더 이상 말을 잇지 못했다. 올가 드미트리예브나는 눈물을 흘리면서 사람들이 자신을 불쌍하게 여길 때 내는 그런 애처로운 목소리로 자신은 리스를 사랑하고 있고 그와 함께 도시를 돌아다녔고 그의 집에 머물기도 했으며, 실제로 이제는 정말 그가 있는 외국으로 가고 싶다는 것을 고백했다.

"보시다시피 전 이제 아무것도 숨기는 것이 없어요."

한숨을 쉬며 그녀가 말했다.

"정말 솔직하게 모든 것을 말했어요. 그리고 당신에게 간청하는데, 관대한 마음으로 제발 나에게 여권을 발급해주세요!"

"이미 말했잖소. 당신은 이제 자유의 몸이오."

그녀는 그의 얼굴에 나타난 표정을 자세히 살펴보기 위해 더 가까운 곳에 놓여 있는 의자로 자리를 옮겨 앉았다. 그녀는 그를 믿지 못했고 그의 비밀스런 생각들을 이해하고 싶었다. 그녀는 아무리 선량하고 좋은 의도를 가지고 있는 사람이라고 해도 결코 아무도 믿지 않았다. 그녀는 뭔가 사소하고 졸렬한 의도나 이기적인 목적이 있지는 않은가 하고 항상 의심하곤 했다. 그녀가 그의 얼굴을 열심히 탐색하고 있을 때 그는 그녀의 눈에서 마치 고양이에게서 볼 수 있는 것 같은 녹색 불꽃이 번쩍이는 것을 보았다.

"그럼, 언제 여권을 받을 수 있나요?"

그녀가 조용하게 물었다.

그는 갑자기 '절대 안 돼'라고 말하고 싶어졌지만 자신을 억제하면서 말했다.

"당신이 원하면 언제든지."

"그럼 한 달만 다녀오도록 할게요."

"당신은 리스에게 가서 영원히 살 수 있소. 나는 당신과 이혼할 것이고 그 책임은 나한테 있는 것으로 할 것이오. 당신과 리스는 결혼할 수도 있소."

"아니오. 전 절대로 이혼은 하지 않을 거예요!"

올가 드미트리예브나는 놀란 얼굴로 힘 있게 소리쳤다.

"나는 당신에게 이혼을 요구하는 게 아니라고요! 여권을 주세요. 내가 원하는 것은 그것뿐이라고요!"

"대체 왜 당신은 이혼을 원하지 않는 거요?"

의사는 화를 내면서 물었다.

"당신은 정말 이상한 여자군, 정말 이상한 여자야! 만일 당신이 정말 진지하게 그에게 빠져 있고 그 역시 당신을 사랑한다면, 당신들의 상황에서 결혼보다 더 나은 것은 없는 것 같은데 말이야. 혹시 당신은 아직도 결혼과 간통 사이에서 선택을 하고 있는 거요?"

"당신을 이해할 수 있겠어요."

그에게서 물러나면서 악하고 기묘한 표정을 지으며 그녀가 말했다.

"이제야 당신의 의도를 잘 이해할 수 있겠군요. 내가 당신에게 싫증이 났으니 이혼을 강요하면서 그저 나에게서 벗어나길 원하는 거군요. 대단히 고마운 일이지만, 난 당신이 생각하는 것처럼 그렇게 바보가 아녜요. 결코 이혼을 받아들이지 않을 거고 절대로 당신에게서 떠나지 않을 거예요, 떠나지 않을 거예요, 절대로 떠나지 않을 거예요! 첫 번째 이유는 난 사회적 위치를 잃어버리고 싶은 마음이 없다는 거예요."

그녀는 자신의 말을 누군가 방해할까봐 두려워하는 사람처럼 급하게 말을 계속 이어갔다.

"둘째, 나는 이미 스물일곱 살이고 리스는 이제 스물세 살이에요. 일 년 정도 지나면 그는 싫증낼 것이고 나를 버릴 거예요. 당신이 원한다면 세 번째 이유도 말하겠지만, 리스를 향한 나의 마음이 솔직히 얼마나 오래갈지 나 자신도 장담할 수 없다는 거예요. 아시겠어요! 나는 당신을 떠나지 않을 거예요."

"그렇다면 내가 당신을 이 집에서 쫓아내겠소!"

니콜라이 예브그라프이치는 발을 구르면서 소리쳤다.

"저 멀리 쫓아버리겠소. 더럽고 비열한 여자 같으니라고!"

"두고 보자고요!"

그녀는 소리치면서 나가버렸다.

이미 오래전에 마당은 밝아져 있었다. 의사는 줄곧 의자에 앉아서 연필을 들고 종이에 기계적으로 뭔가를 써대기 시작했다.

'존경하는 나리……. 가냘프고 아름다운 다리…….'

그는 응접실을 이리저리 서성이다가 7년 전 결혼식 직후에 찍은 사진 앞에서 멈춰 서서 오랫동안 그것을 바라보았다. 장인, 장모, 당시에는 스무 살이었던 올가 드미트리예브나와 젊고 행복해 보이는 자기 자신이 있는 가족 사진이었다. 말끔하게 면도한 얼굴에 풍만한 체격을 가진 해군성에 근무하는 삼등 문관인 장인은 교활하고 돈에 대한 욕심이 강한 사람이었고, 뚱뚱한 몸에 저급하고 탐욕스런 생김새를 지녀 마치 족제비를 연상케 하는 장모는 자신의 딸을 맹목적으로 사랑하며 모든 일에 발 벗고 나서서 도와주는 부인이었다. 만일 자신의 딸이 다른 사람을 괴롭히고 억압한다면 어머니는 자신의 딸에게 아무 말도 하지 않고 단지 자신의 치마폭으로 감싸면서 그녀를 보호해줄 뿐이었다. 올가 드미트리예브나 역시 저급하고 탐욕스런 생김새를 지녔는데, 좀 더 과감하게 표현한다면 엄마에 비해 그녀는 족제비가 아니라 거대한 짐승처럼 보였다! 니콜라이 예브그라프이치 자신은 사진에서 착하고 소심한 루바하를 입은 시골 얼뜨기처럼 보였다. 선량한 신학생의 미소는 얼굴 전체에서 빛을 발하고 있었고, 자신의 운명에 우연히 개입한 그 탐욕한 무리가 그가 대학을 다닐 때 노래를 부르면서 꿈꿔왔던 낭만, 행복, 그리고 모든 것을 그에게 줄 것이라고 순진하고 믿고 있는 얼굴이었다. '사랑하지 않는다는 것은 젊은 날을 죽이는 것이라네.' •

그는 의혹에 가득 차서 자기 자신에 질문했다. '어떻게 시골 사제의 아들로 태어나 신학 교육을 받은 정직하고 소탈하고 순수한 인간인 내가 아무 도움도 받지 못하고 본질적으로 완전히 천성이 다른 보잘것없고 거짓투성이에다 저속하고 저급한 존재에게 항복할 수밖에 없는 것인가?

11시가 되어 병원으로 가기 위해 프록코트를 입고 있을 때 하녀가 서재로 들어왔다.

"무슨 일이야?"

그가 물었다.

"주인마님께서 일어나셔서 어제 약속하신 이십오 루블을 나리께 받아오라고 분부하셨습니다."

(1895년)

• 〈우리네 인생은 짧다네〉라는 19세기 말에 유행했던 학생들의 노래의 일부분.

9
우유부단한
사람

나는 서재로 아이들의 가정교사인 율리야 바실리예브나를 불렀다. 월급을 정산할 필요가 있었기 때문이었다.

　"앉으세요, 율리야 바실리예브나!"

　그녀에게 말했다.

　"자, 월급을 한번 계산해봅시다. 돈이 필요하실 텐데, 먼저 말씀하지 않는 걸 보면 당신은 참 예의를 소중하게 생각하시는 분 같군요. 음……우리가 한 달에 삼십 루블로 계약을 했었죠."

　"사십 루블인 것 같은데요."

　"아닙니다. 삼십 루블입니다. 장부에 그렇게 써놓았습니다. 저는 항상 가정교사에게 삼십 루블씩 지불해왔습니다. 음, 그리고 당신이 두 달간 여기 계시면서 일하셨으니……."

　"두 달 하고 닷새인 것 같은데요."

"정확히 두 달입니다. 여기에 그렇게 쓰여 있습니다. 그러니까 육십 루블을 드리면 되겠군요. 그런데 일요일이 아홉 번 있었는데 그건 제하겠습니다. 일요일에 당신은 콜랴와 공부하지 않고 산책만 했습니다. 거기에 휴일이 세 번 있었고……."

율리야 바실리예브나는 얼굴이 붉어졌고 소매 끝자락을 잡아당겼다. 그러나 한 마디도 하지 못했다!

"세 번의 휴일까지 있었으니 당연히 십이 루블을 제해야겠죠. 또 콜랴가 나흘간 아파서 수업을 못했고 당신은 바랴와만 수업을 했습니다. 사흘은 당신이 이가 아파서 집사람이 식사 후에는 수업을 하지 말라고 허락했으니 십이 루블에 칠 루블을 더해서 십구 루블이 되는군요. 모두 제하니……음……사십일 루블이 되는군요. 맞죠?"

율리야 바실리예브나의 왼쪽 눈이 충혈되었고 눈물이 고였다. 그녀의 턱이 떨렸다. 그녀는 신경질적으로 기침을 했고 코를 풀었다. 그러나 한 마디도 하지 못했다!

"신년 연휴 때는 찻잔을 깨뜨렸습니다. 이 루블을 제하면……. 우리 집에 대대로 내려오는 정말 소중한 찻잔이었는데, 뭐 용서하도록 하겠습니다! 다음에 또 뭐가 있나? 그 후에 당신의 부주의로 콜랴가 나무에 기어 올라가 미끄러져 코트가 찢어졌군요. 십 루블을 제하겠습니다. 역시 당신의 부주의로 하녀가 바랴의 신발을 훔쳤습니다. 당신은 아이들의 모든 것을 지켜보고 보살펴야 합니다. 그래서 당신에게 월급을 주는 겁니다. 그래서 음, 또 오 루블을 제하고……. 일월 구일에 당신은 나한테서 십 루블을 빌려갔군요."

"저는 빌리지 않았습니다."

율리야 바실리예브나가 작은 목소리로 말했다.

"아닙니다. 여기에 쓰여 있습니다."

"됐습니다. 알겠습니다."

"사십일 루블에서 다시 이십칠 루블을 제하면 십사 루블이 남는 군요."

율리야 바실리예브나의 두 눈에 눈물이 가득 고였다. 길고 아름 다운 코에 땀이 솟아났다. 불쌍한 아가씨!

"저는 단지 한 번만 빌렸습니다."

떨리는 목소리로 그녀가 말했다.

"저는 주인마님께 삼 루블을 빌렸습니다. 더 이상 빌린 적이 없 습니다."

"그래요? 아니, 그걸 적지 않다니! 십사 루블에서 삼 루블을 제 하면 십일 루블이 남는군요. 자, 여기 당신의 월급입니다. 하나, 둘, 셋……. 자, 받으세요."

나는 그녀에게 11루블을 주었다. 그녀는 떨리는 손으로 돈을 받 아서 주머니에 넣었다.

"메르시.*"

그녀가 작은 목소리로 말했다.

● 메르시 merci. 프랑스어로 감사하다는 뜻.

나는 자리에서 벌떡 일어나 방을 왔다 갔다 했다. 악의에 찬 생각이 나를 사로잡았다.

"대체 뭐가 메르시란 말이오?"

내가 물었다.

"돈을 주셔서……."

"허나 나는 당신 돈을 거의 빼앗고, 강탈한 거나 다름없잖소. 젠장! 나는 당신 돈을 훔쳤단 말이오! 대체 뭐가 메르시란 말이오?"

"다른 곳에서는 아예 한 푼도 받지 못한 경우도 있었어요."

"한 푼도 못 받았다고요? 당연히 그랬겠지요! 당신에게 혹독한 교훈을 주기 위해 장난을 좀 쳤습니다. 저는 당신에게 당신이 받아야 할 월급 전부인 팔십 루블을 드릴 겁니다. 당신에게 드릴 돈 봉투를 미리 준비해놓았습니다! 그런데 당신은 참 답답한 사람이군요. 왜 내게 대항하지 않았습니까? 왜 아무 말도 하지 않는 겁니까? 그렇게 제대로 할 말을 하지 못하면 어떻게 이 세상을 살아갈 수 있겠습니까? 그렇게 우유부단해서 어떻게 살겠습니까?"

그녀는 쓴웃음을 지었다. 나는 그녀의 얼굴에서 '살 수 있습니다!' 하는 표정을 읽었다.

나는 그녀에게 혹독한 교훈을 주기 위해 장난친 것을 사과하고 크게 놀란 그녀에게 80루블을 주었다. 그녀는 수줍게 고맙다고 말하고 서재를 나갔다. 나는 그녀가 나가는 것을 보면서 생각했다. '이 세상에서 강한 사람이 되는 것은 쉽구나!'

(1883년)

10
폴렌카

오후 1시였다. 통로식 시장 안의 잡화점 '파리의 소식들'은 장사가 한창이었다. 똑같은 톤으로 외치는 점원들의 소리, 마치 학교에서 선생님이 학생들에게 뭔가를 기계적으로 소리 내어 외우게 하는 것 같은 소리가 들렸다. 부인들의 웃음소리, 유리로 된 출입문을 두드리는 소리, 아이들이 시장통을 분주히 뛰어다니는 소리도 이 단조로운 점원들의 외침에 묻혀버렸다.

폴렌카는 가게로 들어와서 눈으로 누군가를 찾고 있었다. 작고 호리호리한 몸매에 금발인 그녀는 최신 양장점을 운영하는 마리야 안드레예브나의 딸이었다. 검은 눈썹을 하고 있는 점원이 잽싸게 다가와 그녀의 얼굴을 매우 진지하게 바라보며 물었다.

"무슨 물건을 찾으십니까, 아가씨?"

"항상 그랬던 것처럼 니콜라이 티모페이치와 거래하고 싶어요."

폴렌카가 대답했다.

곱슬머리에 건장한 갈색 피부를 가진 점원 니콜라이 티모페이치는 이미 판매대의 자리를 정돈하고 목을 길게 빼고 웃으면서 폴렌카를 보았다. 그는 커다란 넥타이핀이 있는 최신 유행 옷을 입고 있었다.

"안녕하세요, 펠라게야 세르게예브나!"

건장하고 듣기 좋은 바리톤 같은 목소리로 그가 말했다.

"어서 오세요!"

"아, 안녕하세요!"

그에게 다가가면서 폴렌카가 말했다.

"저기, 또 들렀어요. 레이스 좀 주세요."

"무슨 용도로 쓰실 건가요?"

"부인복 허리와 등 쪽에, 그러니까 부속 장식품으로 쓰려고요."

"잠시만요."

니콜라이 티모페이치는 폴렌카 앞에다 몇 가지 종류의 레이스를 펼쳤고, 그녀는 천천히 살펴보면서 흥정을 하기 시작했다.

"무슨 말씀을, 일 루블은 결코 비싸지 않습니다요!"

점원은 관대한 미소를 지으면서 확신에 찬 목소리로 말했다.

"이 레이스는 프랑스제인데다 여덟 겹으로 되어 있습니다. 저울로 달아 파는 평범한 레이스도 있습니다만, 그건 일 아르신*에 사

● 아르신 재정 러시아 시대의 척도 단위. 1아르신은 약 71.12센티미터.

십오 코페이카밖에 하지 않는데 그다지 좋은 물건은 아닙니다! 인심 좀 쓰세요!"

"그리고 또 테두리가 유리로 된 레이스 단추가 필요해요."

고개를 숙여 레이스를 보면서 폴렌카가 왠지 모르게 한숨을 쉬며 말했다.

"그리고 이 색깔과 어울리는 유리 장식이 있는 레이스는 없나요?"

"있습니다."

폴렌카는 더욱더 고개를 진열대 쪽으로 숙이고는 나지막한 목소리로 물었다.

"그런데 니콜라이 티모페이치, 목요일에는 왜 그렇게 일찍 가신 건가요?"

"음! 당신이 알고 계셨다니 좀 이상하군요."

조소를 띠며 점원이 말했다.

"당신은 그날 대학생 나리에게 푹 빠져 있었는데 제가 간 걸 아셨다니 신기하군요!"

폴렌카는 얼굴을 붉히며 침묵했다. 점원은 손가락을 신경질적으로 움직이면서 진열대의 상자들을 별다른 이유 없이 정리했다. 계속 침묵이 흘렀다.

"비즈 달린 레이스도 필요해요."

점원에게 죄 지은 듯한 표정으로 고개를 들며 폴렌카가 말했다.

"어떤 종류를 원하십니까? 최신 유행하는 견레이스 비즈는 검은색과 알록달록한 색이 있습니다."

"얼마죠?"

"검은색은 팔십 코페이카이고 알록달록한 색은 이 루블 오십 코페이카입니다. 그리고 앞으로는 더 이상 당신 집에 가지 않을 겁니다."

니콜라이 티모페이치가 조용히 말을 덧붙였다.

"왜 그러시는 거죠?"

"왜냐고요? 이유는 정말 간단합니다. 당신 스스로가 더 잘 아실 텐데요. 제가 무엇 때문에 괴로워해야 합니까? 이상한 일 아닙니까? 그 대학생이 당신과 놀아나는 것을 제가 볼 수 있다고 생각하십니까? 저는 모든 것을 다 알고 이해합니다. 가을부터 지금까지 그 사람은 당신을 따라다녔고 매일같이 두 사람이 만나고 있지 않습니까! 그 사람이 당신 집에 놀러 오면 당신은 마치 그 사람을 천사를 보듯 뚫어지게 쳐다보더군요. 당신에겐 그 사람처럼 좋은 사람은 없으니 그를 사랑하는 거겠죠. 뭐, 좋습니다. 더 이상 할 말은 없습니다."

폴렌카는 당황해서 아무 말도 하지 못하고 진열대 위를 손가락으로 이리저리 쓸었다.

"저는 정말 잘 알고 있습니다."

점원은 계속 말을 이었다.

"무슨 이유로 제가 당신에게 가야 합니까? 저도 자존심이 있습니다. 다 부질없는 짓입니다. 그런데 무슨 물건을 달라고 하셨죠?"

"엄마가 이것저것 많이 사오라고 하셨는데 잊어버렸어요. 아, 깃털 장식도 좀 필요해요."

"어떤 걸로 드릴까요?"

"최신으로, 좀 좋은 것으로 주세요."

"현재 유행하고 있는 것은 새의 깃털로 된 겁니다. 요즘 유행하는 색은 헬리오트로우프*나 카나크색, 그러니까 노란색과 암홍색이 섞인 것입니다. 종류는 많이 있습니다. 이야기가 지금 어떻게 되어가는지 저도 모르겠군요. 당신은 지금 사랑에 빠졌는데 우리는 어떻게 끝을 내야 하나요?"

니콜라이 티모페이치의 눈이 붉게 충혈되기 시작했다. 그는 가늘고 부드러운 끈을 손에서 주물럭거리며 계속 웅얼거렸다.

"그 사람에게 시집가는 것을 상상해봤겠죠, 그렇죠? 그런 상상은 그만두는 게 좋을 것 같군요. 대학생은 결혼하는 게 금지되어 있습니다. 설령 그 사람과 나중에 결혼한다고 하더라도 좋게 끝나겠습니까? 어림도 없습니다! 그들은, 대학생들은 우리를 사람 취급도 하지 않습니다. 그들은 상인이나 뭐, 양장점 주인 같은 사람에게 접근해서는 그들의 무식함을 비웃거나 그들 집에 가서 술을 마구 처먹죠. 자신의 집이나 고귀한 신분의 사람 집에서는 술 먹는 것을 부끄럽게 여기면서 우리같이 못 배운 사람들의 집에 와서는 부끄러워하지 않고 고주망태가 되죠. 그렇습니다! 그런데 무슨 깃

● 헬리오트로우프 붉은 보라색 계통의 색깔.

털 장식을 하신다고 했습니까? 그 사람이 당신 뒤를 쫓아다니고 사랑놀이를 하는 것은 다 이유가 있죠. 나중에 의사나 변호사가 되고 나면 이렇게 회상하겠죠. '아, 언젠가 금발의 아가씨를 사귄 적이 있었지! 그녀는 지금 어디에 살고 있을까' 라고 말이죠. 아마 지금도 어딘가에서 자신의 대학생 친구들에게 양장점 주인 딸이 자신에게 눈독을 들이고 있다고 뻐기고 있을 겁니다."

폴렌카는 의자에 앉아서 깊은 생각에 잠긴 채 하얀 상자들의 꼭대기 부분을 바라보았다.

"깃털 장식은 사지 않겠어요!"

그녀는 한숨을 쉬며 말했다.

"제가 실수할 것 같아서, 아무래도 엄마가 직접 와서 원하시는 것을 사는 게 낫겠어요. 스프링코트에 길게 달 수 있는 술 장식 육 아르신만 주세요. 일 아르신에 사십 코페이카 하는 걸로요. 코트를 좀 단단히 묶을 수 있게 중간에 솔기를 낸 코코아색 단추들도 좀 주세요."

니콜라이 티모페이치는 그녀에게 몸을 돌려 술 장식과 단추를 주었다. 그녀는 여전히 죄 지은 듯한 표정으로 그의 얼굴을 바라보면서 뭔가를 더 이야기해주길 바라는 눈치였지만, 그는 우울한 표정으로 물건을 정리하면서 아무 말도 하지 않았다.

"부인용 외투 단추가 필요하다는 걸 잊어버릴 뻔했네요."

잠시 침묵이 흐른 후 손수건으로 창백한 입술을 닦으면서 그녀가 말했다.

"어떤 종류로 드릴까요?"

"여자 상인을 위해 만들 건데, 그러니까 평범한 것보다는 좀 더 좋은 걸로……."

"알겠습니다. 여자 상인을 위한 것이라면 좀 화려한 것을 선택하는 것이 좋죠. 자, 여기 단추들이 있습니다. 푸른색과 붉은색, 그리고 최신 유행하는 황금색으로 혼합된 것이죠. 눈에 번쩍번쩍 띌 겁니다. 우아한 것을 찾는 손님은 검고 불투명한 바탕색에 테두리만 화려하게 장식된 단추를 고르곤 합니다. 정말로 전 이해를 할 수 없군요. 정말 당신은 판단을 하시지 못하겠습니까? 그런데 대체 여기는 또 왜 오신 겁니까?"

"저도 모르겠어요."

폴렌카는 단추를 바라보며 고개를 숙이면서 속삭이듯 말했다.

"저도 모르겠어요, 니콜라이 티모페이치. 무엇을 어떻게 해야 할지……."

볼에 수염이 쭈뼛쭈뼛하게 난 점원이 니콜라이 티모페이치의 등 뒤에서 나타나 그를 진열대 한쪽으로 밀쳐내면서 아주 세련되고 정중한 표정으로 외쳤다.

"어서 오십시오, 부인! 저희 가게에 오신 걸 환영합니다. 세 종류의 부인용 상의 재킷이 있습니다. 매끈한 것과 명주 끈이 달린 것, 비즈가 달린 것이 있습니다! 어떤 것을 드릴까요?"

이 말을 하는 동안 폴렌카 옆으로 아주 낮은 목소리로, 거의 베이스 같은 목소리로 말하는 뚱뚱한 부인이 들어왔다.

"솔기 없이 봉해진 박음질된 옷으로 주세요."

"물건을 한 번 보시고 골라보세요."

니콜라이 티모페이치는 폴렌카를 향해 크게 웃으면서 속삭이 듯 말했다.

"당신 왠지 창백해 보이고 아파 보이는군요. 얼굴도 많이 변한 것 같습니다. 그 사람은 당신을 버릴 겁니다, 펠라게야 세르게예브 나! 만일 언젠가 그 사람이 당신과 결혼한다면 그건 사랑 때문이 아니라 배고픔을 면하려고 당신의 돈이 필요해서 하는 겁니다! 당 신의 지참금으로 좋은 살림살이를 마련하겠지만 나중에는 당신을 부끄럽게 여길 겁니다. 손님이나 친구가 놀러 오면 아마 당신을 숨 길 겁니다. 왜냐면 당신은 교육도 제대로 받지 못했기 때문이죠. 그리고 당신을 이렇게 부를 겁니다. '뚱땡아!' 라고 말입니다. 정말 로 당신은 의사나 변호사 같은 부류의 사람들 속에서 살 수 있겠습 니까? 그들에게 당신은 무식한 양장점 주인의 딸일 뿐입니다!"

"니콜라이 티모페이치!"

상점의 한쪽 끝에서 누군가가 소리쳤다.

"여기 아가씨께서 피코*로 마무리한 리본 삼 아르신을 원하시 네. 자네에게 있는가?"

니콜라이 티모페이치는 그쪽으로 몸을 돌려 이를 드러내며 환 하게 웃으며 말했다.

● 피코 레이스나 편물의 가장자리에 둥근 고리 모양이 도드라지게 짜는 뜨개질.

"있다네! 피코로 마무리한 리본이 있어. 카자크산 비단도 있고 물결무늬 비단도 있네."

"하마터면 잊을 뻔했어요. 올랴가 코르셋을 사다달라고 부탁했어요."

폴렌카가 말했다.

"당신 눈에 눈물이!"

니콜라이 티모페이치는 깜짝 놀랐다.

"대체 왜 그러세요? 코르셋 있는 쪽으로 갑시다. 사람들이 보지 못하게 막아줄게요. 이것 참 난처하군요."

지나칠 정도로 과장스럽게 웃으면서 점원은 폴렌카를 재빨리 코르셋 판매대 쪽으로 데리고 가서 사람들이 보지 못하도록 피라미드처럼 높게 쌓아놓은 물건 상자 뒤로 숨겼다.

"어떤 코르셋이 필요하다고 하셨죠?"

그는 사람들이 들을 수 있게 크게 말하면서 그녀에게 속삭이듯 말했다.

"눈물을 닦으세요!"

"그러니까 사십팔 센티미터짜리가 필요해요! 올랴는 이중으로 덧댄 진짜 고래수염으로 만든 코르셋을 부탁했어요. 우리 서로 이야기할 필요가 있는 것 같아요, 니콜라이 티모페이치! 조만간 들러주세요!"

"무슨 이야기가 필요합니까? 할 이야기가 없습니다."

"당신은 저를 사랑하는 유일한 사람이에요. 당신을 제외하곤 누구도 저랑 이야기하지 않아요."

"갈대도 아니고 뼈도 아닌 진짜 고래수염이라……. 우리가 무슨 이야기를 합니까? 아무 할 말도 없습니다. 오늘도 혹시 그 사람을 만납니까?"

"만, 만나요."

"음. 그런데 대체 우리가 무슨 할 이야기가 있단 말입니까? 더 이상 할 말이 없군요. 그를 사랑하나요?"

"예."

폴렌카는 주저주저하면서 속삭이듯 말했다. 그리고 그녀의 눈에서 굵은 눈물방울이 흘러내렸다.

"대체 무슨 이야기를 한단 말입니까?"

니콜라이 티모페이치는 창백해져서 신경질적으로 어깨를 움츠리며 말했다.

"이제 어떤 말도 필요 없어요! 눈물이나 좀 닦으세요. 그게 전부입니다. 저는 아무것도 원하지 않습니다."

그 순간 상자로 쌓은 피라미드 쪽으로 키가 크고 여윈 점원이 다가오며 자신의 손님에게 말했다.

"합성섬유로 만든 아주 멋진 가터벨트는 필요치 않으십니까? 피도 잘 통하고 의학적으로도 인정받은 것입니다."

니콜라이 티모페이치는 폴렌카를 가리려고 막아서면서 그녀와 자신의 당황함이 드러나지 않게 얼굴에 과도한 웃음을 지으면서 큰 소리로 말했다.

"아가씨! 두 종류의 레이스가 있습니다! 면으로 된 것과 실크로 된 것이 있습니다! 동양에서 온 것, 영국에서 온 것, 발렌시아에서 온 것은 면으로 된 겁니다. 로코코풍, 명주가 섞인 것, 명주 끈이 달린 것, 캄브리*에서 온 것은 실크로 만든 것입니다. 제발, 눈물 좀 닦으세요! 이리로 오세요!"

　그녀가 계속 눈물을 흘리자 그는 더욱더 크게 소리쳤다.

　"스페인산, 로코코, 명주 끈이 달린 것, 캄브리산······. 릴로 만든 실, 면으로 된 것, 실크로 된 것······."

(1887년)

● 캄브리 프랑스 북부의 도시.

11
아버지

네덜란드산 정어리처럼 바싹 마른 어머니가 딱정벌레처럼 둥글
둥글고 뚱뚱한 아버지가 있는 서재로 헛기침을 하며 들어섰다.
어머니를 보자 아버지의 무릎 위에 앉아 있던 하녀는 새처럼 팔딱
커튼 뒤로 재빨리 몸을 숨겼다. 어머니는 그런 소동에 조금의 관심
도 기울이지 않았다. 그녀는 이미 남편의 사소한 나쁜 버릇에 익숙
해져 있었고 교양 있는 남편을 이해해주는 현명한 아내가 되어 그
들을 너그러이 봐주기로 했기 때문이었다.

"여보."

아버지의 무릎 위에 앉으며 어머니가 말했다.

"당신과 의논할 일이 있어요. 입술 좀 닦아요. 먼저 키스하고 싶
어요."

아버지는 눈을 껌뻑거리면서 소맷자락으로 입술을 닦았다.

"무슨 일이야?"

그가 물었다.

"그러니까, 여보! 우리 아들을 어떻게 하면 좋을까요?"

"무슨 말이야?"

"무슨 말인지 몰라서 그러세요? 오, 하나님! 어떻게 아버지란 사람이 이렇게 태평할 수 있어요! 정말이지 경악을 금치 못하겠군요! 이런 뚱땡이 양반, 아버지가 되길 원치 않는다면 남편이 될 생각은 아예 하지도 마세요!"

"또 그 소리! 이미 천 번도 더 들었어!"

아버지가 화를 내며 몸을 움직이자 어머니는 하마터면 그의 무릎에서 떨어질 뻔했다.

"당신네들, 남자는 다 똑같아요. 진실을 듣는 것을 좋아하지 않죠."

"당신은 지금 진실에 대해 얘기하고 싶은 거야, 아니면 아들에 관한 얘기하고 싶은 거야?"

"알았어요, 알았어, 그만하죠. 뚱땡이 양반, 우리 아들이 김나지야°에서 또다시 좋지 못한 성적을 받았어요."

"그래서?"

"아니, 그래서라니요? 시험에 통과하지 못했단 말이에요! 사학

● 김나지야 18세기 초에 설립되어 혁명 전까지 유지된 제정 러시아 시대의 중등교육기관. 16세기 독일에서 설립된 교육기관인 '김나지움'을 본떠서 7~8세에 입학해 8년의 교육과정을 이수해야 했다. 우리나라의 초·중·고등학교를 통합한 형태로 생각하면 된다. 1917년 러시아 혁명 후 소련은 10~12년 과정의 '쉬콜라'라는 교육기관을 도입했으며, 오늘날의 김나지야는 17~19세 학생이 다니는 사설 전문고등학교의 성격을 가지기도 한다.

년으로 진급하지 못한단 말이에요!"

"진급 못하면 그냥 그렇게 내버려둬. 별일도 아니구먼. 집에서 공부시키면서 너무 놀리지만 않으면 되잖아."

"여보! 그 애는 열다섯 살이란 말이에요! 그 나이에 삼학년이라니 말이나 돼요? 한번 생각해보세요, 쓰잘머리 없는 수학 과목에서 또 이 점*을 받았단 말이에요. 이게 대체 뭐냐고요?"

"좀 맞아야겠군. 그럼 해결될 거야."

어머니는 새끼손가락으로 번들거리는 아버지의 입술을 문지르면서 교태를 부리듯 눈썹을 찡그렸다.

"안 돼요, 여보. 벌준다고 말하지 마세요. 우리 아들에게는 잘못이 없어요. 분명 뭔가 음모가 있는 거예요. 우리 아들이, 톡 까놓고 얘기하면, 똑똑한 우리 아들이 그런 바보 같은 수학을 몰랐다는 것을 정말로 믿을 수가 없어요. 그 애는 모든 것을 잘 알고 있다고요. 이건 제가 확신해요!"

"그 애는 잘난 척만 하는 놈이라고! 얌전히 굴면서 공부나 열심히 할 것이지……. 여보, 이제 좀 의자에 앉지. 내 무릎에 앉는 게 당신한테도 그리 편하진 않잖아."

어머니는 아버지의 무릎에서 새처럼 벌떡 뛰어 내리더니 백조처럼 걸어서 의자로 갔다.

● 이 점 19세기 초에 시작되어 오늘날까지 적용되고 있는 러시아 교육기관의 시험 평가단위. 최하 0점에서 최고 5점까지 6단계로 평가되며, 0점, 1점, 2점은 낙제 점수이다. 또한 7~8세에 입학해 8년 과정을 이수하는 김나지움의 교육과정을 고려해보면 열다섯 살인 주인공의 아들은 4학년 진급이 아니라 이미 7~8학년이 되어 있어야 한다.

"아아, 당신은 정말 무정해요."

어머니는 의자에 앉아 눈을 감으며 불만 섞인 목소리로 말했다.

"그래요. 당신은 아들을 사랑하지 않아요! 우리 아들은 정말 훌륭하고, 정말 똑똑하고, 정말 잘생겼는데……. 음모예요, 음모라고요! 안 돼요! 그 애는 삼학년에 있으면 안 된다고요! 그렇게는 절대로 못해요!"

"못난 놈이 공부를 제대로 하지 않았다면 그냥 내버려둬. 어이구, 엄마들이란! 이제 그만 나가보도록 해. 나는 여기서 할 일이 좀……."

아버지는 책상 쪽으로 몸을 돌리고 고개를 숙여 서류를 보는 척하면서, 마치 개가 접시를 핥아 먹듯이 재빨리 곁눈질로 커튼 쪽을 힐끔힐끔 쳐다보았다.

"나가지 않겠어요. 나가지 않을 거라고요! 제가 당신에게 짐이 되고 있다는 건 알지만 좀 참으세요. 여보, 당신이 지금 수학 선생에게 가서 우리 아들에게 다시 좋은 점수를 주라고 요청하세요. 그리고 우리 아들은 수학을 정말로 잘하는데 건강이 좋지 않아서 만점을 받을 수 없었다고 이야기하세요. 선생에게 강하게 말해야 돼요. 다 큰 애가 삼학년 교실에 앉아 있을 수 없잖아요? 어떻게 손 좀 써보라고요, 제발! 소피야 니콜라예브나는 우리 아들이 파리스*를 닮았다고 생각하고 있다고 상상해보세요!"

● 파리스 그리스 신화에 나오는 수려한 외모를 지닌 트로이의 프리아모스 왕의 아들.

"그거야 매우 기분 좋은 일이지만, 난 가지 않을 거야! 쓸데없는 데 낭비할 시간이 없다고!"

"안 돼요! 꼭 가야 해요, 여보!"

"가지 않을 거야. 분명히 말했어. 이제 그만 나가봐, 해야 할 일이 좀……."

"가세요!"

어머니는 의자에서 일어서며 목소리를 높였다.

"안 간다고!"

"가세요!"

어머니는 외쳤다.

"만약 가지 않는다면, 만일 당신의 하나밖에 없는 아들을 불쌍하게 생각하지 않는다면……."

어머니는 큰소리로 외치면서 광란에 휩싸인 비극배우 같은 몸짓으로 커튼을 가리켰다. 아버지는 당황했고, 정신이 혼미해졌고, 전혀 어울리지 않는 노래를 흥얼거리면서 프록코트를 벗었다. 그는 아내가 커튼을 가리킬 때마다 항상 정신이 혼미해지고 완전히 바보가 되곤 했다. 그는 항복했다.

아들을 불러서 그의 말을 들어보기로 했다. 화가 잔뜩 나 있는 아들은 인상을 쓰면서 들어와서는 자신은 수학 선생보다 더 수학을 잘 알고 있고 이 세상에서 5점을 받는 학생은 부자이거나 아첨꾼이기 때문에 자신은 아무런 잘못도 없다고 말했다. 그는 대성통곡을 하면서 수학 선생의 집 주소를 아주 상세하게 말했다. 아버지는 면도를 한 후 듬성듬성한 머리카락을 빗질하고 격식에 맞게 옷을 입고는 '하나밖에 없는 아들을 불쌍히 여겨서' 선생의 집으로 출발했다.

일반적인 아버지들이 그러듯이 그는 아무런 통보도 없이 수학 선생의 집을 방문했다. 사전에 알리지 않고 남의 집을 방문하게 되면 못 볼 것도 보고 못 들을 것도 듣는다! 아버지는 선생이 자신의 아내에게 하는 얘기를 듣게 되었다.

"당신 때문에 돈이 너무 많이 들어가요, 아리아드네. 당신의 허영은 정말 끝이 없군요!"

그리고 선생의 부인이 그의 목에 매달리면서 이야기하는 것도 보게 되었다.

"미안해요, 여보! 당신은 나한테 돈을 많이 쓰지는 못하지만 난 당신을 고귀하게 생각할 거예요."

아버지는 선생의 부인이 별로 매력적이지 않지만 옷을 잘 입어서 매우 그럴듯해 보인다는 것을 알았다.

"안녕하십니까?"

아버지는 편안한 마음으로 선생 부부에게 다가가 경례를 하듯 발뒤꿈치를 갖다 붙이면서 말했다. 선생은 잠시 당황했고 부인은 새처럼 벌떡 뛰어 올라 번개 같은 속도로 옆방으로 갔다.

"실례합니다만,"

미소를 머금고 아버지는 볼일을 보기 시작했다.

"제가 아마도……. 조금 놀라셨죠, 죄송합니다. 건강은 어떠신지요? 제 소개를 하자면, 보시다시피 수상한 사람은 아닙니다. 저역시 당신처럼 열심히 일하는 월급쟁이입니다. 하하하! 아, 불안해하지 마세요!"

선생은 예의상 억지로 미소를 띠고 정중히 의자를 권했다. 아버지는 한쪽 다리를 꼬면서 자리에 앉았다.

"저는……"

그는 선생에게 자신의 금시계를 꺼내 보여주면서 계속 말을 이어갔다.

"당신에게 할 말이 있어 왔습니다. 음……물론 대단히 실례인줄은 알지만……. 저는 학자들처럼 말하는 것에 익숙하지 못합니다. 친구처럼 대해도 될까요? 뭐, 별다른 일은 아니고……. 하하하! 대학에서 공부하셨나요?"

"예, 대학에서 공부했습니다."

"그렇군요! 그런데 음……. 오늘은 날씨가 따뜻하군요. 저기, 이반 표도르이치, 제 아들놈이 학교에서 이 점을 받았다고 하던데……. 음……그러니까……. 뭐, 별일 아니지만 아시다시피……. 공정하게 평가해주셔야지요. 상을 받을 사람에게는 상을, 벌을 받을 사람에게는 벌을. 헤헤헤! 그러나 아시다시피 별로 좋지않군요. 그런데 정말 제 아들놈이 수학을 잘 이해하지 못합니까?"

"어떻게 말씀을 드리면 좋을까요? 제대로 이해하지 못하는 게아니라 공부를 하지 않습니다. 그 애는 아예 알지 못합니다."

"대체 왜 그 애가 잘 알지 못합니까?"

선생은 눈을 크게 뜨면서 말했다.

"아니, 왜라니요?"

그가 말했다.

"잘 알지도 못하는데다가 공부도 하지 않습니다."

"무슨 그런 말씀을 하십니까, 이반 표도르이치! 우리 아들은 공부를 정말로 잘하는 녀석입니다. 제가 그 애와 직접 공부를 하고 있습니다. 그 애는 밤에도 공부를 하고…… . 모든 것들을 정말로 잘 알고 있습니다. 뭐, 장난이 조금 심하긴 하지만…… . 그래도 아직 어린애이지 않습니까? 어렸을 때 그 정도 장난치지 않았던 사람이 누가 있습니까? 제가 당신을 귀찮게 하는 건 아니겠죠?"

"당치 않으신 말씀입니다. 정말로 깊은 감사를 드립니다. 당신 같은 아버지는 우리 교사들에게는 좀처럼 보기 드문 손님입니다. 그건 당신이 우리 교사들을 얼마나 신뢰하고 있느냐를 보여주는 것입니다. 그러니까 중요한 것은 바로 신뢰입니다."

"물론…… . 중요한 것은 간섭하지 않는 것입니다만…… . 그러니까 내 아들놈이 사학년으로 올라가지 못한단 말씀입니까?"

"그렇습니다. 그리고 그 애는 수학에서만 이 점을 받은 게 아닌 걸로 알고 있는데요?"

"그렇다면 다른 곳도 방문해야겠지요. 그러니까 수학 점수를…… . 헤헤헤! 고쳐주실 거죠?"

"할 수 없습니다! (선생은 웃는다.) 할 수 없습니다! 저도 댁의 아드님이 진급하길 희망했고 온 힘을 다해 노력했습니다. 그러나 댁의 아드님은 공부를 하지 않습니다. 말도 난폭하게 하고……. 불쾌했던 적이 한두 번이 아니었습니다."

"아직 어리잖습니까. 어떻게 해주실 건가요? 삼 점으로 올려주십시오!"

"그럴 수 없습니다!"

"정말 별것도 아닌데, 어떻게 그렇게 말씀하시는 겁니까? 당신은 마치 제가 가능한 것과 불가능한 것을 모르는 사람처럼 말씀하시는군요. 가능한 일입니다, 이반 표도르이치!"

"할 수 없습니다! 이 점을 받은 다른 학생들에게는 뭐라고 얘기합니까? 그건 공평하지 않습니다. 절대로, 절대로 그럴 수 없습니다!"

아버지는 한쪽 눈을 깜빡거렸다.

"할 수 있습니다, 이반 표도르이치! 이반 표도르이치, 더 이상 길게 얘기하지 맙시다! 세 시간씩이나 지껄일 만한 일이 아닙니다. 당신은 자신의 양심과 학자로서의 양심에 따라 공평하게 점수를 주신다고 말씀하셨죠? 우리는 당신의 그 공평함이라는 것을 잘 알고 있습니다. 헤헤헤! 말을 끌지 않고 단도직입적으로 말씀드리죠, 이반 표도르이치! 당신은 어떤 의도를 가지고 제 아들놈에게 이 점을 주신 겁니다. 이게 무슨 공평한 것입니까?"

선생은 눈이 휘둥그레졌고, 그러나 그게 다였다. 웬일인지 그는 모욕감을 느끼지 않은 것처럼 보였다. 선생의 알 수 없는 마음은 아직까지도 나에게 영원한 비밀로 남아 있다.

"의도가 있으신 겁니다."

아버지는 말을 이어갔다.

"당신은 손님을 기다리고 있었던 겁니다. 헤헤헤! 그렇지 않습니까? 알겠습니다! 상을 줄 사람에게는 상을 주라는 말에 동의합니다. 보시다시피 저는 이런 일을 잘 알고 있습니다. 아무리 세상이 진보하더라도……아시겠지만……음……오랜 관습이 더 좋고 유용한 법이지요. 부유해질수록 기쁨도 커져가는 법이지요."

아버지는 심호흡을 크게 한 번 하고는 주머니에서 25루블짜리 지폐를 꺼내 선생의 손바닥에 건넸다.

"자아, 여기 있습니다!"

선생은 얼굴이 붉어졌고, 몸을 움츠렸고, 그러나 그게 다였다. 그가 왜 아버지에게 나가라고 문을 가리키지 않았는지 선생의 알 수 없는 마음은 아직까지도 나에게 영원한 비밀로 남아 있다.

"그러니까……."

아버지가 계속 말했다.

"당황해하실 필요는 없습니다. 모두 다 이해합니다. 받지 않겠다고 말하는 사람도 받습니다. 요즘 누가 받지 않겠습니까? 받지 않을 수 없습니다. 아직 익숙하지 않으신 거죠, 그렇죠? 받으십시오!"

"안 됩니다, 절대로 그럴……."

"적습니까? 더 드릴 수는 없습니다. 받지 않으실 겁니까?"

"미안합니다!"

"좋을 대로 하십시오. 그렇지만 점수는 고쳐주셔야 합니다! 저는 애 엄마처럼 부탁하진 않겠습니다. 아시겠지만 지금 울고불고……. 흥분해서 심장이 떨린다고 하고 온갖 난리 법석을 피우고 있죠."

"부인의 마음을 전적으로 이해하지만, 그렇게 할 수는 없습니다."

"만약에 아들놈이 사학년으로 진급하지 못한다면 무슨 일이 벌어질지 아십니까? 음……안 됩니다! 진급시켜주셔야 합니다!"

"저도 그렇게 되면 좋겠지만 제가 할 수 있는 게 없습니다. 담배 피우시겠습니까?"

"그랑 메르시.* 자리를 좀 옮기는 게 좋겠군요. 그런데 관등이 어떻게 되십니까?"

"구등관*입니다. 그렇지만 팔등관의 업무를 보고 있습니다. 에헴!"

"그렇군요. 그러니까 우리는 이제 타협한 거죠. 한 번에 끝냅시다, 예? 됐죠? 헤헤!"

"저를 때리신다고 하더라도 그럴 수 없습니다. 할 수 없습니다!"

아버지는 잠시 침묵하며 생각하더니 다시 선생을 공략했다. 공략은 오랫동안 이어졌다. 선생은 스무 번 정도 변함없이 '할 수 없

● 그랑 메르시 grand merci. 프랑스어로 '대단히 감사하다'라는 뜻.
● 구등관 러시아의 관등은 19세기 중반까지 1등관에서 14등관까지 세분되어 있었으나 그 후 9등관으로 축소되었다. 따라서 9등관은 최말단 관리를 의미한다.

습니다'를 반복했다. 아버지는 마침내 짜증나기 시작했고 점점 더 참을 수 없게 되었다. 그는 온갖 아양을 떨며 귀찮게 하면서 수학 시험을 자신이 대신 치게 해달라고 조르기도 했고 음담패설을 늘어놓기도 했으며 거리낌 없이 친밀하게도 행동했다. 선생은 매우 불쾌한 감정을 느꼈다.

"바냐,˚ 가야 할 시간이에요!"

옆방에서 선생의 부인이 소리쳤다. 아버지는 커다란 몸뚱이로 밖으로 나가려는 선생을 계속 막고 서 있었다는 사실을 알았다. 선생은 힘이 다 빠져버렸고 푸념하기 시작했다. 마침내 그는 정말로 기막힌 해결책을 생각해냈다.

"그러니깐 말이죠.……"

그가 아버지에게 말했다.

"만약 동료 교사들이 자신의 과목에서 아드님의 점수를 삼 점으로 올려준다면 저도 아드님의 점수를 삼 점으로 올려드리겠습니다."

"정말입니까?"

"예, 만약 그들이 점수를 올린다면 저도 그렇게 하겠습니다."

"됐습니다! 악수합시다! 당신은 정말 멋진 분이군요! 그들에게는 당신이 이미 점수를 고쳤다고 말하겠습니다. 한 사람이 하면 모두 따라가기 마련이죠. 저를 위해 샴페인을 터트려주세요! 언제 그

˚ 바냐 이반 표도르이치의 애칭.

들을 만날 수 있겠습니까?"

"지금이라도 가능할 겁니다."

"그럼, 우리 이제 친한 사이가 된 거죠? 언제 시간 날 때 편하게 한번 들러주실 거죠?"

"물론입니다. 조심해서 가십시오!"

"오 르부아르!* 헤헤헤헤! 오오, 당신은 정말 멋진 사람입니다, 정말 멋지군요! 안녕히 계십시오! 동료 교사들에게 안부를 전해드릴까요? 안부를 전하겠습니다. 당신의 부인에게 제가 정말 존경한다는 말을 전해주십시오. 언제 한번 저희 집에 들러주십시오!"

아버지는 경례하듯 발뒤꿈치를 모으고 모자를 쓴 다음 순식간에 사라졌다.

'좋은 사람이군.……'

선생은 떠나는 아버지의 뒷모습을 보면서 생각했다.

'좋은 사람이야! 마음씀씀이나 말하는 걸 보니 참 순박하고 선한 사람이군. 저런 사람들이 참 좋지.'

그날 저녁 아버지의 무릎에 다시 어머니가 앉았다(물론 하녀가 다시 앉고 난 뒤). 아버지는 어머니에게 확신에 찬 목소리로 '우리 아들'이 진급할 것이고 선생이란 작자들은 돈으로는 쉽게 설득되지 않고 공손한 태도로 정중하게 공략해야 한다고 말했다.

(1880년)

● 오 르부아르 au revoir. 프랑스어로 '안녕히 가세요'라는 뜻.

12
부인들

지방 도시 N의 인민학교* 관리감독관 표도르 페트로비치는 스스로를 공명정대하며 관대한 사람이라고 생각했다. 어느 날 그의 사무실로 교사인 브레멘스키가 찾아왔다.

"안 되겠네, 브레멘스키 선생."

그가 말했다.

"불가피하게 퇴직을 할 수밖에 없겠네. 그런 목소리로 교사 일을 계속한다는 건 불가능한 일이네. 대체 자네 목소리는 어쩌다 그렇게 됐나?"

"땀을 한바탕 흘리고 나서 차가운 맥주를 단숨에 마시고 나니⋯⋯."

● 인민학교 1782년에 제정되어 혁명 전까지 유지된 제정 러시아 시대의 초·중등 교육기관. 5년제로 농노를 제외한 모든 계층, 특히 일반 민중의 자녀를 위한 교육기관이었다.

교사는 쉰 목소리로 말했다.

"정말 유감스럽군! 십사 년이나 근무한 사람이 갑자기 오갈 데 없게 생겼으니! 이런 사소한 일로 직장을 잃어버리게 될 줄 누가 알았겠는가? 그래, 자네 다른 일자리는 있는가?"

교사는 아무 대답도 하지 못했다.

"가족은 있는가?"

관리감독관이 물었다.

"아내와 아이가 두 명 있습니다, 감독관님."

교사가 쉰 목소리로 말했다.

침묵이 흘렀다. 관리감독관은 의자에서 일어나 흥분한 상태로 서재를 왔다 갔다 했다.

"자네에게 무엇을 해주어야 좋을지 도무지 생각나지 않는군!"

그가 말했다.

"교사 일은 더 이상 못할 테고 연금을 받으려면 아직도 기간이 많이 남았으니 자네를 모른 채 내버려두자니 마음이 영 편치 않네. 자넨 가족이나 다름없는 사람이고 십사 년이나 근무했으니, 자네를 도와줘야겠는데, 그런데 어떻게 도와줘야 하나? 내가 자네를 위해 무엇을 할 수 있을까? 자네가 내 입장이 한번 되어보게. 자네를 위해 내가 무엇을 해주면 좋겠는가?"

침묵이 흘렀다. 관리감독관은 서재를 이리저리 거닐면서 계속 생각했고, 자신의 고통을 억누르고 있는 브레멘스키는 의자 끝 부근에 앉아 역시 생각에 잠겼다. 갑자기 관리감독관의 얼굴이 밝아졌고, 심지어 엄지와 중지를 튕겨 소리를 내기도 했다.

"내가 왜 이 생각을 못했는지 놀랍기까지 하군!"

그가 재빨리 말했다.

"내가 자네에게 제안할 테니 한번 들어보게. 다음 주에 우리 도시의 고아원 서기가 퇴직을 한다네. 만일 자네가 원한다면 그 자리에 들어가도록 하게! 이게 내 제안일세!"

뜻밖의 은총에 브레멘스키의 얼굴이 밝아졌다.

"괜찮다면 오늘 당장 지원서를 쓰도록 하게."

관리감독관이 말했다. 브레멘스키를 보내고 나서 표도르 페트로비치는 마음이 가벼워짐은 물론이고 만족감까지 느꼈다. 등이 굽은 쉰 목소리의 교사가 더 이상 귀찮게 얼굴을 내밀 일이 없을 테고, 브레멘스키에게 결원된 자리를 제안하면서 자신이 공명정대하고, 더 솔직히 말하면 선량하고 대단히 훌륭한 사람처럼 행동했다는 생각이 드니 기분이 무척 좋았다. 그러나 좋은 기분은 그리 오래가지 못했다. 그가 집으로 돌아와서 점심을 먹을 때 그의 아내 나스타시야 이바노브나가 갑자기 생각난 것을 말했다.

"어휴, 하마터면 잊어버릴 뻔했네! 어제 저녁 니나 세르게예브나가 찾아와서 한 젊은이에 대해 부탁하고 갔어요. 우리 도시의 고아원에 자리가 난다던데……."

"그렇소. 허나 그 자리는 이미 다른 사람에게 약속이 되어 있소."

관리감독관이 이맛살을 찌푸리면서 말했다.

"당신 내 원칙을 알잖소. 나는 절대로 연줄로 사람을 쓰지 않소."

"저도 알아요. 허나 당신도 알다시피 니나 세르게예브나라면 예외를 둘 수도 있잖아요. 그녀는 우리를 가족처럼 사랑해주는데, 우린 지금까지 그녀에게 아무것도 해준 게 없잖아요. 페쟈,* 거절은 꿈도 꾸지 마세요. 당신의 변덕으로 나와 그녀를 모욕하지 마세요."

"그녀가 누구를 추천했소?"

"폴주힌이에요."

"어떤 폴주힌 말이오? 혹시 신년 연휴 때 차츠키 집에서 봤던 그 사람 말이오? 그 젠틀맨이라는 자식 말이오? 절대로 안 돼!"

관리감독관은 식사를 멈추었다.

"절대로 안 돼!"

그는 반복해서 말했다.

"당치도 않는 소리!"

"대체 왜 그러세요?"

"젊은 놈이 직접 일을 하지 않고 여자들의 힘을 빌린다는 것은 쓰레기 같은 놈이라는 것을 당신도 알아야 하오! 대체 그는 왜 내게 직접 오지 않는 거요?"

점심을 먹고 나서 관리감독관은 서재의 소파에 앉아 자신에게

● 페쟈 표도르의 애칭.

온 신문과 편지를 읽었다. 시장 부인이 그에게 쓴 편지였다.

존경하는 표도르 페트로비치!

당신은 언젠가 제가 사람들의 마음을 잘 헤아리고 보살펴주는 사람이라고 말씀해주셨습니다. 이제 당신은 이것을 실제적으로 증명해주셔야 합니다. 조만간 우리 도시의 고아원 서기 자리를 청탁하러 폴주힌이라는 제가 정말로 잘 알고 있는 훌륭한 젊은이가 찾아갈 겁니다. 매우 호감이 가는 청년입니다. 당신께서 관심을 가져주실 것을 확신하며…….

"절대로 안 돼!"

관리감독관이 소리쳤다.

"당치도 않는 소리!"

그날 이후 관리감독관은 폴주힌을 추천하는 편지를 받지 않는 날이 하루도 없었다.

어느 화창한 아침, 뚱뚱한 체격에 경마 기수 같은 얼굴에 깨끗하게 면도하고 새 양복을 빼입은 젊은 폴주힌이 드디어 감독관의 집에 나타났다.

"사무적인 일은 사무실에서 접견하지 집에서는 하지 않네."

그의 청탁을 듣고 나서 관리감독관은 냉정하게 말했다.

"죄송합니다, 감독관님. 허나 제가 아는 분들이 이곳으로 직접 가라고 조언을 해주셔서 말입니다."

"음!"

관리감독관은 폴주힌이 신고 있는 코가 뾰족한 짧은 장화를 증오에 찬 시선으로 바라보며 웅얼거리듯 말했다.

"자네 부친의 재산이 상당한 걸로 알고 있는데. 굳이 이런 자리를 청탁할 만큼 궁핍하지 않지 않은가? 월급도 얼마 되지 않네!"

"월급 때문에 자리가 필요한 게 아닙니다. 그러니까 관직에서 일을 해보고 싶어서……."

"그렇군. 내 생각으론 자넨 한 달도 지나지 않아 이 일에 싫증을 내고 그만둘걸세. 그런데 이 자리를 평생 직업으로 여기고 일할 지원자들이 있네. 그들은 가난하고……."

"싫증내지 않을 겁니다, 감독관님!"

폴주힌이 그의 말을 가로막으며 말했다.

"맹세컨대, 열심히 일할 겁니다."

관리감독관은 몹시 화가 나서 말했다.

"이보게,"

관리감독관은 경멸에 찬 미소를 지었다.

"자넨 왜 내게 직접 오지 않고 부인들을 미리 보내서 나를 귀찮게 하는 방법을 택했나?"

"저는 그것이 감독관님을 불쾌하게 만들 줄 몰랐습니다."

폴주힌은 당황하며 대답했다.

"허나, 감독관님. 만일 추천 편지들을 좋아하지 않으신다면 직접 제 증명서를 드릴 수도 있습니다."

그는 주머니에서 서류를 꺼내어 관리감독관에게 주었다. 사무적인 필적과 문체로 쓴 증명서에는 시장의 서명이 있었다. 모든 정황으로 미루어보건대, 아마도 시장은 어떤 집요한 귀족 아가씨에게서 벗어나기 위해 내용을 읽어보지도 않고 서명한 듯 보였다.

"하는 수 없군, 청탁을 들어주겠네. 알겠네."

증명서를 읽으면서 한숨을 내쉬며 관리감독관이 말했다.

"내일 지원서를 제출하게. 하는 수 없지……."

폴주힌이 나갔을 때 관리감독관에게는 증오의 감정이 치솟았다.

"쓰레기 같은 놈!"

서재를 왔다 갔다 하며 그는 불만이 가득한 목소리로 말했다.

"결국 원했던 것을 얻었군, 아무짝에도 쓸모없는 놈! 여편네들 뒤꽁무니나 쫓아다니는 놈이……. 비열한 놈! 망할 자식!"

관리감독관은 폴주힌이 나간 문을 향해 침을 크게 한 번 뱉었으나 곧바로 당황하게 되었다. 왜냐하면 바로 그때 세무감독국의 국장 부인이 서재 문을 열었기 때문이다.

"잠시면 됩니다. 잠시만 시간을……."

부인이 말했다.

"대부(代文)님, 앉아서 제 얘기 좀 들어주세요. 음, 당신에게 공석이 된 일자리가 하나 있다고 들었는데, 아마 오늘이나 내일쯤 젊은이가 한 사람 찾아올 겁니다. 이름이 폴주힌이라고 하는데……."

부인은 새처럼 지저귀기 시작했고, 관리감독관은 예의상 얼굴에 미소를 지었지만 마치 기절하기 직전의 사람처럼 흐릿하고 멍한 눈으로 그녀를 바라보았다.

다음 날 사무실에서 브레멘스키를 맞이한 관리감독관은 그에게 어떻게 사실을 말해주어야 할지 오랫동안 결정하지 못했다. 그는 당혹스런 표정으로 시간을 끌었지만 어디서부터 말을 시작해야 할지, 무슨 말을 해야 할지 결정하지 못했다. 그는 브레멘스키에게 사과를 하고 사건의 본질을 이야기하고 싶었지만, 마치 술 취한 사람처럼 혀가 꼬이고 귀가 빨개졌다.

그러다 문득 도대체 왜 자신이 자신의 사무실에서 아랫사람에게 이런 어리석은 행동을 하고 있는가 하는 생각이 들자 모욕감이 느껴졌고 화가 치밀었다. 그는 책상을 주먹으로 내리치면서 벌떡 일어나 화난 목소리로 소리쳤다.

"자네 자리는 없어! 자네 자리는 없다고! 없단 말일세! 나를 좀 가만히 내버려두게! 나를 괴롭히지 말아주게! 사무실에서 나가주게! 제발, 제발 부탁일세!"

그래서 교사는 사무실에서 나왔다.

(1886년)

13
대소동

인스티투트*를 갓 졸업한 젊은 아가씨 마셴카 파블레츠카야는 잠시 산책을 나갔다가 가정교사로 일하고 있는 쿠시킨의 집으로 돌아왔을 때 엄청난 소동을 만나게 되었다. 그녀에게 문을 열어주던 문지기 미하일로는 안절부절못하고 게처럼 얼굴이 빨갛게 상기되어 있었다.

위층에서 떠들썩한 소리가 들려왔다.

'분명 주인마님의 히스테리가 또 시작되었거나⋯⋯.'

마셴카는 생각했다.

'아니면 남편과 한바탕 싸우고 있겠지.'

현관을 지나 복도를 걷다가 그녀는 하녀들을 만났다. 한 하녀는

● 인스티투트 혁명 전까지 주로 귀족의 딸들을 대상으로 기숙사 형태로 운영되었던 중등 교육 기관.

울고 있었다. 잠시 후 마셴카는 많지 않은 나이에 머리가 많이 빠졌고 얼굴 피부도 축 처져 있는 작달만한 키의 집주인 니콜라이 세르게이치가 자신의 방에서 황급히 나오는 것을 보았다. 그 역시 얼굴이 붉게 상기되어 있었고 머리와 옷은 잡아 뜯긴 듯 온통 헝클어져 있었다. 가정교사가 있다는 것을 알아채지 못한 채 그녀의 옆을 지나가면서 두 손을 높이 쳐들고 소리쳤다.

"오, 이런 끔찍한 일이 벌어지다니! 정말 바보 같은 짓이야! 얼마나 멍청하고 한심한 일인가! 정말 불쾌하군!"

마셴카는 자신의 방 안으로 들어갔다. 자신의 방에서 그녀는 부자나 유명인의 집에 종속되어 빌어먹고 사는 사람만이 알 수 있는 온갖 쓰디쓴 감정을 태어나서 처음으로 느꼈다. 그녀의 방이 수색당한 것이었다. 그녀의 방에는 뚱뚱하고 어깨가 떡 벌어진 여주인 페도시야 바실리예브나가 있었다. 검고 짙은 속눈썹을 가진 광대뼈가 툭 불거져 나온 얼굴에는 콧수염이 아주 조금 자라나 있었고, 불그스레한 팔과 얼굴 그리고 행동거지는 마치 시골 아낙네나 식모를 연상케 했다. 그녀는 책상 근처에 서서 마셴카의 작업용 가방에 실 꾸러미, 천 조각, 서류 등등을 다시 집어넣고 있었다. 아마도 그녀는 가정교사가 나타날 것을 예상치 못했기에 그녀의 창백하고 놀란 얼굴을 보고서 약간 당황하며 중얼거리듯 말했다.

"파르동,* 내가, 내가 본의 아니게 방을 엉망으로 만들었군요.

● 파르동 pardon. '미안하다'는 뜻의 프랑스어.

옷소매가 걸려 넘어져서 그만 이렇게……."

그리고 뭔가를 더 웅얼거리더니 쿠쉬키나 부인은 긴 치맛자락을 질질 끌며 방을 나갔다. 마셴카는 놀란 마음이 진정되지 않아 어깨를 들썩이면서 자신의 방을 둘러보며 무슨 일이 벌어졌는지 이해되지 않아 두려움으로 온몸이 굳어졌다. 페도시야 바실리예브나는 자신의 가방에서 무엇을 찾고 있었던 걸까? 만일 그녀가 말한 것처럼 우연히 옷소매가 걸려 넘어져 방을 엉망으로 만들었다면, 도대체 니콜라이 세르게이치는 왜 그처럼 상기되고 흥분한 상태로 자신의 방에서 뛰쳐나온 걸까? 왜 책상 위에 있는 상자의 위치가 조금 바뀌어져 있는 걸까? 그녀가 동전이나 오래된 우표 등을 모아둔 그 상자 통은 열려 있었다. 자물쇠를 온통 할퀴어 상자를 열어놓고는 다시 잠그지 못한 모양이었다. 책장, 책상 위, 침대에는 뒤진 흔적이 뚜렷이 남아 있었다. 속옷을 넣어두는 광주리도 뒤진 듯했다. 속옷을 반듯하게 개어두고 집을 나갔지만 지금은 개어둔 순서가 바뀌어 있었다. 그러니까 수색이 진짜로 확실하게 이루어진 것이었다. 도대체 왜? 무슨 이유로? 무슨 일이 일어났던 것일까? 마셴카는 문지기의 흥분한 얼굴과 아직도 계속되고 있는 소동과 울고 있던 하녀의 모습이 떠올랐다. 이 모든 것이 방금 자신의 방에서 이루어진 수색과 어떤 연관이 있는 것은 아닐까? 혹시 그녀가 어떤 끔찍한 사건에 연루된 것은 아닐까? 마셴카의 얼굴이 창백해졌고 온몸이 굳어와 속옷을 담아둔 광주리로 눈을 내리깔았다.

하녀가 방으로 들어왔다.

"리자, 혹시 왜 내 방을 뒤졌는지 몰라?"

가정교사는 하녀에게 물었다.

"주인마님이 이천 루블짜리 브로치를 잃어버리셨대요."

리자가 말했다.

"그랬군. 그런데 왜 내 방을 뒤진 거지?"

"아가씨, 모든 사람의 방을 다 뒤졌어요. 저도 그렇고……. 우리는 옷을 홀딱 다 벗은 채로 몸 뒤짐을 당하기도 했어요. 아가씨, 저는 하나님께 맹세코 그런 일을……. 다른 사람의 물건도 아니고 마님의 물건인데……. 화장대 근처에는 얼씬거리지도 않았어요. 경찰이 오면 다 말할 거예요."

"그런데 왜 내 방을 뒤진 거지?"

가정교사는 의혹에 가득 찬 목소리로 다시 물었다.

"말씀드렸듯이, 브로치를 도둑맞았잖아요. 주인마님은 직접 모든 방을 다 뒤지고 계세요. 심지어 문지기 미하일로도요. 정말 수치스런 일이죠! 니콜라이 세르게이치는 암탉처럼 그저 꼬꼬댁거리기만 하시고……. 아가씨는 지금 쓸데없이 떨고 계시는군요. 아가씨의 방에서는 아무것도 찾지 못했어요! 브로치를 훔쳐가지 않았다면 두려워할 것 없잖아요."

"아니, 그런 게 아니고……. 리자, 이건 정말 모욕적인 일이야!"

마셴카는 분노에 사로잡혀 거친 숨을 몰아쉬며 말했다.

"정말 뻔뻔하고 비열한 짓이야! 도대체 무슨 권리로 나를 의심하고 내 방을 뒤진 거지?"

"아가씨, 남의 집에서 살다보면……."

리자가 한숨을 쉬며 말했다.

"당신이 비록 가정교사라 해도 하녀와 마찬가지죠. 아버지, 어머니와 함께 사는 집이 아니니까요."

마셴카는 침대에 몸을 던지고 서글프게 울기 시작했다. 누구도 그녀에게 이처럼 심한 강압을 행사한 적이 없었고, 그녀 자신도 지금처럼 심한 모멸감을 느껴본 적이 없었다. 교사의 딸로서 훌륭하게 양육된 감수성 예민한 젊은 아가씨가 마치 범죄자처럼 도둑으로 의심받고 방을 수색 당하다니! 이 같은 심한 모멸감은 상상도 할 수 없는 일이었다. 그리고 이러한 모멸감에 무서운 공포의 감정이 더해졌다.

앞으로 어떻게 될까? 그녀의 머릿속으로 온갖 무의미한 생각들이 스며들었다. 그녀를 도둑으로 의심한다는 것은 지금 당장 체포될 수도 있다는 뜻이었다. 그렇게 되면 실오라기 하나도 걸치지 않고 수색을 받게 될 것이고, 그다음에는 호송관들에게 끌려 거리를 지나 틀림없이 타라카노바 공주*가 갇혔던 쥐와 벌레가 득실대는 어둡고 차가운 감옥에 수감될 것이다. 누가 그녀를 변호해줄까? 먼 지방 도시에 살고 있는 그녀의 부모는 면회하러 올 돈조차 없는

• 타라카노바 공주 표트르 대제의 딸 옐리자베타 페트로브나(재위 1741~1761) 황제의 사생아로 왕위 계승권을 주장하다가 예카테리나 2세(재위 1762~1796)에 의해 감옥에 갇혔다. 사실 타라카노바는 1775년 감옥에서 결핵으로 죽었으나, 민간에서는 1777년 대홍수 때 감옥에서 수장됐다는 이야기가 널리 퍼져 있었다.

사람들이었다. 친척이나 아는 사람도 없이 마치 황량한 허허벌판에서 사는 것처럼 그녀는 수도 페테르부르크에서 홀로 지내고 있었다. 원하기만 하면 그들은 그녀에게 무슨 짓이든 할 수 있을 것이다.

'판사와 변호사를 찾아가야겠어.'

마셴카는 몸서리치면서 생각했다.

'그들에게 설명하고 맹세한다면 그들은 내가 도둑질하지 않았다는 것을 믿어줄 거야!'

마셴카는 속옷 광주리의 수건 밑에 숨겨둔 과자들을 생각했다. 그녀는 다른 인스티투트 상급생들처럼 점심을 먹고 나서 자신의 주머니에 과자를 숨겨서 집으로 가져오곤 했던 것이다. 이러한 자신의 작은 비밀이 여주인에게 들통 났다는 생각에 그녀는 얼굴이 화끈거렸고 창피한 마음이 들었다. 그리고 여러 감정들, 즉 공포, 수치, 모욕감 때문에 그녀의 심장이 강하게 고동치기 시작했고, 이러한 흥분은 관자놀이와 팔 그리고 위장 깊은 곳까지 전달되었다.

"식사하세요!"

마셴카를 부르는 소리가 들렸다.

마셴카는 머리를 빗고 수건으로 젖은 얼굴을 닦아내고 식당으로 갔다. 식당에서는 이미 식사가 한창 진행 중이었다. 식탁 한쪽 끝에는 거만한 페도시야 바실리예브나가 말없이 굳은 얼굴로 앉아 있었고, 다른 한쪽 끝에는 니콜라이 세르게이치가 앉아 있었고, 양 측면에 손님들과 아이들이 앉아 식사를 하고 있었다. 연미

복에 하얀 장갑을 낀 두 명의 하인이 식사를 내오고 있었다. 식탁에 앉아 있는 사람들은 집안에 대소동이 일어나서 여주인이 지금 슬픔에 잠겨 있다는 것을 알고 있기에 아무 말이 없었다. 단지 음식 씹는 소리와 접시에 숟가락과 포크 닿는 소리만 들렸다.

여주인이 침묵을 깨고 말했다.

"후식으로는 뭐가 준비되어 있지?"

지치고 괴로운 듯한 목소리로 그녀는 하인들에게 물었다.

"러시아식 철갑상어 요리입니다."

"저기, 페냐*. 그건 내가 주문한 건데……."

니콜라이 세르게이치가 급히 끼어들었다.

"생선이 먹고 싶어서 말이야. 만일 당신이 원하지 않는다면, 여보, 가져오지 말라고 할게. 그런데 내가 정말 먹고 싶어서……."

페도시야 바실리예브나는 자신이 주문하지 않은 음식을 먹는 것을 무척이나 싫어했다. 그래서 지금 그녀의 눈에는 눈물이 가득 고여 있었다.

"자, 이제 그만 모두 흥분을 가라앉히도록 합시다."

주치의인 마미코프가 그녀의 팔을 살며시 잡고 부드러운 미소를 지으면서 역시 부드러운 목소리로 말했다.

"그 일 외에도 신경 쓸 일이 많이 있습니다. 브로치는 이제 그만 잊어버리세요! 건강이 이천 루블보다 소중합니다!"

● 페냐 페도시야의 애칭.

"이천 루블 때문에 애석한 게 아녜요!"

굵은 눈물방울을 쏟아내면서 여주인이 대답했다.

"도둑맞았다는 사실 그 자체가 나를 화나게 한단 말예요! 내 집에 도둑이 있다는 것을 도저히 참을 수가 없어요. 아깝지 않아요. 정말 조금도 이천 루블이 아깝지 않지만, 나한테서 물건을 훔쳐갔다는 그 사실에 정말 화가 나요. 이건 정말 배은망덕한 행위라고요! 나의 호의를 그런 식으로 되갚다니……."

모두가 고개를 숙인 채 자신의 접시만 쳐다보고 있었지만, 마셴카는 왠지 여주인의 말 이후에 사람들이 모두 자신을 쳐다보고 있는 것 같은 느낌을 받았다. 그 순간 갑자기 목구멍에 뭔가 큰 덩어리가 걸린 듯하더니 울음이 터져 나와 그녀는 손수건으로 얼굴을 감쌌다.

"파르동."

그녀는 웅얼거리듯 말했다.

"머리가 아파서 더 이상 식사를 할 수 없을 것 같습니다. 먼저 일어나겠습니다."

일어나려고 몸을 일으켰을 때 의자 소리가 난처하게 울려 퍼져 그녀는 더욱 당황했고 서둘러 나가버렸다.

"아무도 모를 일이야!"

니콜라이 세르게이치가 이맛살을 찌푸리면서 말했다.

"그녀의 몸수색도 했어야 했어! 이건 정말 예상 밖의 일이군."

"나는 그녀가 브로치를 훔쳐갔다고 말한 적이 없어요."

페도시야 바실리예브나가 말했다.

"그런데 당신은 정말로 그녀를 믿을 수 있나요? 솔직히 말하면, 난 가난한 학자를 별로 신뢰하지 않아요."

"페냐, 정말로 예상 밖의 일이야. 미안하오. 하지만 당신에겐 수색을 할 어떤 권리도 없어요."

"난 권리 따윈 몰라요. 단지 내가 브로치를 잃어버렸다는 사실 그 하나만 알고 있을 뿐이에요. 그리고 난 브로치를 찾을 거라고요!"

그녀는 포크로 접시를 내리찍었고 그녀의 눈은 분노로 번뜩거렸다.

"당신은 식사나 하고 내 일에 간섭할 생각이랑 마세요!"

니콜라이 세르게이치는 잠깐 동안 눈을 내리깔고는 한숨을 쉬었다. 그러는 동안 마셴카는 자신의 방으로 가서 침대에 몸을 던졌다. 이제 그녀에게 수치심이나 공포감은 없어졌고, 대신에 다시 가서 저 냉담하고 오만하고 뚱뚱하고 행복해 보이는 여자의 뺨을 때리고 싶다는 강한 욕망이 그녀를 괴롭게 했다.

베개에 얼굴을 묻고 엎드린 채로 그녀는 지금 당장 가장 비싼 브로치를 사가지고 와서 그것을 저 심술궂고 바보 같은 여자의 얼굴에 집어 던져버릴 수만 있다면 얼마나 좋을까 하는 상상을 했다. 만약에 신이 자신에게 힘을 주어 그녀를 파산시켜버리고 이곳저곳 떠돌며 극도의 가난의 공포와 강요된 압제의 상황 속에서 살 수 있게 한다면 얼마나 좋을까, 그래서 모욕당한 마셴카가 그녀에게 자비를 베풀어줄 수만 있다면! 오, 만일 엄청난 재산을 상속받아 화려한 마차를 사서 그녀의 창문 근처를 요란하게 소리 내어 달려간다면 그녀가 얼마나 부러워할까!

그러나 곧 그녀의 머릿속에서 모든 공상은 사라지고, 한시라도 빨리 그 집에서 벗어나고 싶다는 오직 한 가지 생각만 자리 잡았다. 사실, 일자리를 잃어버리고 아무것도 가진 게 없는 부모님 집으로 다시 돌아간다는 것은 끔찍한 일이었다. 그러나 어찌하겠는가? 마셴카에게는 여주인도, 자신의 작은 방도 더 이상 볼 자신이 없었고 그곳이 답답하고 기분 나쁘게 여겨졌다. 마셴카는 여주인이 살고 있다는 이유만으로 그곳이 난폭하고 불결하다는 생각이 들 정도로 병적인 집착과 귀족적 허세를 가지고 있는 페도시야 바실리예브나를 싫어했다. 마셴카는 침대에서 벌떡 일어나 짐을 꾸리기 시작했다.

"들어가도 되겠소?"

문 뒤에서 니콜라이 세르게이치의 목소리가 들렸다. 그는 문 가까이로 살며시 다가와서 조용하고 부드러운 목소리로 물었다.

"들어가도 되겠소?"

"들어오세요."

그는 들어와서 문 근처에 섰다. 그의 눈은 초점을 잃어버린 듯했지만, 불그스레한 그의 코는 윤이 났다. 식사 후 그는 맥주를 마셨기에 걸음걸이는 약간 비틀거렸고 팔은 힘없이 축 처져보였다.

"지금 뭐하는 겁니까?"

짐이 꾸려진 여행 가방을 보고 그가 말했다.

"짐을 싸고 있어요. 미안합니다. 니콜라이 세르게이치, 저는 더 이상 당신의 집에 머물 수가 없을 것 같습니다. 제 방이 수색당한 것에 대해 전 정말 깊은 모멸감을 느꼈어요!"

"나도 이해합니다만, 지금 이런 행동은 별로 도움이 되지 않습니다. 대체 왜 그러는 거죠? 당신 방을 수색한 것 때문에 그러는 겁니까? 그렇다고 해서 당신에게 큰 손해를 입힌 것도 아니지 않습니까?"

마셴카는 아무런 대꾸도 하지 않고 계속 짐을 꾸렸다. 니콜라이 세르게이치는 마치 뭔가를 생각하는 것처럼 콧수염을 만지작거리더니 아양 떠는 목소리로 말을 이었다.

"물론 충분히 이해합니다만, 마음을 좀 관대하게 가져주시면 안 되겠습니까? 아시다시피 아내는 신경질적이고 막무가내여서 제대로 판단할 능력도 안 되고……."

마셴카는 침묵했다.

"만일 당신이 정말 심한 모욕을 느꼈다면……."

니콜라이 세르게이치는 말을 이었다.

"내가 당신에게 사과를 하겠습니다. 미안합니다."

마셴카는 아무런 대답도 없이 계속 고개를 숙이고 자신의 가방만 바라보았다. 이 여위고 우유부단한 인간은 마치 그 집에서 별다른 중요성을 지니지 못하는 것처럼 보였다. 그는 심지어 하인들에게도 귀족집의 식객이나 잉여인간 같은 서글픈 취급을 받았다. 그래서 그가 한 사과의 말 역시 아무런 가치를 지니지 못했다.

"음, 아무 말도 없군요. 제 사과가 약했나요? 나는 아내를 대신해서 사과한 겁니다. 아내의 이름으로 사과를……. 그녀가 좀 주책없이 행동했다는 것을 귀족으로서 인정합니다."

니콜라이 세르게이치는 방을 서성거리며 걷더니 한숨을 쉬고는 말을 이었다.

"휴. 그러니까 당신은 내 여기가, 내 심장이 좀 더 쑤시고 내 양심이 더 고통 받기를 원하고 있군요."

"니콜라이 세르게이치, 나도 당신이 아무런 잘못이 없다는 것을 알고 있어요."

마셴카는 눈물이 흐르는 커다란 눈으로 그의 얼굴을 똑바로 쳐다보면서 말했다.

"당신이 왜 괴로워하세요?"

"그러게 말입니다. 그렇지만 그럼에도 불구하고 떠나지 마세요. 이렇게 부탁드립니다."

마셴카는 그럴 수 없다는 듯이 고개를 가로저었다. 니콜라이 세르게이치는 창문으로 다가가서 유리창을 가볍게 두드리면서 말했다.

"저도 이제 오해가 생기기 시작하는군요. 이건 정말 고문입니다!"

그가 말했다.

"제가 당신에게 무릎이라도 꿇어야 되는 겁니까, 그런 겁니까?

당신의 자존심이 상처받았고 그래서 당신은 울었고 지금 떠나려고 하지만, 저 역시 자존심이 있는데 당신은 그것을 무시하고 있군요. 그렇지 않으면 내가 진심으로 참회를 하지 않았다고 말하기를 원하는 겁니까? 그걸 원하는 겁니까? 그러니까 당신은 내가 죽음 앞에서도 솔직하게 참회하지 않았다는 것을 고백하길 원하는 겁니까?"

마셴카는 아무 말도 하지 않았다.

"내가 아내의 브로치를 훔쳤소!"

니콜라이 세르게이치가 불쑥 말했다.

"이제 만족합니까? 만족하냐고요? 그래요, 내가 훔쳤소. 물론 나는 그저 당신이 너그럽게 생각해주기만 바라고 있소. 제발 누구에게도 어떤 말이라도 어떤 암시라도 하지 말아주시오."

놀라움을 감추지 못한 채 마셴카는 짐을 계속 꾸렸다. 그녀는 자신의 물건을 집어 들고는 그냥 구겨서 여행용 가방과 광주리에 아무렇게나 처박아 넣었다. 니콜라이 세르게이치의 솔직한 참회를 듣고 난 이후 그녀는 이제 단 일 분도 그 집에 머물고 싶지 않아졌고, 도대체 이전에 그 집에서 어떻게 살았는지 이해가 되지 않았다.

"그리 놀라실 건 없습니다."

잠시 동안 침묵을 지키고 있던 니콜라이 세르게이치가 말을 이었다.

"간단한 이야깁니다! 나는 돈이 필요한데 그녀가 돈을 주지 않아서……. 이 집은 전부 나의 아버지께서 물려주신 겁니다, 마리야 안드레예브나! 이 집은 내 것이고, 브로치도 내 어머니가 물려주신 겁니다. 그러니까 전부 내 것이란 말입니다! 그런데 그녀가 훔쳐갔고, 전부 자기 것으로 만들어버렸습니다. 당신도 동의하시겠지만, 나를 그녀와 같은 사람으로 취급하지 말아주십시오. 이렇게 부탁드리겠습니다. 정말 미안합니다. 제발 남아주세요. 투 콤프레드르, 투 파르도네.* 남아주실 거죠?"

"싫어요!"

부르르 몸을 떨면서 마셴카가 단호하게 외쳤다.

"저를 좀 내버려두세요, 이렇게 애원합니다."

"그렇다면 할 수 없군요."

니콜라이 세르게이치는 여행용 가방 근처에 있는 긴 의자에 앉아 한숨을 쉬었다.

"솔직히 말하면, 저는 남을 모욕하고 무시하는 사람을 좋아합니다. 평생을 여기에 앉아 당신의 분노한 얼굴을 쳐다보며 살 수도 있습니다. 그렇다고 해도 남아 있지 않을 거죠? 이해합니다, 떠나든 남든. 그래요. 물론 당신은 괜찮겠지만, 나는 이곳에서 어휴! 이 지하창고 같은 곳에서 한 발자국도 벗어나지 못합니다. 우리 영지 어디를 가든 도처에 비열한 여편네들과 관리인들, 농사꾼들이 죽치고 있죠. 악마가 그들을 좀 데려갔으면 좋으련만. 그들은 사방을

● 투 파르도네 tout comprendre, tout pardonnez. '모든 것을 이해한다면 모든 것을 용서하라'는 프랑스어.

에워싸고 나를 가로막고 있죠. 물고기도 못 잡게 하고 풀도 못 밟게 하고 나무도 못 베게 하죠."

"니콜라이 세르게이치!"

응접실에서부터 페도시야 바실리예브나의 목소리가 들려왔다.

"아그니야! 주인 나리를 불러와!"

"그래도 떠나실 거죠?"

니콜라이 세르게이치는 재빨리 일어나 문 쪽으로 다가가면서 물었다.

"당신이 남아주신다면 정말 좋을 텐데 말입니다. 밤마다 당신에게 들러서 얘기도 서로 나눌 수 있고 말입니다. 남아주세요! 만일 당신이 떠나면 이 집에는 인간다운 사람은 아무도 남아 있지 않게 됩니다. 그건 정말 끔찍한 일입니다!"

니콜라이 세르게이치의 창백하고 초췌한 얼굴은 애원했지만 마셴카는 안 되겠다는 듯 고개를 가로저었고, 그는 손을 흔들면서 나갔다.

반 시간 후 그녀는 이미 거리로 나와 있었다.

(1886년)

14

숫양과
아가씨

'친절한 나라' 의 삶에서
비롯된 에피소드

얼굴에 기름기가 흘러넘치고 번들번들한 외모의 친절해 보이는
나리는 지루함을 견디지 못해 죽을 지경이었다. 그는 이제 막 흐드
러지게 낮잠을 자고 난 터라 무엇을 해야 할지 몰랐다. 생각도 하
기 싫었고 잠도 더 이상 오지 않았다. 책을 읽는 것은 이미 아주 오
래전부터 싫증났고, 극장에 가기는 좀 이른 시간이었고, 썰매를 타
는 것은 귀찮았다. 무엇을 해야 하나? 무엇을 해야 재미가 있을까?

"어떤 아가씨가 찾아왔습니다!"

예고르가 보고를 했다.

"나리 뵙기를 청하고 있습니다."

"아가씨? 음, 대체 누구지? 별 상관없겠지만, 이리로 모셔라."

갈색 머리에 수수하게 옷을 입은, 아니 매우 수수하게 옷을 입은
훌륭한 아가씨가 서재로 조용히 들어왔다.

"실례합니다만⋯⋯."

그녀는 매우 떨리는 목소리로 가냘프게 말했다.

"저는⋯⋯당신을⋯⋯여섯 시가 되어야 만날 수 있다고 말하기에⋯⋯. 저는⋯⋯칠등 문관 팔체프의 딸입니다."

"대단히 반갑습니다! 이리 앉으세요! 무엇을 도와드릴까요? 앉으세요, 부끄러워하지 마시고!"

"당신께 청이 있어 왔습니다."

아가씨는 수줍게 앉아서 손을 떨면서 단추를 만지작거리면서 말을 계속했다.

"저는 당신께 고향으로 가는 무임 기차표를 부탁드리러 왔습니다. 당신이 주실 수 있다고 하기에⋯⋯. 고향으로 가고 싶은데, 저는 돈이 없어서⋯⋯. 이곳 페테르부르크에서 쿠르스크*까지 가야 합니다."

"음⋯⋯그렇군요. 그런데 당신은 왜 쿠르스크에 가시려고 하는 거죠? 혹시 이곳이 마음에 들지 않으십니까?"

"아닙니다. 저도 이곳이 좋아요. 그런데 부모님이 거기에 계셔서 가려고 해요. 그분들을 못 뵌 지가 한참 되었거든요. 어머니께서 편찮으시다고 하셔서⋯⋯."

"음⋯⋯당신은 여기에서 일을 하십니까, 아님 학교에 다니십니까?"

● 쿠르스크 러시아 서남부의 도시. 페테르부르크에서 쿠르스크까지는 약 1,207km이며 오늘날 기차로 약 18시간 정도 걸린다.

아가씨는 어디에서 누구 밑에서 일하는지, 월급은 얼마인지, 일은 얼마나 많은지 등을 이야기했다.

"그렇군요. 일을 하시고 계시군요. 그런데 정말 월급이 많다고는 말할 수 없군요. 당신에게 무임 기차표를 주지 않는다면 정말 매몰찬 일이 되겠군요. 음……그러니까 부모님께 가신다. 음……혹시 쿠르스크에 당신의 아무르치크*가 있는 건 아닙니까? 맞죠? 아무라쉬카인가? 헤헤헤, 하하. 약혼자가 있는 거죠? 얼굴이 붉어지셨네? 저런, 괜찮아요! 좋은 일이잖아요. 쿠르스크에 다녀오세요. 이제 시집갈 나이도 된 것 같은데……. 그는 어떤 사람입니까?"

"관청에서 일해요."

"좋은 일이군요. 쿠르스크에 다녀오세요. 쿠르스크에서는 백 베르스타* 밖에서도 양배추 수프 냄새가 진동하고 바퀴벌레가 득실거린다고 하던데……. 헤헤헤, 하하하. 쿠르스크는 따분한 곳이죠? 자, 모자를 벗으세요! 여기 편안히 계세요! 예고르! 차 한 잔 내어주게. 아마, 거기……음……거 뭐였더라? 쿠르스크는 따분하죠?"

이처럼 친절한 접대를 기대하지 않았던 아가씨는 얼굴이 밝게 빛났고, 친절한 나리에게 쿠르스크의 여러 오락거리에 대해 묘사해주었다. 그녀는 그곳의 관리직에 근무하는 오빠, 학교 선생인 삼

● 아무르치크 사랑의 신 '큐피드'의 러시아식 이름인 '아무르'의 애칭.
● 베르스타 제정 러시아 시대에 사용하던 거리 단위. 1베르스타는 약 1.067km.

촌, 김나지야에 다니는 사촌들 등에 대해 이야기했다.

예고르가 차를 가지고 왔다. 아가씨는 수줍게 손을 내밀어 찻잔을 잡고 홀짝거리는 소리를 내지 않기 위해 조심하며 차를 마시기 시작했다. 친절한 나리는 그녀를 바라보며 싱글벙글거렸다. 그는 이제 더 이상 따분함을 느끼지 않게 되었다.

"당신의 약혼자는 좋은 사람인가요?"

그가 물었다.

"그 사람과는 어떻게 만나게 되었나요?"

아가씨는 두 가지 질문에 수줍게 답변했다. 그녀는 이 친절한 나리를 완전히 신뢰했고 마음을 열고 웃으면서 이곳 피테르*에서 많은 남자들이 그녀에게 어떻게 구애를 했으며 그들을 어떻게 거절했는지 이야기했다. 그녀는 오랫동안 이야기를 이어갔다. 이야기가 끝나자 그녀는 주머니에서 부모에게 온 편지를 꺼내 친절한 나리에게 읽어주었다. 8시가 되었다.

"당신 아버지의 필체는 나쁘지 않군요. 멋을 부려 글씨를 쓰셨군요! 헤헤헤. 자, 그런데 저는 이제 그만……. 극장에 가야 할 시간이 되었군요. 그럼, 안녕히 돌아가세요, 마리야 예피모브나!"

"그럼, 제가 기대를 해도 되겠지요?"

일어나면서 아가씨가 물었다.

"무슨 기대를?"

● 피테르 페테르부르크의 애칭.

"그러니까 당신께서 저에게 무임 기차표를 주신다는……."

"기차표? 음……제겐 기차표가 없습니다! 아마 아가씨께서 실수를 하신 모양입니다. 헤헤헤. 잘못 찾아오셨습니다. 번지수가 틀렸습니다. 아마 우리 집 근처에 역무원이 살고 있을 겁니다. 저는 은행에 다니고 있습니다! 예고르, 마차를 준비해줘! 안녕히 가세요, 마 세르* 마리야 세묘노브나! 만나서 반가웠습니다. 정말 반가웠습니다."

아가씨는 옷을 입고 나왔다. 근처의 역무원 집을 찾아갔을 때 그는 7시 30분에 이미 모스크바로 떠났다는 얘기를 들었다.

(1883년)

이 이야기는 제목의 의미가 다소 모호하다. 제목은 '숫양과 아가씨'이지만 숫양에 대한 언급이 없다. 러시아어로 숫양은 '바란'인데, 이 단어는 '멍청한 사람 또는 우둔한 사람'을 뜻하기도 한다. 체호프는 남자 주인공의 멍청함과 우둔함을 조롱하기보다는 당시 귀족의 몰인정함과 소외받은 계층에 대한 무관심과 냉담함을 풍자하고 있는 듯하다. 러시아어에 귀족 남자를 뜻하는 '바린'이라는 단어가 있는데 아마도 체호프는 귀족 아가씨(바르쉬냐)와 대비되는 뜻으로 '바린'을 '바란'으로 바꾸어 언어 유희를 하고 있는 듯하다.

● 마 세르 ma cher. '사랑하는, 친애하는'이라는 뜻의 프랑스어.

15
이반
마트베예비치

저녁 5시였다. 대단히 유명한 러시아의 학자(앞으로는 그냥 학자라고 부르겠다)의 서재에 앉아 신경질적으로 손톱을 물어뜯고 있었다.

"이거 정말 불쾌하군!"

끊임없이 시계를 쳐다보며 그가 말했다.

"이건 타인의 시간과 노동을 극도로 무시하는 거야! 영국이라면 이런 놈은 한 푼도 벌지 못하고 굶어 죽을 거야. 흥, 두고 보자! 어디 오기만 해봐라.……"

그리고 자신의 분노와 초조함을 어떻게든 토로해야 할 필요성을 느낀 학자는 아내가 있는 방으로 다가가 열려 있는 문에 노크를 했다.

"카챠! 내 말 좀 들어봐."

그는 분노에 찬 목소리로 말했다.

"만약 당신이 표트르 다닐르이치를 만난다면 예의바른 사람은 절대로 그렇게 행동하지 않는다고 좀 전해줘! 파렴치한 놈! 서기(書記)를 추천해주었지만 그가 어떤 사람인지도 모르고 추천했단 말이야! 시간관념이 철저하다는 놈이 매일 두세 시간 늦게 오잖아. 이게 대체 무슨 서기란 말이야? 내게 두세 시간은 다른 사람의 이삼 년보다 더 소중하단 말이야! 오기만 해봐! 오면 개를 대하듯 욕을 퍼붓고 한 푼도 주지 않고 쫓아낼 거야! 그런 놈에게는 예의 차릴 필요가 없어!"

"당신은 매일 이런 얘기를 하지만 그는 계속 오고 있잖아요."

"오늘은 결심했어. 그 녀석 때문에 이미 많은 걸 잃어버렸어. 당신한테는 미안하지만, 오늘 난 그놈에게 욕설을 해댈 거야. 상스러운 욕을 퍼부을 거라고!"

그리고 마침내 초인종 소리가 들렸다. 학자는 근엄한 얼굴로 몸을 곧추 세우고 거만하게 고개를 뒤로 젖히고는 현관으로 갔다. 현관 옷걸이 근처에 이미 그의 서기 이반 마트베예비치가 서 있었다. 달걀형 얼굴에 수염도 나지 않은 18세의 젊은 청년은 털이 다 빠진 낡은 외투를 입고 덧신*도 신지 않고 있었다. 그는 숨을 헐떡이면서 커다랗고 볼품없는 겨울용 장화의 밑창을 발판에다 열심히 닦으면서 하얀 양말이 보이는 장화의 구멍을 하녀에게 보이지 않으

● 덧신 겨울에 눈이 많이 오는 러시아에서는 신발이 더러워지는 것을 방지하기 위해 외출할 때 덧신을 신고 나가는 경우가 많다. 다른 사람의 집이나 공공장소 등을 방문했을 때 덧신을 신지 않았을 경우 현관의 발판에서 신발을 깨끗이 털고 들어오는 것이 예의이다.

려고 애를 썼다. 학자를 보자 그는 어린아이나 매우 순박한 사람에게서만 볼 수 있는 거리낌 없는 그러나 약간은 바보 같은 웃음을 지었다.

"아, 안녕하세요?"

커다랗고 젖은 손을 내밀면서 그가 말했다.

"목은 좀 괜찮으세요?"

"이반 마트베예비치!"

학자는 뒤로 물러나면서 두 손을 깍지 낀 채 냉정하게 말했다.

"이반 마트베예비치!"

그는 서기에게 다가가 그의 어깨를 잡고 가볍게 흔들었다.

"자네 대체 나랑 지금 뭐하자는 건가?"

그는 필사적으로 말했다.

"자네는 정말로 뻔뻔하고 파렴치한 사람이군! 나랑 뭐하자는 건가? 자네 지금 나를 비웃는 건가? 그런 건가?"

얼굴에서 완전히 가시지 않은 미소로 판단해보건대, 이반 마트베예비치는 완전히 다른 환대를 기대했던 모양이었다. 그래서 화가 나 씩씩대는 학자의 얼굴을 보자 달걀형 얼굴이 더욱더 길게 늘어나는 것 같았고 놀라서 입이 벌어지고 말았다.

"무슨……. 무슨 일이십니까?"

그가 물었다.

"무슨 일이라니?"

학자는 손을 마주치며 말했.

"내게 시간이 얼마나 소중한지 잘 알면서도 이렇게 늦게 오다니……. 자넨 두 시간이나 늦었단 말일세! 하나님이 두렵지도 않나!"

"저는 지금 집에서 바로 오는 길이 아닙니다."

이반 마트베예비치는 목도리를 주저주저 풀면서 웅얼거렸다.

"오늘이 숙모님의 명명일*이어서 거기에 다녀오는 길입니다. 숙모님은 여기서 육 베르스타 떨어진 곳에 사셔서……. 만일 제가 집에서 곧장 왔더라면, 음, 늦진 않았을 겁니다."

"이반 마트베예비치, 자네의 행동에 논리가 있다고 생각하는 모양이군? 나는 지금 일을 해야 되는데, 정말 급한 일을 해야 되는데, 자넨 명명일이라고 해서 숙모님 집이나 싸돌아다니다니! 아으, 빨리 그 보기 싫은 목도리나 풀게! 이번엔 정말로 참을 수가 없어!"

학자는 다시 서기에게 다가가 목도리 푸는 것을 도와주었다.

"여편네들처럼 굼뜨기는……. 자, 가세나! 서두르게!"

더럽고 구겨진 손수건으로 코를 풀고 나서 회색빛 상의를 단정히 매만지며 이반 마트베예비치는 홀과 응접실을 지나 서재로 갔다. 그곳에는 이미 오래전부터 그를 위한 책상과 종이, 심지어 담배까지 준비되어 있었다.

"앉게나, 앉아."

학자는 손을 비비면서 조급하게 재촉했다.

---

* 명명일 러시아정교회에서 생후 7일 이내에 세례를 받으면서 태어난 날과 연관된 성자의 이름을 따서 이름을 짓는 날. 혁명 전까지 생일보다 명명일이 더 중요한 축일로 여겨졌다.

"자넨 정말 참을 수 없을 만큼 싫은 사람이야. 자네도 알다시피 일이 급한데 이렇게 늦게 오다니 말이야. 내가 욕을 하지 않을 수 없잖나. 자, 어서 받아쓰게. 우리가 어디까지 했더라?"

이반 마트베예비치는 뻣뻣하고 고르지 못하게 이발된 머리를 매만지고 나서 펜을 들었다. 학자는 방을 이리저리 거닐다가 집중하면서 쓸 것을 불러주기 시작했다.

"본질은, 쉼표 찍고, 몇몇의, 말하자면 근본적인 형태는, 다 썼는가? 형태는 오직 그와 같은 원리의 본질 자체에 의해서만 규정되고, 쉼표 찍고, 원리는 형태 속에서 자신을 표출하고 형태 속에서만 구현된다, 줄 바꾸고. 그렇지, 거기는 마침표를 찍고. 가장 독립적인 형태는 정치적인 것보다, 쉼표 찍고, 사회적인 성격을 가지는 그러한 형태 속에서 제시, 제시된다."

"요즘 김나지야에서는 다른 교복*을 입습니다. 회색 교복이죠."

이반 마트베예비치가 말했다.

"제가 학교 다닐 때가 훨씬 좋았죠. 제복을 입었거든요."

"아으, 계속 쓰기나 하라고!"

학자는 화를 냈다.

"제시된다. 다 썼어? 민중의 관습을 조절하는 것이 아닌 국가의 기능과 연관된 조직을 개혁하는 것에 대해 얘기하자면 그것은 각각의 민족성의 형태에 따라 구별된다고 말해서는 안 된다. 각각의

● 교복 러시아어 '포르마(forma)'는 '형태, 형식, 형상'의 뜻 이외에 '제복, 교복'이라는 의미도 가진다. 학자가 포르마를 '형태'의 의미로 사용하는데 마트베이치는 그것을 '제복'이라는 의미로 생각해 말하고 있다.

민족성의 형태란 단어에는 따옴표를 하게. 에, 그러니까 방금 나에게 김나지야에 대해 무슨 말을 하려고 했었나?"

"제가 학교 다닐 때는 다른 교복을 입었다고 말씀드렸습니다."

"아. 그랬군. 학교를 그만둔 지는 오래되었나?"

"어제도 말씀드렸잖습니까? 이미 삼 년 전에 그만두었습니다. 사학년 때 학교를 나왔습니다."

"왜 학교를 그만두었는가?"

학자는 이반 마트베예비치가 쓴 것을 보면서 물었다.

"그러니까, 가정 형편상 그만두었습니다."

"또 얘기하게 만드는군, 이반 마트베예비치! 자네는 대체 언제쯤 글자를 크고 길게 늘여 쓰는 습관을 버릴 건가? 한 줄이 마흔 자 이상은 되어야 한다고 말했잖은가!"

"제가 일부로 그런다고 생각하십니까?"

이반 마트베예비치는 모욕을 느꼈다.

"다른 줄들은 마흔 자가 훨씬 넘는다고요. 한번 헤아려보세요. 만일 제가 글자를 크게 쓴다고 생각하시면 돈을 적게 받아도 좋습니다."

"어휴, 문제는 그게 아니잖나? 자넨 정말 무례한 사람일세. 이거 참! 자넨 지금 돈에 관한 이야기를 하고 있잖나? 중요한 것은 정확성일세, 이반 마트베예비치. 중요한 것은 정확성이란 말일세! 자넨 정확하게 쓰는 것을 몸에 배게 해야 한단 말일세!"

하녀가 차 두 잔과 빵이 들어 있는 바구니를 쟁반에 담아 왔다.

이반 마트베예비치는 양손으로 어색하게 찻잔을 잡고 곧바로 마시기 시작했다. 차는 무척 뜨거웠다. 입술을 데이지 않기 위해 이반 마트베예비치는 조금씩 마시려고 애썼다. 그는 빵 한 조각을 집어 먹더니 곧바로 두 번째, 세 번째 빵도 먹고 나서는 학자를 수줍게 곁눈질하더니 조심스레 네 번째 빵을 먹기 위해 손을 뻗었다. 커다란 목구멍과 눈썹을 치켜 올리면서까지 배가 고파 게걸스럽게 먹는 모습과 소리가 학자를 자극했다.

"빨리 좀 먹게나, 시간은 금이란 말일세."

"불러주세요. 저는 먹는 것과 쓰는 것을 동시에 할 수 있습니다. 사실, 좀 배가 고팠거든요."

"그랬겠지, 걸어왔잖은가!"

"예. 날씨가 정말로 고약했습니다. 제 고향에는 지금쯤 봄 냄새가 물씬 날 텐데……. 눈이 녹아서 곳곳에 웅덩이가 생겼을 겁니다."

"자넨, 남쪽 지방 출신인가?"

"돈 강 유역에서 왔습니다. 그곳은 삼월만 되면 완전한 봄이죠. 여기는 아직 춥고 사람들이 모두 모피 외투를 입고 다니지만, 그곳에서는 풀들이 자라나고 곳곳이 건조해지고 심지어 타란툴라*도 잡을 수 있죠."

"타란툴라는 왜 잡는가?"

---

* 타란툴라 남유럽과 러시아 남부 지방에 서식하는 세계에서 가장 큰 독거미.

"그게……그냥 별 다른 이유는 없습니다."

한숨을 쉬며 이반 마트베예비치가 말했다.

"그냥 재미삼아 잡는 거죠. 타르를 바른 나뭇가지를 실에 매어 놈들이 사는 굴 앞에다 갖다놓습니다. 그러고는 나뭇가지로 타란툴라의 등을 치는 거죠. 그러면 그 저주받은 놈은 화가 나서 다리로 나뭇가지를 잡게 되고, 그럼 옴짝달싹 못하고 잡히는 겁니다. 그런 식으로 놈들을 잡곤 했습니다! 그러고는 그놈들을 커다란 대야에 던져놓고는 그곳에다 비호르카를 푸는 거죠."

"비호르카는 뭔가?"

"타란툴라와 비슷하게 생긴 거미입니다. 싸움을 붙여놓으면 비호르카 한 마리가 타란툴라 백 마리를 죽여 없앨 수 있습니다."

"음, 그렇군. 어쨌든 계속 쓰도록 하세. 어디까지 썼던가?"

학자는 다시 스물 줄가량을 불러주고는 앉아서 깊은 생각에 잠겼다.

이반 마트베예비치는 학자가 생각하는 동안 기다리면서 목을 길게 빼고는 셔츠의 옷깃을 정돈하려고 애를 썼다. 넥타이는 바로 매어 있지 않았고, 소매단추는 풀어져 있었고 옷깃도 구겨져 있었다.

"음, 그래……."

학자가 말했다.

"그러니까 아직 일자리를 찾지 못한 거군, 이반 마트베예비치?"

"그렇습니다. 일자리 찾기가 쉽지 않습니다. 아시겠지만 저는 지원병으로 군대에 가고 싶은데 아버지는 약국에 취직하라고 하십니다."

"음, 그렇군. 대학에 들어가는 것도 좋을 텐데 말이야. 시험은 어렵지만, 참고 열심히 공부한다면 한번 해볼 만할 텐데. 공부도 하고 책도 더 많이 읽고 말일세. 자네 책은 많이 읽고 있지?"

"솔직히 말하면 별로……."

담뱃불을 붙이면서 이반 마트베예비치가 말했다.

"투르게네프는 읽어봤겠지?"

"아, 아니요."

"그럼 고골은?"

"고골 말입니까? 음! 고골이라? 아니요, 안 읽었습니다!"

"이반 마트베예비치! 아니, 자네 부끄럽지도 않은가? 어허, 이것 참! 자네처럼 훌륭하고 가능성이 무한한 젊은이가 고골을 아직 읽지 않았다니! 읽어보게나. 내 자네에게 책을 주겠네. 반드시 읽어야 하네! 그렇지 않으면 자넬 다시는 보지 않겠네!"

다시 침묵이 찾아왔다. 학자는 푹신한 소파에 비스듬히 누워 생각에 잠겼고, 이반 마트베예비치는 옷깃을 매만지는 것을 그만두고 자신의 겨울 장화에 모든 관심을 쏟았다. 그는 장화에 붙은 눈이 녹아 발아래 고여 있는 것을 그제야 알았다. 그는 부끄러움을 느꼈다.

"오늘은 뭔가가 좀 잘 풀리지 않는군."

학자가 웅얼거렸다.

"이반 마트베예비치, 자네 새 잡는 것을 좋아하는가?"

"주로 가을에, 여기서는 잡아보지 못했지만 고향에서는 늘 잡곤 했습니다."

"그렇군. 좋아, 다시 쓰도록 하세."

학자는 힘차게 일어나서 불러주기 시작했다. 그러나 열 줄 정도 불러주고 나서 다시 소파에 앉았다.

"아니, 안 되겠네. 내일 아침으로 연기하도록 하세."

그가 말했다.

"내일 아침에 좀 일찍, 아홉 시쯤에 오게. 제발 늦지 말게."

이반 마트베예비치는 펜을 놓고 의자에서 일어나 다른 의자에 옮겨 앉았다. 아무 말 없이 10분 정도가 흐르자 그는 자신은 이제 이곳에서 필요가 없으니 가야 할 때라는 것을 느끼기 시작했다. 그러나 학자의 서재는 매우 편안하고 밝고 따뜻하고, 게다가 부드러운 빵과 달콤한 차에서 받은 인상이 아직도 선명하게 남아서 자신의 집을 생각하는 것만으로도 심장이 조여오는 듯한 느낌을 받았다. 그의 집은 가난하고 춥고 배고프고 잔소리꾼 아버지에……. 반대로 이곳은 평온하고 조용하고 심지어 그의 타란툴라와 새에 관심을 보여주었다.

학자는 시계를 보고 나서 책을 들었다.

"그러니까 저게 고골 책을 주시겠다고 하셨죠?"

이반 마트베예비치는 일어서면서 물었다.

"주지, 주고말고. 그런데 자네 어딜 가려고 이렇게 서두르는 건가? 앉게나, 뭐 좀 다른 얘기라도 좀 해주게."

이반 마트베예비치는 자리에 앉아 기분 좋은 미소를 지었다. 거의 매일 저녁 그는 이 서재에 앉아 매우 부드럽고 애정 어린, 흡사 부모와 같은 학자의 목소리와 눈길을 느꼈다. 심지어 학자가 자신에게 애착을 느끼고 익숙해지고 있는 듯한 느낌을 받을 때도 있었고, 늦게 온 자신에게 학자가 욕하는 것은 타란툴라와 새 잡는 이야기를 조금이라도 빨리 듣고 싶기 때문이라고 생각하기도 했다.

(1886년)

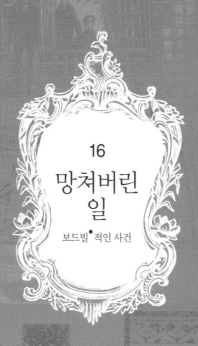

16
망쳐버린
일

보드빌●적인 사건

18세기 말 프랑스에서 발생해 19세기 초·중반 러시아에서 유행되었던 유쾌하고 가벼운 희
극. 진지하고 풍자적인 내용보다 오해나 간계 등의 즐거리를 중심으로 춤, 노래, 말장난 등을
곁들여 우스꽝스러운 상황을 연출해 부담 없이 웃고 즐기는 것을 목적으로 한다.

미치도록 울고 싶다! 차라리 통곡이라도 할 수 있다면 마음이라도 좀 편안할 텐데……

기막히게 멋진 저녁이었다. 나는 돈 후안처럼 멋지게 차려입고 머리를 손질하고 향수를 뿌리고 소콜리니키*의 별장에서 지내고 있는 그녀에게 달려갔다. 그녀는 결혼지참금으로 3만 루블이 준비된 젊고 아름다운 여자였다. 교육도 어느 정도 받은 그녀는 작가인 나를 너무나도 사랑했다.

소콜리니키에 도착한 나는 크고 곧게 뻗은 전나무 아래에 놓인 우리가 사랑을 나누던 벤치에 앉아 있는 그녀를 보았다. 나를 보자

● 소콜리니키 모스크바 근교의 작은 도시.

마자 그녀는 재빨리 일어나서 환한 얼굴로 다가왔다.

"당신은 정말로 잔인한 분이세요!"

그녀가 말했다.

"어쩜 이리 늦게 오실 수가 있어요? 내가 얼마나 당신을 그리워했는지 모르세요? 정말 너무하세요!"

나는 그녀의 아름다운 손에 키스한 후 두근거리는 마음으로 그녀와 함께 벤치에 앉았다. 나는 너무나 흥분되어 심장이 터져버릴 것 같은 느낌이 들었다. 맥박이 세차게 뛰었다.

당연한 일이 아니겠는가! 나는 내 운명을 최종적으로 결정하기 위해 이곳으로 왔던 것이다. 지주 나리가 되느냐 아니면 망쳐버리느냐, 모든 것이 바로 오늘 저녁에 달려 있었다.

날씨가 기막히게 좋았지만 나는 날씨의 감흥을 전혀 느끼지 못했다. 우리가 만날 때마다 항상 들렸던 꾀꼬리의 노랫소리가 오늘은 바로 내 머리 위에서 울리고 있었지만 전혀 들리지 않았다.

"왜 아무런 말씀도 없으세요?"

그녀가 나의 얼굴을 바라보며 말했다.

"그러니까……정말 멋진 밤입니다. 어머님 건강은 어떠신지요?"

"괜찮아요."

"음……그러니까……바르바라 페트로브나, 그러니까 당신께 하고 싶은 말이 있습니다. 그것 때문에 제가 오늘 여기에 왔습니다. 지금까지 계속 말하지 못했는데 허나 오늘은 꼭 해야겠습니다!

더 이상 침묵하진 않겠습니다."

바랴*는 고개를 숙이고 손을 떨면서 꽃잎을 갈래갈래 뜯었다. 그녀는 내가 무슨 말을 하고 싶어하는지 알고 있었다. 나는 잠시 침묵하다가 말을 이었다.

"말하지 않을 이유가 뭐가 있겠습니까? 침묵하든 소심하게 굴든 빠른 건지 늦은 건지 모르겠지만 의지와 감정과…… 말을 전해야 할 때가 되었습니다. 혹시 기분이 상하실 수도 있겠고 아니면 이해하지 못하실 수도 있겠지만……. 괜찮으시겠죠?"

나는 잠시 침묵했다. 적당한 말을 다시 찾아야 했기 때문이었다.

'어서 말해요! 정말 우유부단하군요! 뭘 그렇게 고민하세요?'

그녀의 눈이 이렇게 항의하고 있는 듯했다.

"당신은 오래전부터 이미 짐작하고 계시리라 생각됩니다만……."

잠시 생각하다가 나는 말을 이어갔다.

"어째서 제가 매일같이 이곳에 와서 당신 눈앞에 얼쩡거리는지 짐작하고 계시죠? 아마도 당신은 오래전부터 당신의 명민한 통찰력으로 짐작하시건대 제 마음속에 심어진 감정을, 그 감정이란 건 그러니까(침묵)…… 바르바라 페트로브나!"

바랴는 고개를 더욱 떨어뜨렸다. 그녀의 손가락은 마치 춤추듯

● 바랴 바르바라의 애칭.

떨고 있었다.

"바르바라 페트로브나!"

"예?"

"저는……. 그래요, 무슨 말을 할 수 있겠습니까? 말하지 않아도 아실 거라고……. 저는 당신을 사랑합니다, 그게 전부입니다. 어떤 말을 덧붙일 필요가 있겠습니까? (침묵) 미치도록 사랑합니다! 제가 당신을 얼마만큼 사랑하느냐 하면, 간단히 말하면 이 세상에 존재하는 모든 소설책을 모아서 그 속에 나오는 사랑, 맹세, 희생 등에 관한 모든 얘기를 읽고 그것을 지금 제 마음에 담아서 당신께 드리겠습니다! 바르바라 페트로브나! (침묵) 바르바라 페트로브나!! 왜 아무 말씀도 하시지 않는 겁니까?"

"무슨 말을 해야 하나요?"

"그러면 혹시 거절하시는 건가요?"

바라는 고개를 들고 미소를 지었다.

'아, 이런 제길!'

나는 잠시 생각했다. 미소를 머금은 그녀는 입술을 살며시 움직여 들릴락 말락 한 목소리로 말했다.

"왜 거절하겠어요?"

나는 그녀의 손을 잡고 그녀의 손에 미친 듯이 키스를 퍼부었고, 미친 듯이 다른 손도 잡았다. 얼마나 멋진 여자인가! 내가 손을 잡고 있는 동안 그녀는 머리를 내 가슴에 살며시 기대었고, 나는 그때서야 처음으로 그녀의 머리카락이 얼마나 화려하고 부드러운지를 알게 되었다.

내가 그녀의 머리에 키스하자 심장은 마치 사모바르°가 끓고 있는 것처럼 뜨거워졌다. 바랴가 얼굴을 들자 내가 할 일이라곤 그녀의 입술에 키스하는 것 외에는 아무것도 없어보였다.

그런데 바로 그 순간에, 바랴가 결정적으로 내 손 안에 들어온 바로 그 순간에, 3만 루블의 지참금 양도서가 서명이 되어 내게 들어오려고 하는 바로 그 순간에, 멋진 아내와 멋진 돈과 멋진 출셋길이 거의 보장되려는 바로 그 순간에, 나는 그만 혀를 잘못 놀리고 말았다.

나는 약혼녀 앞에서 내가 가지고 있는 원칙을 뽐내고 싶었고 그 원칙들로 우쭐대고 싶었고 거만해지고 싶어졌다. 정말로 이상한 방향으로 흘러간 것이었다.

"바르바라 페트로브나!"

첫 번째 키스 후 나는 입을 열었다.

"제 아내가 되겠다는 약속을 하기에 앞서 엄청난 오해가 생길 수 있는 것을 방지하기 위해 당신께 몇 가지를 말씀드리는 것이 저의 신성한 의무라고 생각됩니다. 간단하게 말하겠습니다. 바르바라 페트로브나, 당신은 혹시 제가 어떤 사람이고 무엇을 하는 사람인지 아십니까? 그렇습니다. 저는 정직한 사람입니다! 그리고 저는 열심히 일하는 사람입니다! 그리고 저는 자부심이 강한 사람입

● 사모바르 항아리 모양으로 생긴 러시아식 전통 주전자.

니다! 게다가 저는 미래가 있는 사람입니다. 그러나 저는 가난합니다. 아무것도 가진 것이 없습니다."

"저도 잘 알고 있어요."

바랴가 말했다.

"행복은 돈에 있는 게 아니잖아요."

"그렇죠. 지금 돈에 관해 얘기하는게 아닙니다. 저는 저의 가난을 자랑스럽게 생각합니다. 제가 작품을 써서 받는 몇 푼 안 되는 돈을 그러니까 다른 사람의 몇 천 루블과 바꿀 생각은 전혀 없습니다."

"무슨 말씀인지 알겠습니다. 그래서요?"

"저는 가난에 익숙합니다. 제게 가난은 별것 아닙니다. 저는 일주일 동안 점심을 안 먹기도 합니다. 그러나 당신은! 당신은! 마차를 타지 않고는 두 걸음도 가지 못하고, 매일 새로운 옷을 입고, 돈을 마음대로 쓰고, 궁핍함이라는 것을 조금도 이해하지 못하는, 최신 유행의 꽃이 아니라면 큰 만족을 느끼지 못하는 당신이, 당신이 정말로 나를 위해 세속적인 행복을 버릴 수 있겠습니까?"

"제게 돈이 있어요. 지참금이 있다고요!"

"별 쓸데없습니다! 천 루블, 아니 만 루블로 몇 년은 그럭저럭 살 수 있겠죠. 그리고 그다음은요? 가난? 눈물? 사랑하는 그대여, 내 경험을 믿으세요! 저는 잘 알고 있습니다. 제가 말하고 있는 것을 잘 알고 있죠! 가난과 싸우려면 강한 의지와 때로는 비인간적인 성격도 필요합니다!"

'대체 내가 지금 무슨 헛소리를 지껄이고 있는 거지?'

나는 잠시 생각을 한 후 계속 말을 이어갔다.

"잘 생각해보세요, 바르바라 페트로브나! 지금 어떤 결정을 내리려는 순간인지를 잘 생각해보세요! 돌이킬 수 없는 발걸음이 될 수도 있습니다! 만일 당신이 저와 함께 싸울 힘이 있다면 저를 따라오시고, 그럴 힘이 없다면 저를 거절하십시오. 오! 당신이 평안을 잃어버리는 것보다 제가 당신을 잃어버리는 것이 더 낫습니다! 제가 작품을 써서 매월 받는 백 루블은 아무것도 아닙니다. 그걸로는 아무것도 할 수 없습니다! 늦기 전에 다시 잘 생각하십시오!"

나는 벌떡 일어났다.

"잘 생각하세요! 돈과 힘이 없으면 눈물과 비난이 생기고 빨리 늙기도 합니다. 이렇게 미리 말씀드리는 이유는 제가 정직한 사람이기 때문입니다. 당신은 지금껏 살아온 것과 전혀 다른 낯선 삶을 저와 함께 살 만큼 충분한 힘이 있다고 느끼십니까?" (침묵)

"제게는 지참금이 있어요!"

"얼마나 됩니까? 이만, 삼만 루블! 하하! 한 백만 루블이라도 됩니까? 그걸 떠나서 제가 당신이 가져온 돈을 가로챌 사람으로 보이십니까? 아닙니다! 절대 그렇지 않을 겁니다! 저는 자부심이 강한 사람입니다!"

나는 벤치 주위를 몇 번이나 왔다 갔다 했다. 바랴는 깊은 생각에 잠겼다. 나는 의기양양해졌다. 깊이 생각한다는 것은 나를 존경한다는 것을 의미하니까.

"그러니까 저와 함께 부족한 삶을 살겠습니까 아니면 저 없이 부유한 삶을 사시겠습니까? 선택하십시오! 그러실 힘이 있습니까? 제가 사랑하는 당신은 힘이 있습니까?"

나는 이런 식의 이야기를 꽤 오랫동안 했다. 그러는 사이 나도 모르게 얘기에 열중하게 되었다. 나는 말을 하면서 내가 분열되고 있다는 느낌이 들었다. 나의 반쪽은 내가 말하는 것에 열중하게 만들었고, 또 다른 반쪽은 이런 상상을 하게 만들었다.

'조금만 기다려, 여보! 당신의 삼만 루블로 우리 정말 멋지게 살아보자고! 오랫동안 먹고살기에도 충분할 거야!'

바라는 내 얘기를 듣고 또 들었다. 마침내 그녀는 고개를 들고 내게 손을 내밀었다.

"정말 감사의 말씀을 드리고 싶어요!"

그녀는 내가 전율을 느끼고 그녀의 눈을 바라보게 만드는 그런 목소리로 말했다. 그녀의 눈과 볼에는 눈물이 반짝거렸다.

"정말 고마워요! 당신이 저에게 솔직하게 말씀해주신 건 정말 잘 하신 일이에요. 저는 나약한 여자예요. 저는 할 수 없을 것 같아요. 당신의 짝이 될 수 없을 것 같아요."

그녀는 흐느껴 울기 시작했다. 나는 정말 바보 멍청이 같은 일을 한 것이다. 나는 항상 울고 있는 여자를 보면 당황하는데, 지금은 오죽하겠는가! 일을 어떻게 수습할지 생각하는 동안 그녀는 울음을 억누르고 눈물을 닦았다.

"당신이 옳아요."

그녀가 말했다.

"내가 만일 당신에게 시집간다면 그건 당신을 속이는 일이 될 거예요. 저는 당신의 아내가 될 수 없어요. 저는 부자이고 나약한 여자예요. 항상 마차를 타고 다니고 도요새 요리를 먹으며 값비싼 파이를 먹어요. 점심으로 수프나 양배추 국을 먹어본 적이 없어요. 어머니는 이런 저를 늘 야단치시죠. 그러나 저는 그렇게 하지 않고는 살 수 없어요! 걸어 다니는 것도 싫어요, 피곤해지거든요. 그리고 옷은……옷도 모두 당신이 해주셔야 하는데……안 되겠어요! 안녕히 가세요!"

그리고 그녀는 비극배우 같은 괴로움에 휩싸인 손짓으로 전혀 예상하지 못했던 말을 했다.

"저는 당신에게 부족한 여자예요! 안녕히 가세요!"

그녀는 몸을 돌려 자기 집으로 향했다.

그러면 나는? 나는 바보처럼 서서 머리가 텅 빈 채 그녀의 뒷모습을 바라보면서 발밑의 땅이 흔들리고 있는 것을 느꼈다.

다시 정신을 차리고 내가 지금 어디에 서 있는지, 내 혀가 나에게 얼마나 엄청난 손해를 끼쳤는지를 알아차리고는 목 놓아 울기 시작했다. 그녀를 향해 '돌아와주오!'라고 소리치고 싶었지만 이미 그녀는 흔적도 없이 사라지고 없었다.

아무런 소득도 얻지 못하고 우울한 마음으로 나는 집으로 출발할 수밖에 없었다. 철로마차˚ 정거장에는 아무도 없었다. 마부에게 줄 돈도 사실은 한 푼도 없었다. 걸어서 집으로 올 수밖에 없었다.

사흘 후 나는 소콜리니키에 갔다. 바랴가 어딘가 아프고 아버지와 함께 페테르부르크에 있는 할머니 집으로 가려고 한다는 것 외에는 다른 이야기는 듣지 못했다.

지금 나는 침대에 누워 베개를 물어뜯고 뒤통수를 찧고 있다. 도저히 마음을 진정시킬 수가 없다. 독자여, 어떻게 하면 이 일을 바로잡을 수 있을까? 어떻게 하면 내가 쏟아낸 말들을 주워 담을 수 있을까? 그녀에게 무슨 말을 해야 하며 어떻게 편지를 쓰면 좋겠는가? 전혀 생각이 나지 않는다! 일을 망쳐버렸다, 정말 바보같이 망쳐버렸다!

(1882년)

● 철로마차 철로 위에서 말이 객차를 끄는 교통수단으로 기차가 등장하기 이전 러시아에서 널리 사용되었다.

17
재판

조그마한 가게를 운영하는 쿠지마 예고로프의 농가였다. 숨 막히도록 무더운 날씨였다. 빌어먹을 파리와 모기는 눈 주위와 귓가에 무리지어 몰려들어서 사람들을 귀찮게 했다. 담배연기가 자욱했지만 그보다는 소금에 절인 생선비린내가 코를 찔렀다. 담배연기에서도, 사람들의 얼굴에서도, 앵앵거리는 모깃소리에서도 왠지 모를 울적함이 느껴졌다.

커다란 탁자 위에는 호두껍데기가 흩어져 있는 작은 접시, 가위, 녹차원액이 들어 있는 작은 병, 남성용 모자, 빈 보드카 병이 놓여 있었다. 탁자 앞에는 집주인 쿠지마 예고로프, 마을 촌장, 보조의사 이바노프, 러시아정교회의 말단 사제 테오판 마나푸이로프, 베이스 가수 미하일로, 대부(代父) 파르펜티이 이바느이치와 아니시아 숙모 집에 놀러온 도시에서 온 헌병 포르투나토프가 위엄

있게 앉아 있었다. 그리고 탁자에서 떨어진 곳에 도시에서 이발사 일을 하는 쿠지마 예고로프의 아들 세라피온이 서 있었다. 그는 휴일을 맞아 아버지 집에 잠시 들르러 온 것이었다. 그는 매우 불편한 상태였고 떨리는 손으로 자신의 수염을 잡아당기고 있었다.

쿠지마 예고로프의 농가는 임시진료소로 사용되고 있었고 현관에는 환자들이 대기 중이었다. 그리고 방금 전 늑골이 부서진 시골 아낙네를 어디선가 데려왔다. 그녀는 침상에 누워 신음하면서 보조의사가 자신을 성의 있게 치료해주기만을 기다리고 있었다. 창밖에는 쿠지마 예고르이치가 그의 아들에게 어떤 벌을 주나 보러 온 사람들이 모여 있었다.

"당신들은 제가 줄곧 거짓말을 한다고 말씀하시는군요."

세라피온이 말했다.

"그래서 전 여러분과 더 이상 길게 얘기하고 싶지 않습니다. 간단히 말하면, 아버지의 말씀은 십구세기에는 더 이상 소용없는 것입니다. 왜냐하면 여러분 모두 알다시피 실제가 없는 이론은 아무 소용이 없기 때문입니다."

"입 닥쳐!"

쿠지마 예고로프가 엄하게 말했다.

"본질을 흐리지 말고 요점만 말해. 내 돈을 어디에 숨겼어?"

"돈이라고요? 음……. 아버지는 정말로 현명한 분이셔서 제가 아버지의 돈에 손대지 않는다는 걸 잘 아실 텐데요. 아버지는 저를 위해 돈을 저축하는 분이 아니시잖아요. 그러니 죄를 지을 수도 없는 것 아닙니까?"

"세라피온 코시미치, 솔직하게 말씀해주십시오."

말단 사제가 말했다.

"무엇 때문에 우리가 당신에게 이런 질문을 하는지 아십니까? 당신을 선한 길로 인도하고자 하는 우리의 마음을 알아주길 바랍니다. 당신의 아버지는 당신에게 유익한 일 외에는 아무것도 하시지 않는 분이십니다. 그래서 우리가 이렇게 온 것입니다. 솔직하게 말씀해주세요. 죄를 짓지 않는 사람이 누가 있겠습니까? 당신은 아버지의 돈 이십오 루블을 훔쳐서 서랍 속에 숨겨놓았죠? 그렇지 않습니까?"

세라피온은 한쪽 구석에 침을 뱉고는 침묵했다.

"말을 하란 말이야!"

쿠지마 예고로프가 소리치면서 주먹으로 탁자를 내리쳤다.

"말해봐! 네가 훔쳤니 안 훔쳤니?"

"좋을 대로 생각하십시오. 그렇다고 해두죠."

"그렇다고 해두죠가 아니라 그렇습니다라고 말해!"

헌병이 말을 수정시켰다.

"그렇습니다. 내가 훔쳤습니다. 그렇습니다! 아버지는 일부러 저에게 큰 소리만 치시는군요. 별 이유도 없이 탁자도 내리치시고요. 아무리 그러셔도 탁자는 땅에 박히지 않습니다! 저는 절대로 아버지의 돈을 훔치지 않았습니다. 만일 언젠가 가져간 적이 있다면 그건 다 필요해서 그랬겠지요. 저도 살아 있는 인간이고 생기 넘치고 이름도 있는 존재입니다. 저도 돈이 필요합니다. 돌이 아니라고요!"

"돈이 필요하면 나한테 훔쳐가지 말고 일을 해서 벌어. 내게는 너 같은 아들이 한 명이 아니라 일곱 명이나 있다고!"

"아버지께서 훈계하시지 않아도 그 사실은 알고 있습니다. 그런데 모두들 아시다시피 저는 몸이 약해서 일을 할 수가 없습니다. 그런데 아버지는 빵 한 조각만 가져가도 고래고래 소리를 치시죠. 언젠가 아버지는 하나님의 심판을 피할 수 없을 겁니다."

"몸이 약하다고! 네 놈의 직업은 모두가 알다시피 힘든 것도 아니잖아. 머리만 계속 자르면 되는 일인데, 너는 그 정도 일도 하기 싫어하잖아."

"제게 무슨 직업이 있습니까? 그게 직업입니까? 그건 직업이 아니라 단지 직업처럼 보일 뿐입니다. 제가 교육을 제대로 받지 못해서 그저 그 일로 먹고살고 있단 말입니다."

"세라피온 코시미치, 당신은 잘못 판단하고 있습니다."

말단 사제가 말했다.

"당신의 직업은 고귀하고 현명한 사람만이 할 수 있는 일입니다. 왜냐하면 당신은 도시에서 고귀하고 현명한 사람들의 머리를 잘라주기도 하고 면도도 해주기 때문이죠. 심지어 장군들도 당신의 기술을 잘 알고 있습니다."

"장군들에 관한 얘기라면, 필요하다면 제가 설명해드릴 수 있습니다."

보조의사인 이바노프가 술을 조금 들이키면서 말했다.

"의학적 소견으로 본다면…….. ."

그가 말했다.

"자네는 테레빈유*에 불과해. 그 이상도 그 이하도 아니야."

"저는 당신의 의학 실력을 알고 있죠. 한번 여쭤보겠는데, 지난해에 죽은 시체 대신 술 취한 목수를 하마터면 해부할 뻔한 사람이 누구죠? 그가 깨어나지 않았다면 당신은 그의 배를 갈랐을 겁니다. 그리고 피마자기름*과 삼씨기름*을 혼합한 사람이 누구죠?"

"의학계에서는 종종 있는 일이네."

"그럼, 말라니야를 저 세상으로 보낸 사람은 누굽니까? 당신은 그녀에게 완하제를 주었다가 나중에는 강장제를 주었고 다시 완하제를 주었는데, 결국 그녀는 이겨내지 못했죠. 당신은 사람을 치료하는 사람이 아니라 미안하지만 개자식이오!"

"말라니야의 명복을 빌며…….. ."

쿠지마 예고로프가 말했다.

"말라니야의 명복을 빌며…….. . 그녀가 돈을 훔친 게 아니잖아. 그녀에 관한 얘기가 아니란 말이다. 어서 대답해라. 알료나에게 가져다주었지?"

"알료나라고요? 헌병과 성직자가 계시는데 부끄럽지도 않으세요?"

● 테레빈유 소나무에서 추출한 액체유로 주로 미술용품의 재료가 되지만, 진통제의 원료로도 쓰인다.
● 피마자기름 완하제나 관장제로 쓰며 피부나 머리에 바르기도 한다.
● 삼씨기름 연한 녹색을 띠며 강장제로 사용되기도 한다.

"어서 말해! 돈을 훔친 게냐 그렇지 않은 게냐?"

그때 촌장이 무릎으로 기어와 천천히 일어나 성냥을 켜더니 헌병의 파이프에 공손하게 불을 붙여주었다.

"후흐."

헌병이 찌푸리며 말했다.

"유황 냄새가 코를 찌르는군!"

헌병은 담배를 피면서 의자에서 일어나더니 세라피온에게 다가갔다. 헌병은 악의를 품고 그를 똑바로 노려보고는 날카로운 목소리로 소리쳤다.

"네놈은 대체 뭐야? 뭐하는 놈이야? 대체 왜 그런 거야? 이게 다 뭐야? 왜 대답하지 않는 거야? 죄가 없다는 거야? 남의 돈을 훔쳤잖아? 잔말 말고 대답해! 말해! 대답하란 말이야!"

"만약에……."

"쓸데없는 소리는 하지 마!"

"만약에…… 좀 조용하시오! 난 두렵지 않소! 당신은 자기 자신에 대해 잘 알 필요가 있을 것 같소! 당신은 바보요. 그 이상 아무것도 아니오! 만약에 아버지께서 벌하시길 원하신다면 저는 이미 준비가 되어 있습니다. 벌하세요! 때리세요!"

"입 닥쳐! 더 이상 말하지 마! 나는 네 생각을 안다! 네놈은 강도야! 대체 넌 뭐야? 입 닥치란 말이야! 감히 누구 앞에서? 맘대로 판단하지 마!"

"벌을 주는 게 필요할 것 같습니다."

한숨을 쉬며 사제가 말했다.

"만약에 죄인이 자신의 죄를 고백함으로써 마음의 짐을 가볍게 하길 원하지 않는다면 벌주는 수밖에 없습니다. 쿠지마 예고르이치, 채찍으로 때려야 할 것 같습니다. 벌줘야 한다고 저는 결정했습니다!"

"때리세요."

베이스 가수 미하일로가 저음으로 말하자 모두들 놀랐다.

"마지막 기회다. 네가 훔쳤느냐 훔치지 않았느냐?"

쿠지마 예고로프가 물었다.

"좋을 대로 생각하십시오. 그렇다고 해두죠. 치십시오! 저는 준비됐습니다."

"채찍으로 치겠소!"

얼굴이 붉게 상기된 쿠지마 예고로프가 의자에서 일어서면서 소리쳤다.

사람들이 창가에 매달렸다. 환자들도 문가에 모여들어 얼굴을 내밀었다. 심지어 늑골이 부러진 시골 아낙네도 일어났다.

"엎드려!"

쿠지마 예고로프가 말했다.

세라피온은 상의를 벗고 성호를 긋고는 순순히 긴 의자에 엎드렸다.

"때리겠소!"

쿠지마 예고로프가 말했다.

쿠지마 예고로프는 혁대를 풀고는 누군가 도와줄 사람을 기다리는 듯 잠시 주위를 빙 둘러보다가 이윽고 혁대를 휘둘렀다.

"하나! 둘! 셋!"

미하일로가 저음으로 세기 시작했다.

"여덟! 아홉!"

사제는 한쪽 구석에 서서 눈을 내리깔고 책을 뒤적이기 시작했다.

"스물! 스물하나!"

"이제 됐어!"

쿠지마 예고로프가 말했다.

"계속!"

헌병 포르투나토프가 불만스럽게 말했다.

"계속! 계속하시오! 계속 치시오!"

"좀 더 쳐야 한다고 생각합니다!"

책을 덮으면서 사제가 말했다.

"불평이라도 좀 하지!"

사람들이 놀란 얼굴로 말했다.

문가에 모여 있던 환자들이 길을 내주자 풀 먹인 치마를 입은 쿠지마의 아내가 방으로 들어왔다.

"쿠지마!"

그녀가 남편을 향해 말했다.

"내가 당신 주머니에서 찾은 이 돈은 뭔가요? 이게 당신이 찾던 돈이 아닌가요?"

"그 돈이 맞군. 일어나라, 세라피온! 돈을 찾았다! 어제 거기에 넣어두고 잊어버렸군."

"계속 때려!"

포르투나토프가 웅얼거렸다.

"때려! 계속 때려!"

"돈을 찾았어! 일어나라!"

세라피온은 일어나서 옷을 입고 탁자 옆의 의자에 앉았다. 오랜 침묵이 흘렀다. 사제는 당황해서 손수건으로 코를 풀었다.

"미안하구나.……"

쿠지마 예고로프가 아들을 보면서 중얼거리듯 말했다.

"네가 아니었는데……. 거기에 돈을 둔 걸 새까맣게 잊었구나. 정말 미안하구나."

"괜찮아요. 뭐, 처음 있는 일도 아니잖아요. 신경 쓰지 마세요. 저는 고통에 대해 언제나 준비되어 있어요."

"한 잔 해라. 아플 텐데 좀 참고 견디고……."

세라피온은 한 잔 마시고 나서는 당당하게 일어서서 씩씩하게 밖으로 나갔다.

한참 시간이 흐른 후에도 헌병 포르투나토프는 벌겋게 눈을 부릅뜨고 마당을 왔다 갔다 하면서 말했다.

"계속! 계속 쳐! 계속 때려!"

(1881년)

18
기쁨

밤 12시였다. 너무나 흥분되어 머리도 엉망인 채로 미챠 쿨다로프는 집으로 쏜살같이 뛰어 들어가 온 방을 정신없이 돌아다녔다. 아버지와 어머니는 일찍 잠자리에 들었고, 여동생은 침대에 누워 소설의 마지막 페이지를 넘기고 있었다. 김나지움에 다니는 남동생들은 자고 있었다.

"어디서 오는 길이냐?"

부모는 놀라서 물었다.

"대체 무슨 일이야?"

"묻지 마세요! 전혀 기대도 하지 않았는데! 그래요! 전혀 생각도 못했어요! 아, 이건……이건 정말 믿을 수 없는 일이에요!"

미챠는 한바탕 크게 웃고는 안락의자에 앉았다. 너무 행복해서 서 있을 힘도 없었다.

"정말 믿을 수가 없어요! 무슨 일이 일어났는지 상상도 못하실 거예요. 이걸 한번 보세요!"

여동생은 이불을 몸에 두른 채 침대에서 뛰어나와 오빠에게 다가갔고, 남동생들도 잠에서 깨어났다.

"도대체 무슨 일이니? 왜 이렇게 호들갑이니?"

"어머니! 너무 기뻐서 그래요! 이제 온 러시아가 저를 알게 되었다고요! 나라 전체가요! 예전에는 십사등 문관 드미트리 쿨다로프가 이 세상에 존재한다는 것을 단지 우리 가족만 알았지만, 이제 온 나라가 알게 되었다고요! 어머니! 오, 하나님!"

미챠는 벌떡 일어나 방을 뛰어다니다가 다시 앉았다.

"대체 무슨 일이 일어난 거니? 알아듣게 말 좀 해봐!"

"우리 가족은 신문도 보지 않고 거기에 난 사건들에 전혀 관심도 가지지 않는 야만적인 삶을 살고 있군요. 신문에 중요한 사건이 얼마나 많이 실리는데! 무슨 일이 일어나기만 하면 즉시 모두가 알게 되고 감출 것이 없는 세상이라고요! 오, 하나님! 제가 얼마나 행복한지 모르실 거예요! 유명한 사람들의 얘기만 나는 신문에, 바로 그 신문에 저에 대한 기사가 났단 말입니다!"

"뭐? 네가? 어디에?"

아버지는 얼굴이 창백해졌다. 어머니는 성상(聖像)을 보며 성호를 그었다. 늘 그랬듯이 똑같은 짧은 잠옷을 입고 있던 남동생들은 침대에서 벌떡 일어나 형에게 다가갔다.

"그래요! 저에 대한 기사가 인쇄되었단 말입니다! 이제 전 러시아가 저를 알게 되었다고요! 어머니! 이 신문을 잘 간직해두세요!
가끔씩 읽어보시고요! 여길 한번 보세요!"

미챠는 주머니에서 신문을 꺼내서 아버지에게 건네고 파란색
연필로 표시해둔 부분을 손가락으로 가리켰다.

"읽어보세요!"

아버지는 안경을 꺼내 썼다.

"읽어보시라니까요!"

어머니는 성상을 바라보며 성호를 그었다. 아버지는 기침을 하
고 읽기 시작했다.

12월 29일 밤 11시, 14등 문관* 드미트리 쿨다로프는

"봤죠? 봤죠? 계속 읽으세요!"

14등 문관 드미트리 쿨다로프는 말라야 브론나야 거리에 있는
한 맥주 집에서 술이 거나하게 취한 상태로 나오다가

"그때 저는 세몬 페트로비치와 함께 있었어요. 아주 자세하게
다 쓰여 있어요! 계속하세요! 어서요! 들어봐요!"

● 14 문관 혁명 전 러시아의 문관 관직은 14등관까지 있었다.

술이 거나하게 취한 상태로 나오다가 미끄러져 유흐노프스키 군의 두르이키나 마을의 농부 이반 드로토프가 세워둔 마차의 말 밑으로 넘어졌다. 그 마차에는 모스크바의 제2급 상인 스테판 루코프가 타고 있었는데, 놀란 말은 쿨다로프를 뛰어넘어 마차를 끌고 거리를 질주했으나 수위들에 의해 붙잡혀 곧 진정이 되었다. 처음에 의식을 잃은 쿨다로프는 경찰서로 옮겨져 의사의 진단을 받았다. 목덜미에 타격을 입은 쿨다로프는

"아버지, 그건 수레 끌채에 맞은 거예요! 계속요! 계속 읽으세요!"

목덜미에 타격을 입은 쿨다로프는 가벼운 부상으로 판명되었다. 이 사건에 대해 조서가 꾸며지고 있다. 부상자는 치료를 받고 있고

"목덜미를 찬 물수건으로 찜질하라고 하더군요. 이제 다 읽었죠? 예! 바로 이겁니다! 이제 러시아 전역으로 소문날 겁니다! 신문 이리 주세요!"

미챠는 신문을 낚아채더니 접어서 주머니 속에 넣었다.

"마카로프에게 달려가서 보여줄 거예요. 이바니츠키, 나탈리야 이바노브나, 아니심 바실리이치에게도 보여줘야 해요. 얼른 가야겠어요! 다녀올게요!"

미챠는 휘장이 달린 모자를 쓰고 의기양양하고 기쁜 표정으로 거리로 쏜살처럼 뛰쳐나갔다.

(1883년)

19
세상에
보이지 않는
눈물

"자, 고귀하신 여러분! 지금 우리가 저녁을 먹을 수 있다면 참 좋을 텐데 말입니다."

 전신주처럼 호리호리하게 키가 큰 육군 중령이자 부대장인 레브로테소프가 8월의 어느 어두운 밤에 일행과 클럽을 나오면서 말했다.

 "훌륭한 도시, 예를 들면 사라토프* 같은 곳의 클럽에서는 항상 저녁을 먹을 수 있는데 우리가 살고 있는 이곳, 악취 나는 우리의 체르뱐스크*의 클럽에서는 파리가 떠다니는 보드카와 차 이외에는 아무것도 먹을 게 없단 말입니다. 술 마실 때 안주가 없는 것보다 나쁜 것이 또 어디 있단 말입니까!"

 ● 사라토프 러시아 동남부의 대도시.
 ● 체르뱐스크 러시아 중남부의 작은 시골마을.

"그렇습니다. 지금 뭔가 근사한 걸 먹을 수 있으면 좋으련만……."

신학교 학생주임인 이반 이바느이치 드보예토치예프가 바람을 피하려고 불그스레한 외투로 몸을 감싸면서 맞장구쳤다.

"지금이 새벽 두 시라서 선술집은 문 닫았겠지만, 정어리나 버섯 요리나 아니면 뭐 그런 근사한 것을 맛보면 좋으련만……."

허공에다 손짓을 해대며 입맛을 다시는 그의 얼굴을 보건대, 무언가 먹는 것을, 아마 매우 맛있는 음식을 먹는 유쾌한 상상을 하고 있는 듯 보였다. 일행은 멈춰 서서 생각하기 시작했다. 생각하고 또 생각했지만 먹을 수 있는 곳을 찾아내지 못하고 상상만 잔뜩 해대기 시작했다.

"어제 저녁 저는 골로페소프 씨 집에서 고급 칠면조를 먹었습니다!"

경찰서장의 회계담당 보좌관인 프루지나 프루진스키가 한숨을 쉬며 말했다.

"그런데 여러분. 혹시 바르샤바에 가보신 적이 있습니까? 그곳에서는 희한한 것도 다 요리하더군요. 민물 붕어를, 그러니까 아직 살아 있는, 살아서 펄떡펄떡 뛰는 놈들을 잡아다가 우유 통에 넣더군요. 우유에 하루 정도 넣어두었는데도 그놈들은 계속 살아 움직이더라고요. 그런 다음 그놈들을 스메타나*에 절여서 지글지글거

● 스메타나 우유를 발효·농축시킨 러시아 전통 음식.

리는 프라이팬에 볶으면, 여러분, 파인애플 따윈 필요 없을 정도로 달콤합니다! 반드시, 특히 럼주를 마시면서 먹어야 합니다. 그렇게 먹으면 취하지도 않고 향기도 정말 죽여줍니다!"

"거기에 소금에 절인 오이*를 곁들인다면……."

레브로테소프가 진심 어린 마음으로 말을 거들었다.

"우리 부대가 폴란드에 주둔하고 있을 때에는 한 번에 이백 개의 만두를 넣고 끓인 적도 있었죠. 그것을 꺼내 커다란 접시에 놓고 후춧가루를 뿌리고 파슬리와 회향풀*을 곁들이며……. 아, 말로는 정말 표현할 수 없습니다!"

레브로테소프는 1856년에 트로이츠키 사원*에서 먹은 철갑상어 수프를 기억해냈다. 그 수프를 대단히 맛있게 먹었던 기억에 부대장은 갑자기 생선 냄새를 느끼면서 무의식적으로 입맛을 다셨다. 그래서 자신의 덧신이 진흙탕에 빠진 것도 알아채지 못했다.

"안 돼, 안 되겠어!"

그가 말했다.

"도저히 더 이상 참을 수가 없군! 집에 가서라도 해결해야겠어. 여러분, 우리 집으로 가십시다! 갑시다! 럼주를 마시고 근사한 안주를 먹읍시다. 오이지와 소시지……. 사모바르도 끓이고. 어때

- 절인 오이 소금에 절인 오이는 러시아인이 좋아하는 술안주 중 하나이다.
- 회향풀 미나리과의 식용 풀. 포도주, 피클, 빵, 소스, 카레 등의 부향제로 쓰이며 생선의 비린내, 육류의 느끼함과 누린내를 제거할 때 쓰기도 한다.
- 트로이츠키 사원 모스크바 근교의 세르기예프 포사드 시에 있는 사원. 정식 명칭은 성 트로이츠키 세르기예프 사원으로 1337년에 설립되었으며 현재 유네스코 세계 문화유산으로 등록되어 있다.

요? 먹고 마시면서 꼴 보기 싫은 놈들 욕도 좀 하고, 왕년에 놀았던 얘기도 좀 해봅시다. 마누라가 자고 있으니, 깨우지는 말고. 조용히 갑시다!"

그 초대가 불러일으킨 환희를 묘사할 필요는 없겠지만, 독자들에게 레브로테소프가 그날 밤처럼 손님에게 호의를 베푼 적이 단한 번도 없었다는 것은 이야기하고 싶다.

"네 놈의 귀를 비틀어버릴 테다!"

부대장은 손님들을 집으로 데리고 와서는 어두운 현관에서 잠을 자고 있던 당직병에게 말했다.

"대체 몇 번을 말해야 알아듣겠나? 이 한심한 놈아! 현관에서 잠을 잘 때는 항상 방향제를 피우라고 했잖아! 바보 같은 놈! 가서 사모바르를 끓이고 이리나에게 말해서 술 창고에 가서 오이와 무 좀가져오라고 해. 그리고 정어리도 좀 손질하고……. 양파와 함께정어리를 절이고 회향풀도 좀 뿌리고……. 감자는 둥글둥글하게썰고……. 사탕무도 그렇게 하고……. 알지? 기름과 식초로 잘버무리고 겨자도 좀 치고 위에는 후춧가루도 좀 뿌리고……. 곁들일 음식도 좀 준비하고, 그러니까 알겠지?"

레브로테소프는 미처 말로 다 하지 못한 식재료와 첨가물을 손짓과 발짓, 그리고 얼굴 표정으로 설명하면서 지시했다. 손님들은덧신을 벗고 어두운 홀로 들어갔다. 집주인이 성냥에 불을 붙이자유황 냄새가 코를 찔렀고 벽이 보였다. 홀의 벽에는 잡지 《니바》*의 부록으로 받은 베니스의 경치가 있는 그림들과 작가 라제츠니코프*의 초상화와 매우 놀란 눈을 하고 있는 어떤 장군의 초상화가 걸려 있었다.

"자, 이제 우리는……."

집주인이 접이식 탁자를 조용히 펼치면서 속삭였다.

"탁자를 펼쳤으니 앉도록 하시죠. 아내 마샤가 오늘 좀 아픕니다. 양해의 말씀을 미리 드립니다. 여자들이란 좀……. 의사 구신이 말하기를 정진(精進)* 기간의 음식만 먹어서 그렇다더군요. 정말 당연한 일 아닙니까! 아내에게 말했죠. '여보, 입으로 들어오는 게 아니라 입에서 나가는 게 중요한 거야. 정진 음식도 먹어. 그러나 예전처럼 식욕을 돋우는 음식도 먹으라고. 만일 당신의 육체에 고통을 주는 것이 낫다고 생각한다면 괴로워하지 말고 아프다는 말도 꺼내지 말고.' 그러나 아내는 제 말을 듣지도 않고 이렇게 말하더군요! '어릴 때부터 지켜오던 거라고요'라고 말이죠."

당직병이 들어와서 목을 길게 빼고 뭔가를 주인의 귀에 대고 말했다. 레브로테소프는 눈썹을 찡그렸다.

"음……."

그는 웅얼거렸다.

"음, 그렇단 말이지. 뭐, 별일 아닙니다. 잠시만……. 마샤가 하인들 때문에 술 창고와 찬장의 문을 잠그고는 열쇠를 가져갔다고

- 니바 1869년부터 1918년까지 페테르부르크에서 매주 발간되어 인기를 얻었던 문학·정치 잡지.
- 라제츠니코프 Ivan Ivanovich Lazhechnikov(1792~1869), 러시아 역사 소설가.
- 정진 술, 고기, 기름진 음식을 삼가며 경건과 절제에 힘쓰는 러시아정교의 의식.

합니다. 가서 가져와야겠는데……."

레브로테소프는 발뒤꿈치를 들고는 조용히 문을 열고 아내에게 다가갔다. 그녀의 아내는 자고 있었다.

"마센카!●"

그가 말했다.

"일어나 마슈냐, 잠시만!"

"누구야? 당신이에요? 무슨 일이에요?"

"나야, 마센카. 그러니까 저……. 나의 천사여, 내게 열쇠를 좀 줘. 걱정하지 말고……. 그리고 그냥 계속 자. 내가 알아서 할 테니깐. 사람들에게 오이만 좀 주고 더 이상은 아무것도 안 줄 거야. 더 이상 준다면 내가 천벌을 받을 거야! 당신 드보예토치예프 알지? 프루지나 푸르진스키와 몇 사람 더 있는데, 모두 훌륭한 사람들이야. 사회에서 존경받는 인사들이고. 프루진스키는 블라지미르 사급 훈장●도 받았어. 그는 당신을 정말 존경하고 있어."

"당신 어디서 이렇게 술을 퍼마신 거예요?"

"이런, 당신 벌써 화를 내는군. 정말로 당신은……. 사람들에게 오이지만 줄 거라고. 그게 다야. 그리고 갈 거라고. 내가 다 대접할 거고 당신을 귀찮게 하지 않을 거라고. 당신은 그냥 아름다운 인형처럼 누워서 자. 참, 당신 몸은 좀 어때? 의사가 다녀갔어? 손에 키

● 마센카 마샤, 마센카, 사슈냐 등은 모두 마리야의 애칭.
● 블라지미르 훈장 1782년부터 시행되어 1917년 혁명 전까지 유지된 러시아 황실에서 수여하던 훈장. 키예프 루시의 블라지미르 대공의 이름을 기념하며, 주로 전쟁에서 공을 세우거나 국가에 유익한 활동한 사람에게 수여하는 것으로서 1~4급까지의 등급이 있다.

스해줄까? 음……손님들 모두 당신을 정말로 존경하고……. 드보예토치예프는 성직자이고, 알겠지만……. 프루지나는 회계 담당관이야. 모두들 당신에 대해 말하기를 '마리야 페트로브나는 단순한 여성이 아니라 뭔가 쉽게 이해할 수 없는, 우리 군에서 가장 밝게 빛나는'이라고 하더군."

"그냥 자기나 해요! 실없는 소리 그만하고요! 저런 게으름뱅이들과 어울려 클럽에 가서 잔뜩 취해가지고서는 밤새 거리를 배회하다니! 아이들 보기에 부끄럽지도 않으세요!"

"애들이야, 뭐. 당신 너무 화내지 말라고, 마네치카. 슬퍼하지 마. 나는 당신을 고귀하게 생각하고 정말로 사랑해. 아이들은 내가 잘 양육할 거야. 미챠는 김나지야에 보낼 거고. 그런데 난 지금 저 사람들을 쫓아내지 못한단 말이야. 입장이 곤란해. 우리 집에 와서 먹을 것을 부탁하고 있는데 말이야. '먹을 것 좀 주시오' 하고 있는데……. 드보예토치예프, 프루지나 프루진스키는 정말로 좋은 사람들이야. 당신을 연모하고 존중하고 있단 말이야. 오이나 좀 주고, 럼주도 조금 주고……. 나머지는 그냥 내가 다 알아서 대접할게."

"마치 무슨 벌을 받고 있는 것 같군요! 당신 정말 미치광이 아녜요? 이런 시간에 누가 손님으로 온단 말예요? 한밤중에 찾아와 사람을 괴롭히는 그 사람들은 정말 부끄럼도 모르는 너절한 인간들 아닌가요? 대체 이런 밤에 손님으로 오는 경우가 어디 있단 말이에요? 여기가 무슨 자기네들 술집인 줄 아는 모양이지? 열쇠를 당신에게 준다면 난 정말 바보가 될 거예요! 여기서 잠을 자면 내일 또 올 거란 말이에요!"

"음……. 그렇게 말한다 이거지. 당신한테 엎드려 사정하는 건 그만해야겠군. 그러니까 당신은 성경에 쓰인 것처럼 자신의 남편을 위로하고 삶의 동반자가 되기 위해 시집온 게 아니란 말이군. 그러니까 점잖지 못하게 표현한다면 당신은 전생에 뱀이었고 지금도 뱀 같은 여자군."

"아, 아. 그런 험한 말로 나를 위협하는 건가요?"

아내는 몸을 조금 일으키더니 남편에게……. 부대장은 자신의 뺨을 어루만지면서 계속 말했다.

"메르시. 내가 어떤 잡지에서 읽은 진리가 생각나는군. '세상에 내려온 천사는 아내가 될 수 없고, 집에서 남편과 같이 살면 사탄이 된다.'●정말 진리야. 당신은 전생에 사탄이었고 지금도 사탄이야."

"당신 정말로!"

"쳐, 또 치라고. 하나밖에 없는 남편을 때리라고! 여보, 내 이렇게 무릎을 꿇고 부탁할게, 애원한다고. 마센카! 날 용서해줘! 열쇠를 달라고! 마네치카! 천사여! 이 잔인한 여자야, 사람들 앞에서 날 웃음거리로 만들지 말라고! 이 야만적인 여자야, 대체 언제까지 날 괴롭게 할 거야? 치라고, 때려! 메르시. 여보, 정말 마지막으로 간

● 19세기의 보드빌 작가인 렌스키가 프랑스 희극을 개작해 만든 보드빌 작품의 제목.

청할게!"

그런 식으로 부부의 대화는 계속 이어졌다. 레브로테소프는 무릎을 꿇었고, 두 번 울었고, 욕을 했고, 또 자신의 뺨을 어루만졌고……. 결국 그 일은 아내가 일어나서 침을 튀기며 이야기하는 것으로 끝이났다.

"내 괴로움의 끝이 보이지 않는 것 같군요! 탁자에서 옷을 주세요! 불한당 같은 사람!"

레브로테소프는 아내에게 옷을 정중하게 건네주었고, 자신의 머리를 단정히 하고는 손님들에게 갔다. 손님들은 장군의 초상화 앞에 서서 그의 놀란 눈을 바라보면서 질문을 던졌다. 장군과 작가 라제츠니코프 중 누가 더 나이가 많은가? 드보예토치예프는 라제츠니코프 편을 들었다. 프루진스키도 그의 불후의 명성에 기대어 말했다.

"그가 좋은 작가였다는 것은 논쟁의 여지가 없습니다. 독자를 즐겁게도 슬프게도 만들었죠. 그를 전쟁터에 보낸다면 중대도 그와 비교될 수 없을 겁니다. 그런데 만약 장군에게 군단 전체를 준다고 해도 그는 별로 하는 게……."

"저의 아내가 지금……."

주인이 들어오면서 논쟁이 중단되었다.

"이제 곧……."

"우리가 정말로 당신을 성가시게 하는군요, 표도르 아키므이치. 그런데 당신 뺨은 왜 그렇습니까? 이런 당신 눈 밑에 시퍼런 멍이

들었군요! 대체 어디서 이런 대접을 받은 겁니까?"

"뺨이요? 뺨 어디에?"

주인이 당황했다.

"아, 그렇군요! 좀 전에 마샤에게 살며시 다가가 그녀를 놀래주려다 어둠 속에서 그만 침대에 부딪혔지 뭡니까! 하하하. 자, 우리 마네치카가 오는군요. 자다 깨서 좀 단정치 못하군요. 마뉴냐! 여러분, 정결한 루이스 미셸*입니다!"

마리야 페트로브나가 잠에서 덜 깬 상태로 머리가 엉클어진 채홀 안으로 들어왔다. 그러나 그녀의 얼굴은 밝게 빛났고 즐거워 보였다.

"이렇게 들러주시다니 정말로 좋군요!"

그녀가 말했다.

"낮에 오시지 않고 밤에 남편에게 끌려 오셨으니 남편에게 정말 감사하다고 말해야겠군요. 막 잠이 들었는데 목소리를 듣고는 '대체 누가 감히 이 밤에?' 라고 생각했죠. 페쟈는 저에게 나오지 말고 그냥 자라고 했지만 도저히 그냥 있을 수가 없어서요!"

아내는 부엌으로 달려가서 저녁을 준비하기 시작했다.

"결혼을 한다는 것은 정말 좋은 일이군!"

1시간 후 일행과 함께 부대장의 집에서 나오면서 프루지나 푸르진스키가 한숨을 쉬며 말했다.

● 루이스 미셸 Louise Michel(1830~1905). 파리코뮌을 주도적으로 이끌었던 여성 혁명가이자 작가.

"먹고 싶을 때 먹고 마시고 싶을 때 마실 수 있으니……. 자네를 사랑해주는 존재가 있고, 피아노로 근사한 노래를 연주해주기도 한다면 레브로테소프는 정말 행복하겠군!"

드보예토치예프는 침묵했다. 그는 한숨을 쉬며 생각했다. 집으로 돌아와 옷을 벗으면서 그는 다시 크게 한숨을 쉬며 자고 있는 아내를 깨웠다.

"장화 소리로 시끄럽게 하지 마! 이 한심한 인간아!"

아내가 말했다.

"잠을 잘 수가 없잖아! 클럽에서 술 처먹고 돌아와서는 소란을 피우다니, 이런 한심한 인간 같으니!"

"당신은 아는 게 욕밖에 없군!"

신학교 학생주임은 한숨을 쉬었다.

"레브로테소프 부부가 사는 걸 한번 보라고! 어떻게 사는지 말이야! 그들이 사는 걸 보면 감격스러워 눈물이 다 날 지경이야. 나 혼자만 이런 마귀할멈과 살다니, 난 정말로 불행한 인간이야! 저리가!"

학생주임은 담요를 덮고는 마음속으로 자신의 운명을 불평하다가 잠이 들었다.

(1884년)

20

길 잃은
자들

칠흑 같은 밤의 어둠이 별장촌에 드리워졌다. 종각에서 새벽 1시를 알리는 종소리가 들렸다. 변호사인 코자프킨과 라예프는 기진맥진해 비틀거리며 숲에서 나와 별장*촌으로 향하고 있었다.

"어휴, 다행이야, 거의 다 왔네."

코자프킨이 잠시 숨을 돌리며 말했다.

"우리 같은 사람들이 오 베르스타나 떨어진 간이역부터 걸어서 이곳까지 온 것은 정말 대단한 일이야. 지쳐서 죽을 것 같군! 젠장! 마차 한 대도 없다니⋯⋯."

"이보게, 페챠. 난 더 이상 못 가겠어! 만일 오 분 후에 침대에 눕

● 별장 '다차'는 19세기 중반 러시아에서 주로 여름과 겨울 휴가 등을 보내기 위해 도시 근교에 마련한 집을 의미한다. 우리말로 '별장'이라 번역되지만, '다차'는 일반 민중도 널리 이용한 채소나 과일 등을 키울 수 있는 텃밭이 딸린 작은 집들이 주를 이룬다.

지 못한다면 난 아마 죽을 것 같네."

"침대에 눕다니? 말도 안 되는 소리 하지 말게, 친구. 도착하면 우선 식사를 하면서 붉은 포도주를 마시자고. 그런 다음 침대에 누워야지. 나와 베로츠카는 자네가 그냥 잠들게 내버려두지 않을 걸세. 이보게, 친구. 결혼생활이 얼마나 좋은지 자네처럼 무뚝뚝한 사람은 아마 이해 못할걸세! 지금처럼 이렇게 피곤하고 지친 상태로 집에 들어가면 사랑스런 아내가 반겨주고 차와 먹을 것을 내어오면서 내가 일터에서 고생한 것에 대해 고마워하지. 검은 눈망울로 나를 사랑스럽고 상냥하게 쳐다보면, 아! 여보게, 강도 사건이나 재판정에 있었던 골치 아프고 피곤한 일들은 다 잊어버리게 되지. 기가 막히지!"

"알겠네. 그런데 지금 다리가 부러질 것 같네. 더 이상 걸을 수 없을 것 같아. 목이 말라 미칠 것 같네."

"자, 다 왔네. 여기가 우리 집일세."

두 친구는 별장 중의 한 집으로 다가가서 창문 밑에 멈추어 섰다.

"정말 멋진 집이지 않는가!"

코자프킨이 말했다.

"아침이 되면 이곳이 얼마나 멋진지 알게 될걸세! 어두워서 집 안이 보이질 않는군. 베로츠카는 기다리는 것을 싫어해서 아마 먼저 자고 있을걸세. 잠자리에 들면서 내가 옆에 없어서 괴로워했을 거야. (지팡이로 열려 있는 창문을 활짝 열어젖힌다.) 잘 때 창문을 잠그지 않다니 정말 겁 없는 여자이지 않는가! (외투를 벗어 서류가방과 함께 집 안으로 던져 넣는다.) 덥군! 자, 세레나데를 불러 그녀를 깨워볼까! (노래를 부른다.) '밤하늘을 따라 달이 흘러가고*……' '바람은 산들산들 불어오고 바람은 살랑살랑 흔들리고*……' 알료사! 자네도 노래를 한번 불러보게! 베로츠카, 슈베르트의 세레나데를 불러줄까? (노래를 부른다.) '나의 노래가 기도가 되어 울려 퍼지고-고-고-오*……' (기침으로 경련이 일어나 목소리가 갈라진다.) 제길! 베로츠카, 악시냐에게 말해 뒷문을 좀 열어놓으라고 해! (침묵) 베로츠카! 꾸물대지 말고 일어나, 여보! (벽돌 위에 서서 집 안을 들여다본다.) 베로츠카, 여보! 나의 작은 천사여, 나의 멋진 아내여! 어서 일어나서 악시냐에게 뒷문을 좀 열어달라고 해줘! 잠 좀 그만 자고! 여보, 제발! 우리 지금 너무 피곤해서 농담할 기운도 없어. 역에서부터 걸어왔단 말이야! 대체 지금 내 말을 듣고 있는 거야 마는 거야? 이런 젠장! (창문을 넘어 안으로 들어가려고 하다가 떨어진다.) 손님이 왔는데 장난이 심하잖아! 여보, 베라,* 당신이 예전 기숙사 여학생 시절처럼 장난을 치고 싶어 하는 마음은 알겠지만……."

"베라 스테파노브나는 자고 있는 모양일세!"

라예프가 말했다.

● 당시 유행했던 작곡가 실로프스키(Vladimir Stepanovich Shilovsky, 1852~1893)의 유명한 세레나데의 한 구절.
● 당시 유행한 집시들의 노래인 〈바람〉의 한 구절.
● 슈베르트가 렐슈타프(H. F. Ludwig Rellstab,1799~1860)의 시에 노래를 부친 〈세레나데〉의 한 구절.
● 베라 베로츠카의 애칭.

"자지 않고 있어! 그녀는 아마도 내가 소란을 피워 온 이웃을 깨우길 바라는 모양일세! 베라! 나 이제 화가 나기 시작했어! 이런 제길! 알료샤, 나를 좀 올려주게, 창을 넘어야겠어. 이런, 장난꾸러기 여학생 같으니라고! 라예프, 나를 올려줘!"

라예프는 진땀을 빼면서 코자프킨을 들어서 올려주었다. 코자프킨은 창을 넘어 들어갔지만 방 안의 어둠 때문에 모습이 보이지 않았다.

"베르카!●"

잠시 후 라예프는 코자프킨의 목소리를 들었다.

"당신, 어디 있는 거야? 제길. 이런 빌어먹을, 손에 뭐가 묻었잖아! 에이, 퉤!"

창밖으로 필사적인 닭의 울음소리와 날개를 퍼덕이는 소리가 들려왔다.

"이게 뭐야?"

라예프는 코자프킨의 목소리를 들었다.

"베라, 이 닭들은 대체 뭐야? 이런 젠장! 정말 화가 치미는군! 칠면조가 바구니 속에 있다니……. 이 빌어먹을 놈이 주둥이로 나를 쪼아대고 있잖아!"

창밖으로 닭 두 마리가 있는 힘껏 울어대며 튀어나오더니 쏜살같이 거리로 달려 나갔다.

● 베르카 베로츠카의 애칭.

"알료샤, 우리가 집을 잘못 찾아온 모양이야!"

코자프킨이 울먹이는 목소리로 말했다.

"이곳에 닭들이 있다니……. 내가 아마도 착각한 것 같아. 젠장! 이리저리 날뛰는군, 이런 빌어먹을 놈들!"

"그럼 빨리 나오게! 이보게, 난 지금 목이 말라 죽을 것 같아!"

"잠시만, 외투와 서류가방을 찾아야 하네."

"성냥으로 불을 밝히게."

"성냥이 외투 주머니에 있네. 대체 내가 왜 이곳으로 기어들어온 거지? 별장이 모두 비슷하게 생겼으니 귀신도 이런 어둠 속에서는 분간 못할 거야. 아야! 칠면조 놈이 또 내 볼을 쪼아댔어! 이 빌어먹을 놈이."

"빨리 나오게, 사람들이 보면 우리가 닭 도둑인 줄 알겠네."

"잠시만 기다리게, 외투를 도저히 찾을 수 없네. 이곳에 넝마 조각 같은 게 여기저기 널브러져 있어서 외투가 어디에 있는지 알 수 없네. 자네 성냥을 이리로 던져주게!"

"나도 성냥이 없네."

"이런 말도 안 되는 상황이! 대체 이게 무슨 일이람? 외투와 서류가방 없이 나갈 수 없네. 그것들을 찾아야 하네."

"어떻게 자신의 별장도 알아보지 못하나, 도저히 이해할 수가 없군."

화가 나서 라예프가 말했다.

"술 취한 낯짝에다……. 일이 이렇게 될 줄 알았다면 절대로 자네와 함께 이곳에 오지 않았을 텐데. 지금쯤 집에 가서 편안하게 잠자고 있었을 텐데, 이곳에 와서 이렇게 고생을 하고 있다 니……. 피곤해 죽을 것 같네. 목도 마르고 머리가 돌 것 같네!"

"잠시만, 잠시만. 죽지는 말게나."

라예프의 머리 위로 커다란 수탉이 울음소리를 내며 날아서 지 나갔다. 라예프는 한숨을 크게 쉬고는 아무 희망도 없다는 듯 손을 가로젓고는 벽돌 위에 앉았다. 갈증으로 목이 타들어갔고 눈이 감 기면서 머리가 아래로 떨어뜨렸다. 5분이 지나고 10분이 지나고 마침내 20분이 지났지만 코자프킨은 여전히 닭들과 씨름하고 있 었다.

"표트르,• 아직도 멀었는가?"

"잠시만……. 서류가방을 찾았는데 다시 잃어버렸다네."

라예프는 손으로 턱을 괴고 눈을 감았다. 닭 울음소리는 더욱 커 졌다. 빈 집에 있던 닭들이 한 마리씩 창밖으로 날아 지나갈 때마 다 라예프는 마치 부엉이들이 어둠 속에서 자신의 머리 주변을 맴 돌고 있는 것처럼 느껴졌다. 귓가에 계속 맴도는 닭 울음소리 때문 에 그의 마음에는 공포감마저 감돌았다.

'개자식!'

그는 생각했다.

'집에 가자고 초대해서 잘 숙성된 포도주를 대접해준다고 약속

• 표트르 폐차의 원래의 이름.

하더니만, 역에서 여기까지 걸어오게 만들지를 않나, 닭 울음소리를 듣게 하지를 않나.'

분노에 휩싸인 라예프는 턱을 옷깃에 집어넣고 자신의 서류가방에 머리를 대더니 조금씩 안정을 찾기 시작했다. 피로가 몰려와 그는 잠에 빠져들기 시작했다.

"서류가방을 찾았어!"

코자프킨의 환희에 찬 목소리가 들렸다.

"이제 외투만 찾으면 돼. 이제 다 됐네. 가자고!"

그러나 라예프는 잠결에 개 짖는 소리를 들었다. 처음에는 개 한 마리만 짖더니 두 마리, 세 마리……. 개 짖는 소리와 닭 우는 소리가 혼합되어 어떤 기괴한 음악 소리가 들리는 것 같았다. 누군가 라예프에게 다가와 무슨 일이 벌어지고 있는지를 물었다. 잠시 후 라예프는 다시 자신의 머리 위로 뭔가 날아다니는 소리, 두드리는 소리, 외치는 소리 등을 들었다. 빨간색 앞치마를 입은 여자가 손에 등불을 들고 그에게 다가와 무슨 일이 벌어지고 있는지를 물었다.

"당신은 결코 이것에 대해 말할 권리가 없소!"

라예프는 코자프킨의 목소리를 들었다.

"저는 변호사이며 법학박사 코자프킨이오. 자, 여기 명함이 있소!"

"당신의 명함이 무슨 소용이오?"

누군가 신경질적인 목소리로 말했다.

"당신은 내 닭들을 모두 쫓아냈고 달걀들을 모두 부서놓았소! 당신이 무슨 짓을 했는지 한번 보시오! 오늘이나 내일이면 칠면조 새끼들이 부화되는데 당신이 다 망쳐놓았소! 고귀하신 양반! 대체 당신의 명함이 내게 무슨 소용이 있단 말이오?"

"당신은 나를 구속할 권리가 없소! 그렇소! 나는 결코 이것을 용납하지 않을 것이오!"

'목이 마르다.'

라예프는 눈을 뜨려고 노력하면서 창문을 넘어 그의 머리 위로 누군가가 기어 나오는 것을 느끼면서 생각했다.

"나는 코자프킨이고 이곳은 나의 별장이오. 이곳 사람들은 모두 나를 알고 있소."

"나는 이곳에서 한 번도 코자프킨이라는 이름을 들어본 적이 없소!"

"당신 대체 무슨 소리를 하는 거요? 촌장을 불러오시오! 그는 나를 알고 있소!"

"흥분하지 마시오. 지금 경찰이 오고 있소. 나는 이곳의 모든 사람을 알고 있는데 당신은 한 번도 본 적이 없소."

"나는 벌써 오 년째 이곳 그닐르예 브이셀키 마을의 별장에 살고 있단 말이오!"

"어허! 그닐르예 브이셀키라고요? 이곳은 힐로보요. 그닐르예 브이셀키는 오른쪽으로 더 올라가서 성냥공장 뒤에 있소. 여기서 사 베르스타를 더 가야 되오."

"이런, 빌어먹을! 그러니까 내가 길을 잃어버렸단 말이군!"

사람들의 외침소리, 닭 울음소리, 개 짖는 소리가 섞인 기묘한 소리가 들리는 가운데 코자프킨의 목소리가 울려 퍼졌다.

"당신들은 나를 잡아둘 수 없소! 모두 다 변상하겠소! 당신들이 지금 누구와 상대하고 있는지 알게 될 거요!"

마침내 목소리들은 조금씩 잦아들기 시작했다. 라예프는 누군가가 자신의 어깨를 흔들어 깨우는 것을 느꼈다.

(1885년)

21

이발소에서

아침이었다. 채 일곱 시도 되지 않았는데 마카르 쿠즈미치 브레스트킨의 이발소는 이미 문을 열었다. 스물세 살의 젊은 이발소 주인은 잘 씻지 않아서 기름기로 더러워진 얼굴을 하고 있었지만, 나름대로 맵시 있게 옷을 입고 청소를 하고 있었다. 실제로 청소할 필요는 없었다. 그러나 그는 땀을 흘려가며 열심히 청소했다. 걸레로 한쪽 구석을 닦아내기도 하고, 손가락으로 한쪽 구석의 때를 벗겨내기도 하고, 한쪽 벽에 붙어 있는 빈대를 찾아내 쳐내기도 했다.

이발소는 작고 좁고 불결했다. 통나무로 만든 벽에는 마부들이 입는 빛바랜 루바하*를 생각나게 하는 벽지가 붙어 있었다. 뿌옇

---

* 루바하 소매가 넓은 러시아 전통 남성용 상의.

고 얼룩진 두 개의 창문 사이에 얇고 삐거덕거리는 낡아빠진 작은 문이 있었고, 문에는 별다른 이유 없이 저절로 병적으로 울리는 습기 때문에 녹색으로 변한 초인종이 매달려 있었다. 만약 벽에 매달려 있는 거울 중 하나로 비춰본다면, 당신의 얼굴은 무자비한 모습으로 비틀려질 것이다! 마카르는 그 거울 앞에서 머리를 자르거나 면도를 한다. 마카르 쿠즈미치처럼 더럽고 기름투성이인 작은 탁자에는 빗, 가위, 면도기, 싸구려 머릿기름, 싸구려 화장용 분, 독한 냄새가 진동하는 싸구려 화장수 등이 놓여 있었다. 이발소 안에 비치된 용품은 다 합쳐서 15코페이카*도 되지 않아 보였다.

문에 달린 변색된 초인종의 쇳소리가 울려 퍼지며 이발소 안으로 가죽질이 잘된 모피 반코트를 입고 펠트 장화를 신은 중년 남성이 들어왔다. 그는 목과 머리에 여성용 숄을 감고 있었다.

그는 마카르 쿠즈미치의 대부(代父)인 에라스트 이바노비치 야고도프였다. 그는 교회의 수위로 일한 적도 있었는데 지금은 크라스느이 프루드* 근처에서 살며 철물공으로 일하고 있었다.

"잘 있었나, 사랑하는 마카루쉬카!*"

그는 청소에 열중해 있는 마카르 쿠즈미치에게 말했다.

볼 인사를 나눈 뒤 야고도프는 머리에서 숄을 걷어내고 성호를 긋고는 의자에 앉았다.

● 코페이카 러시아 화폐 단위. 1루블=100코페이카.
● 크라스느이 프루드 모스크바 동쪽에 위치한 오래되고 큰 연못. '크라스느이 푸루드'는 '붉은 연못'이라는 뜻이지만, '붉은'이란 뜻의 '크라스느이'는 '아름다운'이라는 의미에서 변형된 말이기에 '아름다운 연못'이라는 의미를 가진다.
● 마카루쉬카 마카르의 애칭.

"정말 멀기도 하구먼!"

불평 섞인 목소리로 그가 말했다.

"장난이 아닐세. 크르스느이 프루드에서 칼루지스키이 바로트*
까지 말이야."

"어떻게 지내셨습니까?"

"좋지 않았네. 열병이 나서 말이야."

"저런, 열병이라니요!"

"열병에 걸렸다네. 한 달 동안 누워 있으면서 죽는구나 하는 생
각이 들었네. 도유식*을 받았네. 열병 때문인지 머리카락이 빠지
고 있네. 의사 말로는 머리카락이 새로 나면 더 이상 빠지지 않겠
지만 지금은 아예 밀어버리라고 하더군. 그래서 이런 생각이 떠올
랐어. '마카르에게 가자' 하고 말이야. 다른 사람에게 가는 것보다
아는 사람에게 가는 게 훨씬 낫지. 돈 안 들이고 머리를 깎을 수 있
으니 얼마나 좋은가 말이야. 좀 멀기는 하지만 뭐, 문제 되겠는가?
산책 삼아 왔지."

"잘 오셨습니다. 자, 이리로 앉으세요."

마카르 쿠즈미치는 경례를 하듯 발뒤꿈치를 가볍게 치더니 의
자를 가리켰다. 야고도프는 의자에 앉아 거울에 비친 자신의 모습
을 보았다. 아마도 거울 속의 모습에 만족함을 느낀 듯 보였다. 거

● 칼루지스키이 바로트 모스크바 남쪽에 위치한 거리. 실제로 크라스느이 프루드는 칼루지스키
이 바로트까지 걷기에는 상당히 멀다.
● 도유식 塗油式. 온몸에 기름을 바르고 사제로부터 기도를 받아 중병에 걸렸거나 죽어가는 사
람을 낫게 하는 러시아정교의 의식.

울 속에는 칼므이크족* 같은 두툼한 입술에 뭉툭하고 넓은 코, 눈이 이마에 붙어 있는 비뚤어진 낯짝이 보였다. 마카르 쿠즈미치는 고객의 어깨를 누런 얼룩이 있는 하얀 천으로 덮고는 가위 소리를 내기 시작했다.

"모조리 남김없이 깨끗하게 잘라드리겠습니다."

그가 말했다.

"자연스럽게 해주게. 타타르인* 같기도 하고 폭탄 모양 같기도 하네. 머리가 많이 자라긴 했지만 말이야."

"아주머닌 안녕하시죠?"

"별일 없어. 잘 살고 있지. 요즘에는 소령 부인 댁에서 일을 봐주지. 돈을 준다고 해서 말이야."

"그렇군요. 돈이라……. 귀를 잡으세요!"

"잡았네. 조심하게, 귀 자르겠어. 어어, 아프잖아! 자네 머리가 죽까지 벗길 셈인가?"

"이 정도는 아무것도 아닙니다. 이 정도도 감수하지 못하면 머리 깎기 힘들죠. 그런데 안나 에라스토브나는 잘 있습니까?"

"내 딸 말인가? 잘 지내지. 요즘 많이 설레어 날뛰고 있을걸세. 지난 주 수요일에 쉐이킨과 언약식*을 했거든. 자네는 왜 오지 않았는가?"

● 칼므이크족 러시아 연방 자치주인 칼므이크 공화국에 거주하는 서몽고민족.
● 타타르인 볼가강, 시베리아 중부 지역에 거주하는 터키계 민족.
● 언약식 딸을 가진 부모가 중매쟁이를 통해 신랑에게 결혼 약속을 하는 러시아 전통 결혼 풍습. 서로 결혼에 대한 약속이 성립되면 그날 저녁 신부의 집에서 잔치를 베풀며 이후 적당한 날을 잡아 결혼식을 올린다.

가위 소리가 멈췄다. 마카르 쿠즈미치는 팔을 내리고 놀란 목소리로 물었다.

"누가 언약식을 했다고요?"

"안나 말일세."

"어떻게 그런 일이? 누구랑요?"

"프로코피 페트로프 쉐이킨과 말일세. 즐라토우스텐스키 거리의 수도원을 관리하는 그의 아주머니가 중매를 섰다네. 좋은 여자더군. 당연히 우리 모두 기뻐했고 일은 잘 진행되었어. 일주일 후에 결혼식을 할걸세. 와서 즐겁게 놀다가게나."

"어떻게 이럴 수가 있습니까, 에라스트 이바노비치?"

창백해지고 놀란 마카르 쿠즈미치가 어깨를 움츠리며 말했다.

"어떻게 이런 일이 생길 수 있습니까? 이건, 이건 절대로 불가능합니다. 안나 에라스토브나는……. 저는……. 정말로 저는 그녀를 마음에 두고 있었고, 계획이 있었습니다. 어떻게 그럴 수가?"

"그렇게 되었네. 사람을 소개받았고 언약식도 치렀네. 좋은 사람이더군."

마카르 쿠즈미치의 얼굴에 식은땀이 흘렀다. 그는 탁자에 가위를 내려놓고 주먹으로 자신의 코를 닦았다.

"계획이 있었는데……."

그가 말했다.

"이건 있을 수 없는 일입니다, 에라스트 이바노비치! 저는 그녀를 사랑했고 진심으로 청혼도 했는데……. 그리고 아주머니도 약속하셨습니다. 저는 항상 당신을 친아버지처럼 존경했습니다. 늘 당신께 공짜로 머리도 깎아드렸는데……. 저는 항상 호의를 베풀었는데……. 아버지가 돌아가셨을 때 오셔서 소파를 가져가셨고, 제게 구 루블을 빌려 가셨는데 아직 돌려주지 않으셨습니다. 기억하십니까?"

"어떻게 기억하지 않을 수 있겠는가! 기억하고 말구. 그런데 자넨 약혼자로서 어떤가, 마카르? 자네가 정말 자격이 있다고 생각하는가? 돈도 없고 지위도 없고 하찮은 기술만 있잖은가?"

"쉐이킨은 부자입니까?"

"쉐이킨은 협동조합에서 일하고 있네. 조합에 천오백 루블의 저당금도 있네. 그런데 자네는……. 이미 다 끝난 일이니 이러쿵저러쿵 하지 말게나. 되돌릴 수 없는 일이야, 마카루쉬카. 다른 여자를 찾아보게. 세상은 넓고 여자는 많이 있네. 자, 이제 머리를 계속 잘라주게. 왜 그렇게 서 있는가?"

마카르 쿠즈미치는 아무 말 없이 움직이지 않고 가만히 서 있더니, 주머니에서 손수건을 꺼내며 울기 시작했다.

"저런, 왜 그러나!"

에라스트 이바노비치가 위로했다.

"그만하게나, 쯧쯧. 여편네처럼 울다니! 내 머리나 다 잘라주고 울게나. 가위를 들게!"

마카르 쿠즈미치는 가위를 집었다. 잠시 아무 생각 없이 가위를 바라보다가 탁자에 떨어뜨렸다. 그의 손이 떨렸다.

"못하겠습니다!"

그가 말했다.

"지금은 할 수 없습니다. 힘이 하나도 없습니다! 저는 불행한 사람입니다! 그리고 그녀도 불행하구요! 우린 서로서로 사랑했고 결혼하기로 약속했는데 무자비한 나쁜 사람들이 우리를 갈라놓았군요. 나가세요, 에라스트 이바노비치. 당신을 더 이상 볼 수가 없습니다."

"그렇다면 내일 다시 오겠네, 마카루쉬카. 내일 마저 잘라주게나."

"알겠습니다."

"마음을 진정시키게나. 내일 아침 일찍 다시 오겠네."

에라스트 이바노비치의 반쪽만 빡빡 잘린 머리는 죄수의 머리와 비슷했다. 머리가 그렇게 된 것이 어색했지만 하는 수 없었다. 그는 머리와 목을 숄로 감고는 이발소를 나왔다. 혼자 남겨진 마카르 쿠즈미치는 조용히 의자에 앉아 계속 울었다.

다음 날 아침 일찍 에라스트 이바노비치가 다시 찾아왔다.

"무슨 용무로 오셨습니까?"

마카르 쿠즈미치가 냉담하게 물었다.

"머리를 마저 잘라주게나, 마카루쉬카. 아직 머리 반쪽이 남아 있네."

"돈을 먼저 내십시오. 이제 공짜로 해드리지 않겠습니다."

에라스트 이바노비치는 한 마디도 하지 않고 도로 나갔다. 지금까지 그의 머리는 반은 길고 반은 짧다. 그는 돈을 주고 머리를 자르는다는 것을 사치스러운 일로 생각해 자른 반쪽이 다 자랄 때까지 기다리기로 했다. 그렇게 그는 결혼식에 참석했다.

(1883년)

22
말에
관련된 성

퇴역 육군 소장 불데예프는 이가 아팠다. 보드카나 코냑으로 입
안을 헹궈보기도 했고, 담뱃재 · 아편 · 테레빈유* · 등유를 아픈 이
에 직접 발라보기도 했고, 볼에 요오드를 대보기도 했고, 양쪽 귀
에 알코올을 적신 솜을 넣어보기도 했다. 그러나 아무 소용도 없었
고 구역질만 불러일으켰다. 의사가 도착했다. 그는 환자의 이를 쑤
셔보고는 키니네*를 처방해주었지만 이것 역시 소용이 없었다. 의
사는 아픈 이를 뽑자고 말했지만 장군은 거절했다. 아내, 아이들,
하녀, 심지어 갓 들어온 요리사 페츠카까지 집안의 모든 사람이 자
신이 알고 있는 방법을 제안했다. 그 와중에 불데예프의 집사인 이

● 테레빈유 소나무에서 추출한 액체유로 주로 미술용품의 재료가 되지만, 진통제의 원료로도
  쓰인다.
● 키니네 말라리아 치료의 특효약으로 해열 진통제로도 쓰기도 한다.

반 예브세이치는 주문(呪文)으로 치료해보는 것이 어떻겠냐고 조언했다.

"각하, 제가 살던 마을에……"

그가 말했다.

"십 년 전쯤에 세무서에서 일했던 야코프 바실르이치라는 사람이 있었습니다. 이 친구는 주문으로 치통을 고치곤 했는데, 정말 끝내줬습니다. 창문을 향해 서서 뭐라 뭐라 중얼거리고는 침을 튀 뱉으면 치통이 씻은 듯이 없어지곤 했습니다! 신기한 능력을 타고난……."

"지금 어디에 살고 있나?"

"세무서에서 면직된 후 사라토프에 있는 장모 집에서 살고 있습니다. 지금은 이를 고치는 것으로만 먹고 살고 있죠. 이가 아픈 사람이 그의 집에 찾아오면 치료해준답니다. 거기 사라토프에 살고 있는 사람은 그의 집에 가서 치료를 받지만, 만일 다른 도시에 살고 있는 사람이 아프다고 하면 전보를 쳐서 치료해준답니다. 각하, 그에게 여차여차해서 이러저러해서 하나님의 종 알렉세이가 이가 아프니 치료 좀 해달라고 전보를 보내십시오. 치료비는 우편으로 보내면 됩니다."

"말도 안 되는 소리! 사기꾼이잖아!"

"각하, 한번 해보십시오. 보드카를 무지하게 좋아하는 친구인데 마누라랑 헤어지고 독일 여자랑 산다고 합니다. 입이 좀 험하긴 하지만 기적을 행하는 사람입니다!"

"알료샤, 한번 해보세요!"

장군 부인이 간청했다.

"당신은 주문을 믿지 않겠지만, 전 직접 체험해봤어요. 당신이 비록 주문을 믿지 않는다 해도 전보를 보내지 않을 이유는 없잖아요? 전보를 보낸다고 해서 손이 닳아 없어지는 것도 아니잖아요?"

"음, 알았어."

불데예프는 동의했다.

"이젠 세무 관리에다 귀신에게까지 지급 전보를 보내야 하다니, 아! 이거야 원. 뭐 어쩔 수 없는 노릇이군! 그래, 자네가 말한 그 관리는 어디에 살고 있나? 전보를 어떻게 보내야 하나?"

장군은 책상에 앉아 펜을 들었다.

"사라토프에서는 동네 개들도 그 사람을 알고 있습니다."

집사가 말했다.

"각하, 이렇게 쓰십시오. 사라토프 시, 그리고 야코프 바실르이치*, 바실르이치⋯⋯"

"다음은?"

"바실르이치, 야코프 바실르이치⋯⋯. 성(姓)이⋯⋯. 성을 그만 잊어버렸습니다! 바실르이치⋯⋯. 제기랄! 성이 뭐였더라? 이리

● 야코프 바실르이치 일반적으로 러시아인의 이름은 이름+부칭(아버지의 이름)+성으로 이루어진다. 예를 들어, '안톤 파블로비치 체호프'에서 '안톤'은 이름이며, '파블로비치'는 부칭('파벨'이라는 아버지의 이름에서 변형), 체호프는 성이다. 친한 사이에는 보통 이름만 부르지만, 윗사람이나 공식적인 자리에서는 반드시 이름과 부칭을 함께 불러야 예의에 어긋나지 않는다. 편지나 공문서에는 반드시 성을 기입해야 하기에 집사는 성을 기억하려고 애쓰고 있는 것이다.

로 오기 전까지 기억하고 있었는데, 용서하십시오."

이반 예브세이치는 눈을 들어 천장을 보면서 계속 중얼거렸다. 불데예프와 장군 부인은 초조하게 기다렸다.

"대체, 뭐야? 빨리 생각해봐!"

"잠시만요. 바실르이치, 야코프 바실르이치…… 잊어버렸습니다! 정말 간단한 성이었는데…… 마치 무슨 말 이름 같기도 한데…… 코브일린*인가? 아니, 코브일린은 아닌 것 같고 혹시 제레브쵸프*인가? 아니, 제레브쵸프도 아닌 것 같습니다. 말과 관련된 성이라는 것은 분명히 기억하는데 도무지 생각이 나질 않습니다요."

"제레뱌트니코프인가?"

"아니요, 그런 건 아닙니다. 잠시만요……. 코브이리츠인, 코브이랴트니코프, 코베레프*……."

"그건 말 이름이 아니고 개 이름이잖아. 제레브치코프인가?"

"아닙니다. 제레브치코프도 아닙니다. 로샤지닌,* 로샤코프, 제레브킨……. 모두 다 아닙니다!"

"그럼, 어떻게 그 사람에게 전보를 보내나? 어서 생각해봐!"

- 코브일린 러시아어 '코브일라'(암말)에서 파생된 단어. 러시아인은 우리처럼 몇몇 정해진 성을 가지는 게 아니라 성자의 이름, 지역 이름, 동식물, 자연 현상 등에서 다양하게 따온다. 이 소설은 성을 소재로 희극적인 상황을 연출하고 있는데, 이는 체호프가 즐겨 사용하는 전형적인 말장난의 기법 중 하나이다.
- 제레브쵸프 제레베츠(숫말)에서 파생된 단어.
- 코베레프 코베르(수캐)에서 파생된 단어.
- 로샤지닌 로샤지(말)에서 파생된 단어.

"잠시만요. 로샤드킨, 코브일킨, 코렌노이……."

"코레니코프?[*]"

장군 부인이 물었다.

"그런 게 아닙니다! 프리스챠지킨[*]……. 이것도 아닙니다! 잊어버렸습니다!"

"이런 제기랄! 성도 제대로 알지 못하면서 대체 왜 이러쿵저러쿵 했단 말인가!"

장군이 화가 나서 말했다.

"꺼져버려!"

이반 예브세이치는 천천히 나갔고, 장군은 자기 볼을 감싸 쥐고 방 안을 왔다 갔다 했다.

"으악! 젠장!"

장군이 소리쳤다.

"아으! 제기랄! 이젠 어떡한단 말이야!"

집사는 정원으로 나와서 눈을 들어 하늘을 보면서 세무 관리의 성을 기억해내려고 애를 썼다.

"제레브치코프, 제레브코브스키, 제레벤코, 아니야! 그게 아니야! 로샤진스키, 로사제비치, 제로브코비치, 코브일랸스키……."

얼마 지나지 않아 장군 내외는 그를 다시 불렀다.

"기억해냈는가?"

● 코레니코프 코렌니크(삼두말 중의 가운데 말)에서 파생된 단어.
● 프리스챠지킨 프리스챠지카(삼두말 중의 가장자리에 있는 말)에서 파생된 단어.

장군이 물었다.

"전혀 생각나지 않습니다, 각하."

"혹시 코냐프스키인가? 로샤드니코프는 아닌가?"

그리하여 온 집안이 경쟁하듯 성을 만들어내기 시작했다. 말의 연령 · 성별 · 혈통을 하나하나 열거하거나, 말갈기 · 말발굽 · 마구 등을 생각해보았다. 집, 정원, 하인들의 방, 부엌 등에서 사람들은 이리저리 왔다 갔다 하면서 이마를 긁어대며 성을 찾아내려고 갖은 애를 썼다.

사람들은 끊임없이 집사에게 물어댔다.

"투부노프,˙ 코프이친,˙ 제레보프스키?"

"아니야! 그런 게 아니야!"

이반 예브세이치는 대답을 하고서는 눈을 위로 치뜨더니 소리내며 계속 생각을 했다.

"코넨코,˙ 콘첸코, 제레베예프, 코브이레에프⋯⋯."

"아빠!"

아이들이 소리쳤다.

"트로이킨!˙ 우즈제츠킨!˙"

온 집안이 불안해졌다. 초조해하며 치통에 시달리고 있는 장군

- 투부노프 투분(말떼)에서 파생된 단어.
- 코프이친 코프이토(말발굽)에서 파생된 단어.
- 코넨코 콘니(말)에서 파생된 단어.
- 트로이킨 트로이카(삼두마차)에서 파생된 단어.
- 우즈제츠킨 우즈제츠카(말의 굴레)에서 파생된 단어.

은 말의 진짜 이름을 알아내는 자에게 5루블을 주겠다고 약속했다. 그래서 이반 예브세이치 뒤로 사람들이 떼 지어 따라다니기 시작했다.

"그네도프,* 르이시스트이,* 로사지츠키이!"

사람들이 그에게 물었다.

그러나 밤이 되었고, 성은 좀처럼 찾아지지 않았다. 그래서 모두들 잠자리에 들었고 전보는 보내지 못했다.

장군은 밤새 잠을 잘 수가 없었고, 온 방을 돌아다니며 신음했다. 새벽 두시에 그는 집에서 나와 집사의 방 창문을 두드렸다.

"메리노프*는 아닌가?"

울먹이는 목소리가 그가 물었다.

"아닙니다. 메리노프가 아닙니다, 각하."

이반 예브세이치가 대답하면서 죄송한 마음에 한숨을 쉬었다.

"그럼, 혹시 말에서 따온 게 아니라 다른 것에서 온 것은 아닌가?"

"진심으로 말씀드리지만, 각하. 말에서 온 것은 분명합니다. 이거 하나는 확실히 기억하고 있습니다."

"그렇지만 자넨 건망증이 정말 심한 사람 아닌가. 지금 나에겐 세상 그 어떤 것보다 그 성이 가장 중요하단 말일세. 통증이 심해

● 그네도프 그네도이(밤색 말)에서 파생된 단어.
● 르이시스트이 르이시스트이(쾌속마)에서 파생된 단어.
● 메리노프 메린(거세말)에서 파생된 단어.

견딜 수가 없단 말이야!"

아침이 되자 장군은 의사를 다시 불렀다.

"이를 뽑아야겠어!"

그는 결심했다.

"이제 더 이상 참을 힘이 없어."

의사가 도착했고 아픈 이를 뽑았다. 통증은 즉시 사라졌고 장군은 평온해졌다.

자신의 일을 완수하고 그 대가로 돈을 받은 의사는 자신의 마차를 타고 집으로 가기 위해 장군의 집을 나섰다. 현관문을 지나 길에서 그는 이반 예브세이치를 만났다. 집사는 길가에 서서 자신의 발밑을 유심히 바라보면서 뭔가를 생각하고 있었다. 이마에 잔뜩 찌푸려진 주름살이며 눈의 표정으로 보건대 그는 긴장되고 고통스런 생각에 빠져든 것 같았다.

"불라노프,* 체레스세젤니코프*……."

그는 계속 중얼거렸다.

"자수포닌,* 로사드스키이."

"이반 예브세이치!"

의사가 그를 불렀다.

"이보게, 자네에게 귀리를 오 체트베르츠* 정도만 살 수 없을

● 블라노프 불라츠카(갈색말)에서 파생된 단어.
● 체레스세젤니코프 체레스세젤니크(말의 복대)에서 파생된 단어.
● 자수포닌 자수포니츠(말의 가죽 띠)에서 파생된 단어.

까? 우리 농군이 내게 판 귀리의 상태가 너무 좋지 않아서 말이야."

이반 예브세이치는 의사를 멍하니 바라보다가 왠지 모를 기묘한 웃음을 짓더니 의사의 말에는 한 마디 대꾸도 하지 않고 손뼉을 치면서 엄청난 속도로, 마치 미친개에게 쫓기는 사람처럼 장군의 집 안으로 쏜살같이 뛰어 들어갔다.

"드디어 생각났습니다! 각하!"

그는 너무나 기쁜 나머지 자신의 목소리가 아닌 목소리로 외치면서 장군의 서재로 날아갈 듯이 뛰어갔다.

"생각났습니다! 오! 하나님, 의사 선생을 축복하소서! 오브소프,˚ 세무 관리의 성은 오브소프입니다! 각하, 오브소프입니다! 빨리 전보를 보내십시오!"

"이거나 처먹어!"

장군은 그의 얼굴을 향해 양손으로 쿠키쉬˚를 해대면서 모욕적으로 말했다.

"이제 나에게 네놈의 말에 관련된 성은 필요 없어! 이거나 처먹어!"

(1885년)

- 오 체트베르츠 제정 러시아 시대 시간, 길이, 넓이, 용량을 나타나내는 단위. 곡물 1체트베르츠는 209.2리터에 해당.
- 오브소프 오뵤스(귀리. 말의 주된 사료이다)에서 파생된 단어.
- 쿠키쉬 남을 모멸하기 위해 엄지손가락을 검지와 중지 사이에 넣어 보이는 모양.

23
실패

일리야 세르게이치 페플로프와 그의 아내 클레오파트라 페트로브나는 문 앞에 바짝 다가서서 뭔가를 열심히 엿듣고 있었다. 문 뒤의 작은 홀에서는 그들의 딸 나타센카와 시골 학교 선생인 슈프킨이 서로 사랑을 고백하는 듯했다.

"잘 돼가고 있는걸!"

긴장과 흥분에 싸여 손을 비비면서 페플로프가 속삭였다.

"이봐, 페트로브나! 둘이 서로의 감정을 털어놓기 시작하면 당장 벽에 걸린 성상을 떼어 들고 들어가 축복해주는 거야, 불시에 덮치자고. 성상의 축복은 신성해서 깨뜨릴 수가 없지. 법정에 간다 하더라도 물릴 수 없는 거야."

그런데 문 뒤에서는 다음과 같은 대화가 들려왔다.

"고집 좀 그만 부리시오!"

격자무늬 바지에 성냥을 그어 불을 붙이면서 슈프킨이 말했다.

"나는 결코 당신에게 편지를 쓰지 않았소!"

"흥, 그래요? 마치 내가 당신의 필체를 모르는 것처럼 얘기하는군요!"

나타셴카는 끊임없이 거울로 자신의 모습을 보면서 부자연스럽게 큰소리로 웃어댔다.

"난 단번에 알아챘어요. 당신은 정말 이상한 사람이에요! 학교에서 정서법(正書法)을 가르치는 선생이 글씨를 엉망으로 쓰다니! 당신이 글씨를 엉망으로 쓰면서 어떻게 학생들에게 정서법을 가르칠 수가 있어요?"

"음! 그건 뭐 대수롭지 않은 거요. 정서법 수업에서 중요한 것은 글씨를 예쁘게 쓰게 하는 게 아니라 학생들이 철자를 잊어버리지 않게 하는 거요. 그래서 어떤 놈은 자로 머리를 때리면 되고 어떤 놈은 무릎을 꿇게 하면…… 필체는 별거 아니오! 네크라소프*는 작가였지만 필체는 엉망이오. 작품집을 보면 그의 필체를 볼 수 있소."

"네크라소프는 네크라소프고 당신은……. (한숨 쉰다.) 작가였다면 기꺼이 시집갔을 텐데, 작가라면 언제나 나를 위해 시를 써주었을 텐데!"

"당신이 원한다면 나도 당신에게 시를 써줄 수가 있소."

● 네크라소프 Nikolai Alekseevich Nekrasov(1821~1878). 러시아의 시인, 소설가, 평론가.

"당신은 무엇에 관한 시를 쓸 수 있죠?"

"사랑, 감정, 그리고 당신의 눈동자……. 내가 쓴 시를 읽는다면 당신은 아마 정신을 차리지 못하고 눈물을 흘리게 될 거요! 내가 당신을 위해 매혹적인 시를 쓴다면 당신의 손에 키스를 할 수 있도록 해주겠소?"

"그게 뭐 대순가요? 지금이라도 키스하세요!"

슈프킨은 눈이 동그래져서 벌떡 일어나 계란비누 냄새가 나는 부드럽고 복스러운 손에 입을 갖다 댔다.

"성상을 떼어내!"

페플로프는 팔꿈치로 아내를 치면서 재촉했다. 그리고 흥분해 얼굴이 창백해진 상태로 단추를 채웠다.

"자! 이제 들어가자고!"

페플로프가 문을 활짝 열어젖히는 데에는 1초도 걸리지 않았다.

"얘들아."

금방이라도 눈물이 쏟아질 것 같은 눈을 껌뻑거리며 페플로프는 그들을 축복하기 위해 두 손을 치켜들었다.

"하나님이 너희를 축복하실 게다. 가정을 잘 꾸리고 아이도 많이 낳고 번성하거라."

"나도, 나도 너희들을 축복한다."

행복에 겨워 눈물을 흘리면서 페트로브나가 말했다.

"부디 두 사람 모두 행복하기를. 오! 자네는 나의 유일한 보물을 빼앗어가는군."

그녀는 슈프킨을 보면서 말했다.

"내 딸을 많이 사랑해주고 잘 보살펴주게."

슈프킨은 너무 놀라 입을 다물지 못했다. 그들의 급습이 너무나 급작스럽고 대담해서 그는 한 마디도 할 수 없었다.

'걸려들었군! 옴짝달싹 못하겠는걸!'

두려움에 사로잡혀 그는 생각했다.

'이제 끝장났군! 빠져나갈 수가 없게 됐어!'

'내가 졌습니다. 마음대로 하십시오'라는 자포자기의 심정으로 그는 고개를 떨어뜨렸다.

"축복, 축복하네."

페플로프는 울면서 계속 말을 이어갔다.

"나타센카, 내 딸아. 함께 서거라. 페트로브나, 성상을 이리로 가져와."

그러나 그 순간 페플로프는 우는 것을 갑자기 멈추었다. 그리고 그의 얼굴은 화가 나서 일그러졌다.

"이게 뭐야?"

그는 화가 나서 아내에게 소리쳤다.

"이런 바보 멍청이 같은 여편네야! 대체 이게 무슨 성상이야?"

"아, 이게 무슨 일이람!"

무슨 일이 일어났을까? 정서법 선생은 조심스레 고개를 들고 무엇이 그를 구원했는지 보았다. 페트로브나는 너무 서두르다 성상 대신 작가 라제츠니코프의 초상화를 떼어낸 것이었다. 늙은 페플로프와 그의 아내는 손에 초상화를 들고 당황한 채 서서 무엇을 해야 할지, 무슨 말을 해야 할지 알지 못했다. 정서법 교사는 그 혼란을 틈타 도망쳤다.

(1885년)

Макет.

Мягкие декорации (гостиная-кабинет)

Макет сп-ля.

역자 후기

작가 체호프를 처음 만난 것은 대학교 1학년 때로 기억된다. 주인공을 시켜준다는 꼬드김에 아무 생각 없이 들어간 과내 동아리 연극반에서, 당시 기억으로는 체호프의 단막극 〈결혼 피로연〉의 주인공을 맡았었다. 공부보다는 철없는 방황을 하고 있던 시기라 작품에 대해서도, 작가에 대해서도, 아무런 감흥을 느끼지 못했었다. 게다가 러시아어 원어 연극이라니!

그로부터 몇 년이 흐른 뒤, 다시금 체호프의 〈곰〉이라는 단막극을 이번에는 우리말로 공연하게 되었다. 체호프 생전에 '배꼽이 빠지도록 엄청나게 재미있는 연극'이라는 평가를 받았던 〈곰〉이라는 작품은 아무리 읽어보아도, 아무리 연습해도, 배꼽이 빠지도록 재미있기는커녕 조금의 웃음도 나오지 않았다. 그러나 신기하게도 공연이 시작되자, 관객들은(물론 같은 과 학생들이 대부분이었지만)

정말 배꼽을 잡고 웃었다. 배우들이 전혀 생각치도, 예상치도, 기대치도 않았던 부분에서 요즘 말로 한다면 '빵' 터진 것이었다. 공연을 하면서 전율이 느껴졌다. 이게 뭐지? 왜 재미있지? 공연을 마치고 다시금 텍스트를 읽어보았다. 체호프식 유머와 웃음 장치의 절묘한 조합들이 그제야 눈에 들어오기 시작하면서 알 수 없는 흥분감에 사로잡혔다.

그렇게 나는 체호프에게 매료되었고, 문학에 빠지기 시작했고, 공부를 업으로 삼으리라는 무모한 결심을 했다. 그 후 체호프를 제대로 공부해보기 위해 대학원에 진학했고 체호프와 함께한 대학원 생활은 무척 행복했다. 체호프는 푸시킨처럼 천재적인 화려함이 없어서 편했고, 톨스토이나 도스토예프스키처럼 장황하거나 지루하지 않아서 좋았고, 고리키처럼 무겁지 않아서 좋았다.

그러나 체호프의 작품 세계는 생각보다 쉽사리 손에 잡히지는 않았다. 여타 러시아 작가들과는 달리 뭔가 산뜻하고 담백한 느낌은 있었지만, 정작 도대체 무슨 얘기를 하고 싶어 하는지가 늘 명확하게 다가오지 않곤 했다. 주인공들은 왜 이런 행동을 하는지, 왜 그런 식의 삶을 살고 있는지, 웃으라는 건지, 울라는 건지, 끝난 건지, 끝나지 않은 건지, 작가는 착한 사람 편인지, 나쁜 사람 편인지 도무지 알 수 없었다.

그래서 사람들은 때로 체호프가 어렵다고들 한다. 겉보기에는 간결하고 쉬운 문장으로 일상에서 흔히 볼 수 있는 사건을 다루고 있지만, 러시아인들조차 도스토예프스키나 톨스토이보다 더 이해하기 어려운 작가라고 말하기도 한다.

그러나 체호프는 어려운 작가가 아니다. 체호프의 작품이 어렵다고 하는 것은 체호프가 다루고 있는 우리의 삶 그 자체가 어렵고 복잡하고 힘들기 때문일 것이다. 체호프의 매력은 이런 복잡한, 그리고 우리를 힘들게 하는 어려운 삶의 문제를 장황하게 설명하거나 가르치려고 하지도 않고, 신파조로 눈물을 짜내려고 하지도 않고, 일상의 이야기를 간결한 문장으로, 때로는 유머러스한 사건들로, 때로는 체호프만의 따뜻한 시선으로 풀어내고 있다는 것이다. 그래서 체호프는 시대를 불문하고 러시아에서 가장 사랑받는 작가 중의 한 사람이며, 국내에도 넓은 독자층을 가지고 있는 매력적인 작가이다.

이 책은 체호프의 수많은 작품들 중에서 주로 초기에 쓴 단편 소설 23편을 담고 있는데 각각의 작품에는 삶에 대한 체호프식 유머와 연민이 담겨져 있다. 잔잔한 체호프식 유머와 연민이 '리얼 버라이어티'라는 웃음 코드와 자극적인 막장드라마에 길들여진 21세기 한국 독자에게 얼마큼 친숙하게 다가갈 수 있을지는 잘 모르겠다.

그러나 백 년 전 러시아 작가가 살았던 세계와 그 속에서 벌어졌던 삶의 문제는 시공간을 초월하여 여전히 반복되고 있는바, 체호프가 그려내고 있는 웃음과 삶에 대한 진지한 성찰은 오늘날 우리에게도 여전히 유효하게 다가설 수 있으리라 생각된다.

이 책에 수록된 23편의 작품은 지난해 인디북에서 출판된 체호프 단편들을 각색해 희곡으로 만든 〈체호프 단편을 무대에 올리다〉(박정곤 역)의 원작들이 주를 이루고 있기에 원작을 접해보고 싶은 독자들의 욕구를 충족시킬 수 있을 것이다.

유난히도 눈도 많이 내리고 춥고 길었던 지난겨울이었지만, 체호프로 인해 즐거웠고 따뜻했던 시간들로 기억될 것 같아서 우선은 체호프에게 감사의 말을 전하며 부족한 역자를 믿고 좋은 기회를 제공해준 인디북 출판사에 진심으로 감사의 말을 드리고 싶다. 또한 작가 체호프를 알게 해주셨고 공부와 삶은 함께 가야 한다는 가르침을 주시면서 이끌어주는 스승이기보다 함께 가는 동시대인이길 원하시는 김규종 선생님께 깊은 감사를 드린다. 끝으로 재작년에 아버지가 돌아가신 이후로 언제나 아버지처럼 나의 삶의 든든한 지원자이자 격려자로 내 인생을 바라봐주시는 유석균 목사님께 깊은 감사를 드린다.

2011년 대구 복현골에서

옮긴이

체호프의 삶과 창작세계

웃음과 눈물, 연민과 애환, 냉철함과 온화함의 경계에서

러시아의 위대한 소설가이자 극작가인 안톤 파블로비치 체호프는 1860년 1월 17일 러시아 남부의 항구 도시인 타간로그에서 7남매 중 넷째로 태어났다. 귀족 태생이 주를 이루었던 19세기 러시아 작가들과는 달리 체호프의 집안은 당시 러시아 사회의 최하층민인 농노(農奴) 신분을 막 벗어난 상태였다. 농노였던 그의 할아버지 예고르 미하일로비치는 억척스럽게 일을 하여 모은 돈으로 자유 시민권을 사서 농노의 신분에서 벗어났고, 자유의 몸이 된 체호프의 아버지 파벨 예고르비치는 타간로그에서 잡화상을 운영하면서 생계를 꾸려갔으며 체호프와 그의 형제들은 아침부터 저녁까지 아버지의 일을 돕곤 하였다.

그러나 체호프의 아버지는 장사에는 별다른 관심과 재능이 없었고, 주로 교회 봉사와 사회활동에 관심을 기울였다. 바이올린 연주와 노래를 잘 했던 그의 아버지는 체호프와 그의 형들을 교회 성가대원으로 활동하게도 만들었으며, 아버지의 이러한 예술적 재능과 관심은 이후 작가 체호프를 탄생시키는 밑거름으로 작용한다.

엄격하고 전제적인 아버지와는 달리 체호프의 어머니 예브게니야 야코블레브나는 남편의 전횡과 궁핍한 집안 살림을 인내하면서 자식들을 위해 헌신한 인자한 어머니였다. 체호프의 아버지와 어머니의 관계는 마치 본문의 작품 〈사냥꾼〉에 나오는 예고르와 펠라게야를 연상시키기도 하는데, 인자한 어머니는 체호프의 삶과 문학에 커다란 영향을 준다. 우선 그의 어머니는 연극을 무척 좋아하여 체호프가 연극에 관심을 가질 수 있는 계기를 만들어주었다. 음악과 노래를 좋아하는 아버지와 연극을 좋아하는 어머니의 영향으로 체호프의 대식구는 종종 저녁마다 집에서 식구들끼리 연극 공연을 하였고, 체호프는 형제들과 함께 직접 연기를 하기도 하였다. 또한 체호프는 틈만 나면 타간로그에 있는 극장을 방문하여 공연을 보면서 극작가로서의 꿈을 키워나가기도 하였다.

또한 체호프의 어머니는 자신이 가지고 있었던 천성적으로 타고난 부드러움과 온화한 성격을 아이들에게 물려주었다는 것이다. 그래서 힘든 성장 시기를 겪으면서도 체호프의 삶과 문학에는 삶에 대한 원망이나 불평이 묻어나기 보다는 낙천적이며 따뜻한 시선이 존재하고 있는 것이다. 체호프 자신도 작가적 재능은 아버지에게서, 세계관은 어머니에게 물려받았다고 회상하고 있다.

그러나, 체호프가 16살이 되던 1876년에 아버지의 가게가 파산하게 되어 아버지는 가족들과 함께 모스크바로 야반도주하게 되면서 온 가족은 극도의 가난에 빠지게 된다. 그러나 체호프는 아직 김나지야를 졸업하지 않았기에 가족들과 떨어져 혼자 타간로그에서 생활하면서 학교를 마치게 된다. 이 시기 체호프는 학비와 생계를 위해 가정교사로 일하면서 살게 되는데 이때의 경험 역시 〈우유부단한 사람〉과 〈대소동〉의 밑거름이 된다. 힘든 생활 가운데서도 체호프는 자신이 번 돈의 일부를 모스크바의 가족들에게 보낼 정도로 가족에 대한 사랑과 책임감이 무척 강하였다. 힘든 시기임에도 불구하고 아버지로부터 물려받은 예술적 기질을 숨기지 못하고 김나지야 시절부터 체호프는 틈틈이 단편 소설, 희곡들을 쓰면서 미래의 작가에 대한 꿈을 키워간다.

1879년 김나지야를 졸업한 체호프는 모스크바 국립대학 의과대학에 진학하면서 가족들이 있는 모스크바로 이주하게 된다. 이후의 얘기지만 체호프는 졸업 후 일정기간 의사로서의 삶도 살게 되는데, 그의 작품 속에 꾸준히 등장하는 의사들, 질병, 환자, 의학적 전문 용어들은 의사 체호프의 경험에서 기반을 둔 것이다. 모스크바로 온 체호프와 그의 가족의 상황은 이전과 별반 나아진 게 없었다. 체호프와 그의 가족들은 늘 생활고에 시달리곤 했는데, 체호프는 대학재학 시절부터 공부를 하면서 자신의 학비와 생계에 도움을 주고자 짧은 단편 소설들을 잡지에 발표하면서 작가로서 데뷔하게 된다.

체호프의 공식적인 문학적 데뷔는 1880년 잡지『잠자리』제 10호에 발표한 짧은 단편 소설 〈이웃집 학자에게 보내는 편지〉이며, 그리고 본 책에 실린 〈아버지〉는 역시 같은 해, 같은 잡지 제 26호에 실린 작가의 다섯 번째 작품으로 작가 체호프의 처녀작과도 같은 작품이다.

이때부터 체호프는 1887년 까지 약 500편의 단편 소설을 발표한다. 본 책에 실린 대부분의 작품들은 주로 이 시기에 발표된 체호프의 단편 소설들이 주를 이루고 있다. 〈재판〉 (1881), 〈망쳐버린 일〉 (1882), 〈기쁨〉, 〈이발소에서〉, 〈우유부단한 사람〉, 〈숫양과 아가씨〉 (1883), 〈세상에 보이지 않는 눈물〉 (1884), 〈말에 관련된 성〉, 〈길 잃은 자들〉, 〈사냥꾼〉, 〈주머니 속 송곳〉, 〈실패〉 (1885), 〈대소동〉, 〈부인들〉, 〈불안한 손님〉, 〈방앗간에서〉, 〈이반 마트베예비치〉 (1886), 〈적들〉, 〈폴렌카〉, 〈베로츠카〉, 〈집에서〉 (1887), 〈아내〉 (1895).

체호프의 창작 세계에서 첫 번째로 커다란 전기를 마련한 것은 문학 평론가 그리고로비치의 충고였다. 그는 체호프에게 편지를 써서 '가벼운 읽을거리' 문학에 치중하여 재능을 낭비하지 말고 보다 진지한 문학 작품에 매진할 것을 충고하며, 당시 페테르부르크의 유력한 신문 『신시대』의 발행인이자 문학가인 수보린을 소개해준다. 1885년 『신시대』에 발표된 단편 소설 〈사냥꾼〉에서 체호프는 이전의 가벼운 문학에서 벗어나 보다 진지한 예술성을 가지게 된다. 특히 수보린은 〈사냥꾼〉의 발표 이후 젊은 작가 체호프를 주목하게 되었고, 이 둘의 만남은 체호프를 직업적인 작가의 길로, 그리고 보다 진지하며 예술성을 갖춘 작가의 길로 접어들게 하는 계기를 만들었다.

따라서 체호프의 초기 단편 소설은 1885년 〈사냥꾼〉을 기점으로 일정한 변화를 가지게 되는데, 이전의 작품들이 다소 가볍고 유머러스한 측면이 강했다고 한다면, 〈사냥꾼〉 이후의 작품들은 웃음기가 다소 사라지고 진지한 인간 본성에 대한 문제로 치중하게 된다. 따라서 〈사냥꾼〉 이후에 발표된 작품들, 즉 〈불안한 손님〉, 〈방앗간에서〉, 〈적들〉, 〈아내〉들과 같은 작품들은 이전의 유머러스한 작품들과는 다소 다른 분위기를 연출하고 있다. 그 후 체호프는 꾸준한 작품 활동을 통해 신진 작가의 틀을 완전히 벗어나 러시아 최고의 중, 단편 소설 작가로 각광받게 된다.

작가 체호프를 러시아 문학뿐만 아니라, 세계 문학사의 위대한 작가로 우뚝 서게 한 것에 체호프의 극문학을 빼놓을 수는 없다. 중, 단편 소설들을 통해 보여준, 유머와 기지, 삶에 대한 깊은 천착들을 체호프는 여러 편의 단막 작품들에도 투영하여 적지 않은 성공을 거두며 러시아 연극계에서도 주목을 받기 시작하였다.

그러던 와중에 1896년 4막의 장막 희곡 〈갈매기〉를 당시 러시아의 수도였던 상트-페테르부르크의 최고의 극장이었던 알렉산드린스키 극장에서 당대 최고의 배우였던 베라 코미차르체프스카야의 주연으로 공연을 가지게 된다. 사람들의 엄청난 기대와는 달리

공연은 대실패로 끝이 났고 관객들의 야유를 뒤로 하고 도망치듯 극장을 빠져나온 체호프는 다시는 드라마를 쓰지 않겠다고 결심한다. 이것은 체호프 인생의 큰 충격이었다.

그로부터 2년 후 체호프의 〈갈매기〉는 러시아 연극뿐만 아니라, 세계 연극사의 한 획을 긋는 중요한 작품으로 다시금 자리매김하게 되며 그 중심에는 20세기 연극 연출의 거장인 스타니슬라프스키와 단셴코가 있었다. 당시 젊은 두 연출가는 새로운 연극 형식에 기반을 두어 새로운 형태의 극장을 모스크바에 창단하고 그들이 추구하는 연극미학에 부합하는 새로운 작품을 준비하고 있었다. 그들이 추구하는 이른바 '무대 사실주의'에 적합한 작품을 찾던 중 그들은 체호프의 〈갈매기〉를 주목하였고, 알렉산드린스키 극장에서는 전혀 이해하지 못했던 체호프 극작술의 특징을 스타니슬라프스키는 거의 완벽하게 이해, 포착하여 1898년 모스크바 예술극장에서 새로운 초연을 가지게 되었다. 공연이 끝나자 객석은 고요했다. 그러나 그것은 작품을 이해하지 못함에서 오는 실망감이 아니라, 새로운 연극, 새로운 희곡에 대한 깊은 감동의 표현이었다. 그렇게 체호프의 〈갈매기〉는 대성공을 거두면서 러시아 연극계에 스타니슬라프스키, 예술극장, 체호프의 시대를 열게 되었다.

이후에도 체호프는 그의 희곡 〈바냐 아저씨〉, 〈세자매〉, 〈벚나무 동산〉을 모스크바 예술극장에서 스타니슬라프스키의 연출로 상연하였는데 모두다 성공을 거두어 러시아 연극계와 세계 연극계에 체호프라는 불멸의 이름을 각인시킨다. 그러나 젊은 시절부터 앓

아오던 폐결핵이 악화되어 1904년 요양차 떠났던 독일의 바덴바 덴에서 모스크바 예술극장의 여배우이자 자신의 아내였던 올가 크리페르 옆에서 44세라는 젊은 나이로 숨을 거두게 된다.

체호프의 단편 문학 세계는(비단 단편 문학뿐만 아니라, 작가의 창작 전반에도 통용되는) 크게 세 가지 경향으로 정리 될 수 있다. 첫 번째 는 체호프 창작의 근간을 이루고 있는 이른바 '유머러스한' 작품 들이다. '유머'라는 용어는 일면 단순해 보이지만, 문학적으로 깊 이 사유한다면, 결코 녹록치 않은 용어이다. 그것은 유사한 용어로 인식되는 웃음을 유발하는 여러 가지 문학적 장치들 예컨대 풍자, 과장, 그로테스크, 캐리커처등과 구별하기가 애매한 용어이다. 그 러나 문학에서 나타난 웃음을 크게 두 가지로 나누자면, 조소(嘲 笑), 즉 비웃음이 있는 웃음과 그렇지 않은 선량한 웃음으로 나눌 수가 있다. 풍자, 과장, 그로테스크 등이 주로 전자에 해당할 것이 고 유머가 후자에 해당하며, 체호프는 이 선량한 웃음, 유머의 대 가이다. 체호프 작품 전체에 흐르고 있는 이 유머는 특히, 초기 단 편 소설에 많이 드러나는데 앞서 언급했듯이, 1885년 이전 작품에 주로 많이 집중되고 있다.

체호프식 유머는 주로 보드빌 장르와 깊은 연관을 맺고 있는데, 주로 오해, 간계 등에 기인한 줄거리나 말장난등을 중심으로 번뜩 이는 기지와 반전으로 가벼운 즐거움을 주고 있지만, 결코 저속하 거나 억지웃음을 유발하지도 않고, 누군가를 풍자하거나 조롱하지도 않는다.

〈아버지〉에 나타난 자식을 위해 점수를 구걸하는 아버지의 모습, 〈재판〉에 들어난 권위적 아버지의 실수, 쓸데없는 자존심으로 일생일대의 기회를 놓쳐버린 〈망쳐버린 일〉, 말단 관리의 어이없는 허영심이 드러난 〈기쁨〉, 사람들 앞에서 가부장적인 남편의 행세를 하지만, 실상은 아내의 눈치를 보고 있는 〈세상에 보이지 않는 눈물〉, 동음이의어에 근거한 말장난을 바탕으로 한바탕 소동을 그리고 있는 〈말에 관련된 성〉, 길을 잘못 들어 벌어지는 해프닝을 그린 〈길 잃은 자들〉이 바로 그러한 작품들이다.

평론가들은 체호프의 유머작품에서 그 속에 들어있는 풍자성을 지적하기도 한다. 예컨대, 만년의 체호프의 작품 중 〈귀여운 여인〉 (1899)에 대해 사람들은 독창적이고 주관성이 없는 여자에 대한 풍자라고 지적하였지만, 정작 체호프 자신은 사람들의 이러한 평에 대해 화를 내면서 이 작품은 단순히 헌신적이고 솔직한 여인에 대한 유머러스한 작품이라고 말한다. 바로 이 지점에서 평론가들과 작가 체호프가 늘 충돌하는 것을 우리는 목도하며, 여기에 작가 체호프의 수수께끼 같은 세계관과 문학관이 있다.

체호프의 창작 세계를 관통하는 또 다른 중요한 근간은 힘없고, 소외된 이른바 '작은 인간'과 그들의 삶에 대한 연민이다. 그러나 이 연민 속에도 언제나 웃음이 동반되며 이 웃음은 다시금 어쩔 수 없는 상황 속에 녹아들어 웃지도, 울지도 못하는 기막힌 상황을 만들어낸다. 〈사냥꾼〉의 펠라게야는 남편 예고르에게 사랑 한번 받아보지 못하고, 구타와 무시로 점철된 결혼 생활을 한다. 우연히(?) 만난 남편에게서 듣는 것은 핀잔과 무시뿐이다. 그러나 그가 떠나 갈 때 펠라게야는 그를 붙잡거나 원망하지도 않고 그저 남편의 모습을 조금이라도 더 보기 위해 까치발을 들고 있을 뿐이다. 〈방앗간에서〉의 비류코프는 사람들이 빨리 죽어 없어지길 바라는 악한 중의 악한이다. 힘들게 사는 어머니와 형을 도와주지도 않고, 어머니가 자신을 위해 가져온 과자도 내동댕이친다. 미안한 나머지 어머니를 돕기 위해 돈을 주지만, 그 돈마저 아까워 다 주지 못하고 조금만 준다.

체호프는 인간과 삶에 대한 연민의 문제에 기반을 두어 인간 본성의 문제 특히, 속물성과 탐욕에 관한 문제에 깊이 몰두한다. 체호프 단편 소설 중에서 최고의 작품 중의 하나로 꼽히는 〈적들〉에서 체호프는 불행에 빠진 사람들의 이기심에 대해서 말하고 있다. 5분전에 하나밖에 없는 아들이 죽은 의사 앞에 자신의 아내가 죽어간다며 도와달라고 한 사나이가 찾아온다. 의사의 양심이냐, 아버지의 슬픔이냐의 도덕적 판단 앞에 우리는 고뇌하는 의사의 모습에 한없는 연민을 느낀다. 그러나 죽어간다고 하는 아내는 실상 자신의 정부와 도망을 친 상태이다. 그 사실을 알게 된 의사의 황당함과 분노감, 그러나 의사의 사정은 아랑곳 하지 않고 자신의 불행을 알아주지 않는 의사에 대해 아보긴 역시 분노감을 느끼며 두 사람은 적이 된다.

〈베로츠카〉에서 베로츠카의 청혼을 거절한 이반 알렉세이치의 모습은 체호프가 인간에 대해 가장 중요시 하는 덕목을 보여주고 있다. 체호프는 무력, 무기, 냉담, 나태에 대해서 말하고 있으며, 〈아내〉에서 죽어가는 자신의 남편을 두고 바람을 피우는 아내 올가의 모습에 나타나는 탐욕과 속물성은 우리로 하여금 깊은 한숨을 짓게 한다.

일반적인 작가라면 이러한 작품들에서 억압당하고 소외되는 주인공들의 울분을 강하게 토해내면서 강한 동정심을 독자들에게 불러일으켰겠지만, 체호프는 작품의 주인공들에게 늘 어쩔 수 없는 상황을 담담히 받아들이게 만든다. 이것이 바로 체호프 문학 세계의 가장 큰 특징이라 볼 수 있다.

앞서 언급 했듯이, 체호프는 자신의 작품에서 커다란 역사적 사건들이나 영웅적이며 초인적인 인간의 얘기를 다루는 것이 아니라, 우리 주변에서 흔히 볼 수 있는 인간들, 그리고 그들이 살아가는 소소한 일상의 얘기를 한다. 그리고 그 얘기들을 풀어가면서 그는 어떠한 과장이나 미사여구도 없이 간결한 문장과 의학을 전공한 자연과학도의 냉철하면서도 객관적인 시선으로 사건들을 전개하며 결말을 내린다.

그러나 체호프는 삶의 문제들을 해결함에 있어 톨스토이처럼 설교를 하거나 이렇게 살아야 한다고 주장하지도 않고, 고리키나 마야코프스키처럼 그 상황을 완전히 뒤집는 혁명적인 시도도 하지 않고, 그저 있는 그대로를 보여주고 있을 뿐이다. 그래서 사람들로 하여금 우리가 어떻게 인생을 살고 있는지, 왜 이런 삶을 살 수 밖에 없는지를 치밀하고 때로는 무서울 정도로 냉정하면서도 객관적으로 그저 보여주고만 있는 것이다. 왜냐하면 우리의 삶은 체호프의 말대로 극적인 반전도 드물며, 대부분의 평범한 사람들은 어쩔 수 없는 인생의 문제를 적극적으로 해결하거나 뒤집기 보다는 그저 어쩔 수 없이 받아들이며 살아가고 있기 때문이며, 작가 체호프는 이러한 사실 자체를 그대로 작품 속에서 투영하고 있는 것이다.

바로 이 지점에서 많은 평론가들이 작가 체호프의 이른바 '무사상성'에 대해 강한 비판을 하기도 한다. 그러나 체호프의 작품에는 아무런 사상이 들어있지 않는 것이 아니라 인간의 이기심, 탐욕, 속물성에 의해 피폐해져가는 우리의 삶을 직접적인 어조가 아니라, 담담하면서도 객관적인 어조로 그려내면서 우리가 어떻게 살아가고 있는지를 찬찬히 돌아보면서 보다 나은 삶은 무엇인지, 인생의 참된 행복은 어디에 있는지를 스스로 깨닫고 따뜻한 마음으로 살아가기를 바라고 있는 것이다.

작가 연보

안톤 체호프 (Anton Pavlovich Chekhov, 1860~1904)

1860년 1월 17일	러시아 서부 아조프 해의 동북쪽에 위치한 타간로크에서 태어남.
1869~1879년	타간로크의 김나지움에서 수학.
1877년	첫 번째 모스크바 방문.
1877~1878년	미완성 장막극 「제목 없는 희곡」(다른 이름으로는 「아비 없는 자식」)을 창작.
1879년	모스크바국립대학교 의과대학에 입학.
1880년 3월 9일	주간지 《잠자리》를 통해 최초의 출판물 『돈 지방 지주 스테판 블라디미로비치 N이 이웃학자 프리드리히 박사에게 보내는 편지』를 간행.
1884년 6월	모스크바국립대학교 의과대학을 졸업. 단편집 『A. 체혼테의 여섯 단편―멜포메나의 이야기』가 세상의 빛을 봄. 필명으로 '안토샤 체혼테'를 사용.
1885년 12월	상트페테르부르크로 첫 번째 여행을 떠남. 《신시대》의 간행인 A. S. 수보린과 처음 만남.
1886년 2월 15일	첫 번째 단편소설을 《신시대》지에 게재.
1886년	단편집 『잡다한 이야기들』을 출간.

1886년 8월 27일	사도보-쿠드린스카야 거리로 이사.
1887년 8월~9월	『수필과 단편선-황혼에서』, 『죄 없는 말들』을 출간.
1887년 11월 19일	장막 희극 「이바노프」를 모스크바 코르쉬 극장에서 초연.
1888년 3월	《북방통보》지에 중편소설 「초원」을 발표.
1888년 10월 7일	단편집 『황혼에서』로 푸시킨상을 수여.
1889년 1월 31일	상트페테르부르크의 알렉산드린스키 극장에서 「이바노프」를 상연.
1889년 7월 2일	형 니콜라이의 죽음 이후 오데사로 이동. 이후 얄타로 이사함.
1890년 3월 말	단편집 『우울한 사람들』 출간.
1890년 4월 21일	사할린으로 떠남.
1890년 7월 11일~9월 13일	사할린에 거주.
1890년 10월 16일~12월 1일	블라디보스토크에서 해로를 따라 홍콩과 싱가포르, 콜롬보, 인도양, 수에즈 운하, 콘스탄티노플을 거쳐 오데사로 돌아옴.
1891년 3월~4월	유럽으로 여행. 빈과 베니스, 플로렌스, 로마, 나폴리, 폼페이, 니스, 몬테카를로, 파리를 방문.
1891년 12월~1892년 2월	니제고르스크와 보로네쉬 지방의 가난한 농민들을 원조해줌.
1892년 3월 4일	멜리호보로 이사.
1892년 여름	툴라 지방에 콜레라가 성행하여 그곳에서 환자들을 치료해줌.

1893년 6월~7월	『사할린 여행기』를 완성.
1894년 9월 14일	유럽으로 여행. 빈과 베니스, 밀라노, 제네바, 니스, 파리를 방문.
1895년 8월 8일~9일	야스나야 폴랴나를 방문. 레프 톨스토이를 만나 그의 소설 『부활』을 육성으로 들음.
1895년 10월~11월	희곡 「갈매기」의 집필에 착수.
1895년 12월 14일	이반 부닌과 만남.
1896년 6월	멜리호보에 종각 건축을 시작.
1896년 10월 17일	알렉산드린스키 극장에서 「갈매기」를 초연.
1897년 2월~7월	노보셀키 지역에 학교를 세움.
1897년 3월 22일~4월 10일	심한 폐결핵 증상을 보임.
1897년 5월 6일	인구 조사에 대한 공로로 메달 수상.
1897년 9월 1일	유럽으로 여행. 파리를 방문.
1897년 10월 31일	러시아 작가 학자 연대연합에 회원으로 추대됨.
1898년 여름	소설 3부작 『상자 속에 든 사나이』, 『구즈베리』, 『사랑에 관하여』의 집필에 착수.
1898년 7월~8월	멜리호보에 학교를 세움.
1898년 9월	올가 크니페르와 첫 만남.
1898년 10월 12일	아버지 파벨 예고로비치가 수술 후 사망.
1898년 10월	얄타 지방의 아우트크에 별장을 짓기 위해 땅을 구입.
1898년 11월~12월	사마라 지방의 기아들을 위해 기금을 마련.
1898년 12월 17일	모스크바 예술극장에서 「갈매기」의 역사적인 초연을 가짐.

1899년 1월 17일	마르크스 출판사와 전집 출간에 대한 계약을 체결.
1899년 3월 19일	막심 고리키와 만남.
1899년 12월 6일	민중 계몽에 대한 공로로 성 스타니슬라프 3등 훈장을 수여.
1899년 12월	마르크스 출판사에서 체호프 전집의 1권을 출간.
1900년 1월 8일	러시아학술원 문학분과 회원으로 임명.
1900년 12월 11일	유럽으로 여행. 니스, 피사, 플로렌스, 로마를 방문.
1901년 1월 31일	모스크바 예술극장에서 「세 자매」를 초연.
1901년 5월 25일	모스크바에서 올가 크니페르와 결혼.
1902년 8월 25일	학술원에 정회원 탈퇴 서한을 발송.
1903년 12월 초	마지막 단편 「약혼녀」를 출간.
1904년 1월 17일	모스크바 예술극장에서 「벚나무 밭」을 초연.
1904년 5월	희곡 『벚나무 밭』을 생애 마지막 작품으로 출간.
1904년 6월 3일	아내와 독일의 바덴바이에르로 떠남.
1904년 7월 2일	새벽 3시에 사망.